De Esperança e de Promessa

Françoise Bourdin

De Esperança e de Promessa

Tradução
Maria Alice Araripe de Sampaio Doria

Copyright © Belfond, un département de Place des Éditeurs, 2010. Todos os direitos reservados.

Título original: *D'espoir et de promesse*

Capa: Rodrigo Rodrigues
Imagem de capa: Photo and Co/GETTY Images

Editoração: FA Studio

Texto revisado segundo o novo
Acordo Ortográfico da Língua Portuguesa

2011
Impresso no Brasil
Printed in Brazil

Cip-Brasil. Catalogação na fonte
Sindicato Nacional dos Editores de Livros – RJ

B778d   Bourdin, Françoise, 1955-
       De esperança e de promessa / Françoise Bourdin; tradução Maria Alice Araripe de Sampaio Doria. – Rio de Janeiro: Bertrand Brasil, 2011.
       322p.: 23 cm

       Tradução de: D'espoir et de promesse
       ISBN: 978-85-286-1533-3

       1. Romance francês. I. Doria, Maria Alice Araripe de Sampaio, 1948-. II. Título

11-6269   CDD: 843
                                   CDU: 821.133.1-3

Todos os direitos reservados pela:
EDITORA BERTRAND BRASIL LTDA.
Rua Argentina, 171 – 2.º andar – São Cristóvão
20921-380 – Rio de Janeiro – RJ
Tel.: (0xx21) 2585-2070 – Fax: (0xx21) 2585-2087

Não é permitida a reprodução total ou parcial desta obra, por quaisquer meios, sem a prévia autorização por escrito da Editora.

Atendimento e venda direta ao leitor:
mdireto@record.com.br ou (21) 2585-2002

"Um país de esperança e de promessa."

Historical Narratives of Early Canada,
Charles Dickens

Um

Anaba recuou três passos com os olhos arregalados e, em seguida, começou a bater palmas freneticamente.

— Sublime, suntuoso! Ah, foi exatamente assim que o imaginei... A sua costureira tem dedos de fada, Stéphanie!

Pendurado na porta do banheiro, o longo vestido branco não parecia ter sofrido nada com a viagem de avião.

— As aeromoças foram muito compreensivas — explicou Stéphanie. — Quando eu lhes disse que era para o casamento da minha irmã mais nova, elas acharam tão romântico que tomaram conta dele como se fosse uma preciosidade. Na chegada, duas delas o carregaram ao longo do saguão de desembarque e o puseram num carrinho. Depois, o motorista do táxi me deixou sentar ao lado dele para que pudéssemos colocá-lo esticado no banco traseiro. Todos cooperaram!

Anaba se virou para ela e declarou, em tom compenetrado:

— Você é um amor!

Apesar dos quatorze anos de diferença e embora fossem meias-irmãs, elas sempre se amaram. Adolescente, Stéphanie havia brincado de boneca com Anaba, feliz por ter um bebê de verdade para vestir e despir, para levar a passear no carrinho, para ninar. Sua natureza alegre e generosa se adaptara perfeitamente à chegada dessa meninazinha, que ela nunca havia encarado como rival no coração do pai.

— Lawrence vai me adorar vestida com ele — previu Anaba, que não se cansava de contemplar o vestido.

— E ele?

— Vai usar fraque, claro.

— Vai lhe cair muito bem. Vocês formarão o casal mais glamoroso de Montreal! Espero que tenham planejado um fotógrafo.

— *Tudo* foi planejado! Lawrence pensou nos mínimos detalhes, nada foi improvisado. Você o conhece, ele é perfeccionista e torturou a nossa "wedding planner", que, no entanto, é uma mágica da organização. Mas ele já tinha uma ideia formada, planejou a cerimônia e a recepção minuciosamente, como se estudasse um processo antes de fazer a sustentação. A única coisa a que ele não teve acesso foi a este vestido.

Anaba se aproximou para acariciar com as costas da mão o drapeado de organza e o cetim duquesa, de um branco imaculado. Ela havia feito o desenho alguns meses antes, modificando o esboço umas dez vezes, e, agora, debaixo dos seus olhos, o resultado ultrapassava todas as suas expectativas. A costureirinha de Stéphanie, nos confins da província normanda, na França, soubera transformar o sonho em realidade, por um preço insignificante.

— Não sei o que faria sem você, Stéph.

A irmã caiu na risada e replicou:

— Você teria se virado. Está tão enfeitiçada pelo seu Lawrence que, comigo ou sem mim...

— Você não gosta dele? — alarmou-se Anaba.

— Gosto, mas não o conheço bem.

Lawrence viajara diversas vezes a Paris no ano anterior e havia encontrado Stéphanie três ou quatro vezes. Porém, não o suficiente para que ela pudesse avaliá-lo bem. Bonito, louro, atlético e amável, bem-educado, porém muito cheio de si, quase sem sotaque canadense e desejoso de seduzir todos aqueles com quem cruzava: Lawrence sabia agradar. Além do mais, havia conquistado o pai delas com seu charme, feliz por encontrar no futuro genro algumas coisas que lhe lembravam a mãe de Anaba. Porém, Stéphanie não se deixava convencer com tanta facilidade.

— Não se fie na aparência um pouco... arrogante. Na verdade, ele é tímido.

Stéphanie caiu na gargalhada. Lawrence, tímido? Claro que não.

— É isso o que ele diz, querida? Não acredite numa só palavra. Ele é muito seguro de si, está na cara. Mas, talvez, com razão, pois é muito bem-sucedido.

— Ainda mais porque ele se fez sozinho! — lembrou Anaba com convicção. — Os pais não têm nenhuma fortuna pessoal.

— Mesmo assim, pagaram os estudos dele.

Diante do franzir de sobrancelhas da irmã mais nova, Stéphanie se controlou. Anaba estava convencida de que se casaria com um homem perfeito, o que a deixava confiante há já alguns meses. E Lawrence parecia corresponder a todas as suas expectativas; ele a paparicava e mimava sem sufocá-la, havia proposto casamento rapidamente para que ela pudesse morar em Montreal com ele e até estava planejando comprar uma casa na França para passar as férias; assim Anaba poderia ver a família regularmente.

Para dizer a verdade, a família dela era composta apenas do pai, Roland, e da irmã Stéphanie, duas pessoas às quais era muito ligada, o que Lawrence havia compreendido perfeitamente. Ele não queria cortar suas raízes e, paradoxalmente, lhe oferecia a possibilidade de se adaptar ao Canadá de que sua mãe tanto lhe falara. Não havia sido isso o que primeiro a seduzira em Lawrence? "Ele é quebequense, já imaginou?", extasiara-se Anaba no dia seguinte ao primeiro encontro. "Sabe tudo sobre mestiços e, quando mostrei uma foto da mamãe, ele ficou sem voz!"

Anaba se parecia muito com a mãe, uma bela mestiça com sangue indígena e ancestrais canadenses franceses. Anaba herdara os olhos grandes e escuros e os cabelos pretos, a pele cor de mel e, na época em que usava tranças, a aparência de uma índia canadense saída direto de um filme de faroeste. Ao contrário de Stéphanie, que tinha olhos azuis e havia sido loura antes de o seu cabelo se tornar prematuramente grisalho. Ela os usava assim mesmo, sem se importar com a opinião dos homens, depois de dois casamentos fracassados.

— Vou fumar um cigarro na janela — anunciou ela.

Stéphanie só entreabriu a janela, mas uma corrente de ar frio se insinuou imediatamente no quarto. O fim do inverno estava gelado em Montreal, ainda coberto de neve.

— Daqui a pouco — decretou Anaba —, vamos tomar um banho na piscina do último andar. — Descoberta, mas bem aquecida. Você vai ver, é uma sensação única!

Lawrence não havia economizado no hotel em que colocara sua noiva na véspera do casamento. O *Hilton Bonaventure* de Montreal oferecia vários serviços de luxo, entre eles essa inacreditável piscina, aberta o ano inteiro.

— E, depois, imaginei para nós um programa delicioso: hoje vamos enterrar dignamente a minha vida de solteira. Por seu lado, Lawrence fará a mesma coisa com Augustin.

— Quem é esse tal de Augustin?

— O melhor amigo de Lawrence, que será o seu padrinho amanhã. Eu já lhe falei sobre ele. Você vai ver, é um cara adorável, vai gostar dele.

— Você quer me casar? — ironizou Stéphanie.

— Não, sei que você está muito bem sozinha e, além do mais...

Anaba se interrompeu, meio embaraçada.

— Ele não é da minha geração, é isso?

— A meio caminho entre você e mim, tem trinta e cinco anos.

— E o que ele faz na vida?

— Escreve romances policiais.

— Ora... Nunca pensei que Lawrence pudesse ter amigos desse tipo, eu o imaginava cercado principalmente de sinistros magistrados e advogados empresariais.

Desistindo de responder ao escárnio, Anaba voltou ao vestido.

— E dizer que só vou usá-lo uma vez!

— Depois você deve guardá-lo numa grande caixa de papelão com papel de seda. Ainda devo ter o meu no fundo de algum armário. Pelo menos o do meu primeiro casamento.

— No segundo, você usou um tailleur marfim, eu me lembro muito bem. Ainda o tem?

— Não, eu o dei, sem remorso.

Para compensar o tom desiludido de sua frase, Stéphanie se aproximou da irmã e lhe passou o braço em volta dos ombros.

— Amanhã será um grande dia. O *seu* dia. Mostre-me o seu anel... uau! Sem comentários; ele não brincou com você.

— Ele me deu na noite da minha chegada, na semana passada. Fomos diretamente do aeroporto para o *Beaver Club*, que, cá entre nós, serve o melhor martíni da cidade e, lá, ele fez uma coisa incrível.

— O quê?

— Diante de todo mundo se ajoelhou e me deu o estojo sem dizer uma palavra, com lágrimas nos olhos.

— Lawrence?

— É, Lawrence, não o barman — irritou-se Anaba.

— Bom, querida, isso foi... maravilhoso. Eu nunca tive essa sorte e me alegro por você. Mas não pensei que Lawrence fosse tão emotivo. Tem certeza de que está tudo bem com ele no momento?

— Pare com isso, Stéph, você está sendo maldosa.

Elas foram interrompidas por batidas à porta e Anaba correu para abri-la.

— Olá, meninas! — exclamou Augustin, assim que ela abriu. — Viemos dar um pequeno alô e ter certeza de que nada lhes faltará antes de partirmos para a ronda dos bares.

— Vão começar a beber agora? — preocupou-se Anaba, beijando-o.

Lawrence entrou em seguida, escondido atrás de um enorme buquê de rosas. Com a mão livre, pegou Anaba pela cintura e a puxou para si.

— Só um beijo e nos mandamos.

Ele a beijou no canto dos lábios, aparentemente meio nervoso. E, em seguida, o seu olhar caiu sobre o vestido.

— É magnífico — disse ele, num tom inexpressivo.

— Oh, meu Deus, você não podia vê-lo!

Consternada, Anaba correu até o vestido e se pôs na frente dele para tentar escondê-lo.

— Dizem que dá azar — explicou Stéphanie —, mas isso não passa de superstição idiota.

Lawrence havia abaixado a cabeça e olhava para os pés sem fazer nenhum comentário. Ele ficou constrangido por um momento, mas Augustin rompeu essa sensação batendo nas costas do amigo.

— Vamos, cara, meia-volta, com certeza as meninas têm mil coisas a fazer.

Não tão alto quanto Lawrence, Augustin tinha olhos verdes reluzentes de malícia, um belo nariz fino, mas do lado direito uma longa cicatriz lhe riscava a face, chegando até a maçã do rosto. No entanto, embora ela não o desfigurasse, deixava o seu sorriso assimétrico. Ele apertou calorosamente a mão de Stéphanie e piscou para ela insistentemente.

— Estou feliz por, finalmente, conhecê-la. Também vai fazer um discurso amanhã? Então, precisamos combinar para saber quem começa. De qualquer forma, uma vez que ambos somos padrinhos, serei seu par amanhã à noite, se concordar. Até lá, divirtam-se, eu me encarrego de Lawrence, e se eu vir que ele está bêbado demais não o deixarei beber mais nada além de água furiosa.

— Furiosa?

— Ora, gasosa! Sinto que terá surpresas com as nossas expressões locais...

Sua alegria, muito espontânea, contrastava estranhamente com o ar sempre preocupado de Lawrence, que murmurou:

— Tenha um bom dia, querida. Ligarei para você mais tarde.

Ele lhe mandou um beijo com a ponta dos dedos, pôs no console o buquê de rosas que não havia largado e se apressou a sair. Para não ver mais o vestido que não deveria ter descoberto antes da hora? Não, ele devia estar com algum problema mais importante. A própria Anaba ficou de cara feia, sem dúvida perturbada com a atitude dele.

— Muita delicadeza trazer flores — limitou-se a observar Stéphanie. — Vou ligar para pedir um vaso, está bem?

Anaba concordou com a cabeça, murmurando:

— Espero que Lawrence não tenha problemas com a organização. A princípio, está tudo planejado, mas, se houver um grão de areia na engrenagem, ele vai ficar louco. Ele teve muito trabalho com o nosso casamento. Como eu realmente não podia cuidar de nada por estar em Paris e Lawrence fazia questão de que o casamento fosse aqui, ele se encarregou de tudo pessoalmente. Ligava para mim três vezes por dia para saber a minha opinião sobre a cor das toalhas, as músicas da igreja, a escolha do champanhe...

— Vai dar tudo certo — afirmou Stéphanie, com uma voz tranquilizadora.

A obstinação de Lawrence em se casar em Montreal tinha como consequência a ausência do seu pai. Roland sempre tivera pavor de avião e, na idade dele, recusara-se a viajar. Com a alma em pedaços, havia desejado para a filha toda a felicidade do mundo e se comprometera a levar os recém-casados a um restaurante famoso durante a lua de mel parisiense.

— E então, em que consiste esse programa do qual você falou?

Recuperando a expressão sorridente, Anaba enumerou:

— Primeiro, vamos dar um mergulho na piscina.

— Na verdade, achei que estivesse brincando quando, ao telefone, me pediu para trazer um maiô.

— Não faz mal, tem uma butique lá embaixo, compraremos um para você. Depois podemos beliscar alguma coisa no *Belvédère*, um simpático bistrô que fica no hall. Em seguida, vou levá-la para conhecer a cidade subterrânea e fiz reserva para nós duas num instituto de beleza que faz massagens divinas. Hoje à noite, proponho jantarmos aqui, no *Castillon*, é o restaurante chique do hotel, com lareira. E, se concordar, não dormiremos muito tarde, porque, amanhã de manhã, o cabeleireiro e a maquiadora vão bater à nossa porta às nove horas.

— Bom... É uma versão de alto luxo!

— Lawrence não queria que nada nos faltasse.

— É, estou vendo. Mas, diga-me, ele tem uma máquina de imprimir dinheiro ou o quê?

— Suponho que tenha feito um empréstimo. O banco confia nele, ele ganha muito bem, trabalha num dos melhores escritórios de advogados empresariais e tem um belo futuro profissional.

Stéphanie quase perguntou à irmã o que cogitava para si mesma no futuro. Ser apenas a esposa de Lawrence, cuidar da casa, dar-lhe filhos e esperá-lo à noite com um belo prato no forno? No entanto, absteve-se de fazê-lo, decidida a não deixar que nada estragasse o dia delas. As perguntas poderiam parecer amargura, ciúmes ou, simplěsmente, decepção pela separação que viria. Isso porque, com o alto preço das passagens de avião, elas não iriam se ver muito. Talvez no verão, se Lawrence comprasse mesmo uma casa de férias na França, e no Natal, pois Anaba havia jurado que passaria todos eles com o pai, independentemente do que acontecesse.

— Vamos comprar esse maiô — propôs Stéphanie. — E você me dará as instruções para não pegar uma pneumonia!

Depois de uma última olhada no quarto, realmente luxuoso, com as duas camas imensas, os móveis de acaju e as janelas que davam para os jardins cobertos de geada, Stéphanie pegou a bolsa e seguiu Anaba.

— É, estou vendo que alguma coisa não está bem.

Inclinado para a frente, com a cerveja na mão, Augustin encarava Lawrence.

— Está apavorado, não é? Mas você não vai pular das alturas, cara. Vai apenas se casar, como um monte de gente antes de você.

— Eu sei — respondeu Lawrence.

Ele rangia os dentes, o que fazia pulsar uma pequena veia na sua têmpora.

— E depois — continuou Augustin com seu sorriso de través — lembro que, quando o celebrante lhe fizer a pergunta no Palácio de Justiça, ainda vai dar tempo de responder "não".

— Muito engraçado, realmente.

Ofendido com o tom agressivo, Augustin deu de ombros.

— Ouça, não vou arrastá-lo o dia inteiro com essa cara de enterro. Devíamos estar nos divertindo. Você não está nos trinques?

Por sua vez, Lawrence esboçou um sorriso ao ouvir a expressão que significava "não estar em forma".

— Eu... — tentou responder — tenho sentimentos profundos por Anaba.

— Que felicidade!

— Mas também tenho dúvidas sobre a vida que vamos levar. Ela quer ter filhos logo e eu acho que não há pressa. Somos jovens, devemos aproveitar a vida antes de carregar um peso nas costas. Quero também que ela se acostume ao país, às pessoas, à nossa cultura. Que tenha tempo de se integrar e de fazer amigos antes de cuidar de um bebê.

— Vocês conversaram sobre isso?

— Muito recentemente. Até então, eu não havia entendido que, para ela, casamento significava necessariamente bebês na sequência.

— Quando se tem trinta anos, me parece que chega o momento para uma mulher, não acha?

— Pode ser. Em todo caso, eu não deveria ter precipitado as coisas desse modo.

— Eu sugeri que esperasse a primavera ou o verão — lembrou Augustin.

— Eu queria que ficássemos juntos o mais rápido possível. E ainda quero, eu acho...

— Você *acha*? Seria melhor ter certeza! Bom, tome a sua cerveja, tudo vai dar certo.

Com um gesto maquinal, Augustin passou os dedos na cicatriz. Entre o frio glacial do lado de fora e a atmosfera superaquecida do bar, sua face repuxava um pouco. Ele se perguntava se deveria interrogar Lawrence mais seriamente. É bem verdade que seu papel de amigo e de padrinho exigia que o ajudasse a ultrapassar o cabo do celibato para o casamento, mas não era necessário se lançar numa sessão de psicanálise. A angústia era inevitável na véspera do grande mergulho.

— E se pedíssemos mais algumas ostras? — propôs Lawrence.

Instalados no balcão de madeira envernizada do *Chez Delmo*, eles se regalavam com os frutos do mar, como frequentadores do lugar.

— Está com as alianças? — perguntou Augustin depois de fazer o pedido. — Sou eu que devo levá-las para a igreja amanhã. Você estará ferrado se esquecer.

Eles tomaram outra rodada de cerveja e brindaram juntos.

— À sua felicidade! E eu não estou nem um pouco preocupado: Anaba tem tudo o que é preciso para tornar um homem feliz, até mesmo você.

— O que quer dizer com isso?

— Você é muito exigente. Quer tudo e não quer nada, de preferência imediatamente. Acho que isso o ajudou profissionalmente, mas no plano sentimental...

Depois de uma rápida hesitação, Augustin acrescentou:

— Suponho que tenha rompido com Michelle!

— Claro! Quem pensa que eu sou? Continuamos bons amigos, nada mais.

— Não acredito nesse tipo de coisa. Continua a vê-la? Não é muito honesto para com Anaba.

Lawrence deu de ombros e pegou uma ostra na travessa que haviam posto na frente deles. Perplexo, Augustin observou-o por um segundo. A amizade deles vinha da época da universidade, quando estudaram direito juntos. Brilhante e sempre na frente, Lawrence não levava os exames a sério, enquanto Augustin tinha de batalhar para conseguir notas médias. Eles haviam simpatizado um com o outro porque faziam parte da mesma equipe de hóquei que ganhava todas as partidas. Mais tarde, Augustin abandonou o direito para se inscrever numa oficina de criação literária, mas havia continuado amigo de Lawrence. Era, sem dúvida, o melhor amigo dele, pois os outros eram muitas vezes desencorajados pelo seu aspecto arrogante e pelo seu sucesso em todos os campos, inclusive em relação às mulheres. Enquanto Augustin se envolvia em ligações sérias, Lawrence colecionava conquistas. Eles não jogavam mais hóquei, porém continuavam a nadar e a patinar juntos nos fins de semana, ocasião em que relatavam suas experiências um ao outro e iam esvaziar algumas garrafas de cerveja. Os anos se passaram e Lawrence se tornou advogado. Durante esse tempo, Augustin fora para Los Angeles escrever roteiros de séries televisivas antes de publicar seu primeiro romance policial no Canadá. Os dois amigos continuaram a se ver esporadicamente e com o mesmo prazer, mas as respectivas profissões começavam a monopolizá-los. Por causa de um filme, do qual era colaborador, Augustin havia passado alguns meses na França, de onde voltara totalmente subjugado. Um ano depois e apesar dos protestos escandalizados de Lawrence, tomara a decisão de se instalar naquele país, mantendo apenas um apartamento conjugado em Montreal, para quando fosse à sua terra. Nesse ínterim, a sua carreira de escritor evoluiu e, agora, era um autor conhecido, cobiçado pelos agentes. Por sua vez, brilhante como sempre, Lawrence havia escalado os degraus num grande escritório de advogados empresariais, tornando-se sócio. Mesmo assim, os dois homens conseguiam se encontrar com certa regularidade. Sempre que Augustin chegava para passar alguns dias em Montreal, Lawrence tirava uma folga e eles partiam para esquiar durante dois dias nos Laurentides. Se Augustin demorava demais a ir ao Canadá, Lawrence tirava uma semana de férias e ia passá-la na França com ele. Graças a essas temporadas, ele havia conhecido Anaba e se apaixonado por ela.

Anaba. O nome ameríndio significava: "Aquela que volta do combate." Lawrence se divertia em destacar o paradoxo de haver encontrado uma quase canadense na França, e repetia que ia trazê-la de volta para casa. Anaba ria, seduzida desde o início, e não dizia não. Augustin os observava, cético, perguntando a si mesmo se Lawrence manteria a palavra, se ele seria capaz de se prender definitivamente a uma única mulher e esquecer todas as outras. O pedido de casamento o havia surpreendido e mais ainda os preparativos a toque de caixa. É claro que Lawrence sabia o que queria, pondo tudo em ação para obter o objeto do seu desejo. Já que era preciso se casar com Anaba para levá-la para Montreal, ele tomara a decisão, meio na loucura.

Por que não? Loucura ou amor à primeira vista, eles se davam bem juntos. Ela, tão morena, e ele, tão louro; ela, meio frágil, e ele, sólido como uma rocha. Augustin aplaudira entusiasmado, feliz por ver Lawrence mudar de vida. Por isso, saber que Michelle ainda estava por perto não o alegrava.

— A irmã não se parece nada com ela — disse ele, para mudar de assunto.

— Elas são apenas meias-irmãs. A mãe de Stéphanie morreu jovem e o pai se casou novamente alguns anos depois com uma ameríndia, Léotie, por quem se apaixonou perdidamente. O coitado não teve sorte: Léotie foi atropelada por um caminhão em plena Paris, quando andava de bicicleta. Anaba tinha quinze anos e ficou traumatizada com a morte da mãe, mas, por sorte, tinha Stéphanie para apoiá-la.

— Como é o pai delas?

— Não muito expansivo. Ficar viúvo por duas vezes não deve ter ajudado, suponho. Ele era professor de filosofia e, com exceção das filhas, acho que só gosta dos seus livros.

— Isso o torna simpático, a meu ver — afirmou Augustin.

Ele também se deixara invadir pelos livros e era incapaz de se desfazer de um único que fosse. No apartamento de Paris, instalava constantemente mais estantes, que logo ficavam repletas de obras de todos os gêneros, romances, thrillers, ensaios, biografias e livros ilustrados. Ao deixar Montreal, havia despachado por navio quase toda a sua biblioteca, mas seu apartamento conjugado também já estava ficando congestionado com tudo o que ele comprava quando vinha passar algum tempo no Canadá. Lawrence não tinha esse problema, pois os tratados de direito ficavam na sua sala, no escritório, e, em casa, ele só lia jornais; era assinante dos cinco grandes jornais cotidianos francófonos, além do *The Gazette* e *The Globe and Mail*.

— Vamos patinar? — propôs Lawrence. — Estou precisando relaxar. Parque Lafontaine?

— É melhor no lago dos Castores. Alugaremos os patins lá mesmo, mas nem pense em quebrar uma perna para escapar do casamento. Eu o arrastarei até lá mesmo com gesso!

Lawrence lançou-lhe um estranho olhar antes de pegar a conta.

A milhares de quilômetros dali, Roland Rivière preparava seu jantar. Havia pensado em Anaba o dia inteiro, no que ela estaria vivendo naquele exato momento, imaginando-a radiosa, superexcitada, rindo às gargalhadas com a irmã mais velha durante os últimos preparativos do casamento.

Roland lamentava não estar presente, mas sabia muito bem que não suportaria o voo. Sua fobia por aviões sempre o impedira de conhecer o Canadá, de que Léotie falava com lirismo. Alguns meses antes da sua morte, eles haviam pensado em fazer a viagem de navio. Roland queria atravessar o Atlântico a bordo de um navio para ver de perto as Montanhas Rochosas e os Grandes Lagos, mas subir num avião estava fora de cogitação. E, no fim, não tiveram tempo.

Ah, Léotie, o deslumbramento da sua vida, seus anos mais felizes... E, depois, ele havia sido invadido por esse frio interior que nunca mais o deixara depois de reconhecer o cadáver desfigurado no necrotério. O motorista do caminhão não a tinha visto no ponto cego, e a arrastara por dezenas de metros. Roland não sentia raiva desse homem, cujas noites deviam ser povoadas de pesadelo.

Ele desceu a estreita escadaria de pedra que levava ao porão abobadado onde havia instalado a cozinha. Ela era ventilada por um respiro colocado no alto de uma parede, mas não recebia nenhuma claridade e era preciso se satisfazer com a luz elétrica. Léotie havia decorado o lugar e Roland o mantinha exatamente no mesmo estado. Um piso de grandes lajotas de ardósia, paredes de pedras aparentes com o rejunte bem branco, um fogão de ferro, móveis de madeira vermelha e uma bateria de cobre cintilante. Era a única peça da casa em que não havia nenhum livro, mas apenas um fichário repleto de receitas manuscritas por Léotie.

Às vezes as filhas o censuravam afetuosamente por viver da lembrança de sua bela índia. Mas como poderia esquecê-la? Esse segundo luto anunciara o fim de qualquer vida sentimental. Ele se julgava muito velho e nunca mais sentira nenhum desejo. Terminar a vida sozinho? E daí? Não se sentia tão mal no meio dos seus livros, na sua casa esquisita, fora dos padrões. Situada no fundo de um beco sem saída que dava para a rua La Jonquière, no 17º *arrondissement*,* era uma construção de três andares. No térreo havia uma pequena sala de estar ampliada por uma grande janela de vidro, com uma lareira de canto que funcionava nas noites de inverno. Um cômodo ao lado, longo mas estreito, usado como escritório-biblioteca por Roland, era atapetado de livros do chão até o teto. No primeiro andar, havia um quarto relativamente espaçoso com um banheiro e, no segundo, os dois quartos exíguos das filhas, separados por um banheiro com um chuveiro. Nenhum espaço perdido, o mínimo metro quadrado havia sido explorado, como a cozinha subterrânea e escura. Vinte e cinco anos antes, Roland se apaixonara pela casa, paga com um oneroso empréstimo. Mesmo que ali faltassem espaço e luz, ter uma casa em Paris era um grande luxo. E Roland se consolava dizendo a si mesmo que o sol teria destruído as enca-dernações dos volumes antigos. Quando queria respirar e ver melhor o céu, saía para passear no jardim dos Épinettes, parava para ler num banco perto do coreto ou perambulava entre as tílias prateadas, os ginkgos e os saboeiros da China, terminando o périplo diante da faia púrpura, mais que centenária, à qual recomendava a alma de Léotie.

---

* Subdivisão administrativa de algumas das grandes cidades da França, como Paris, Lyon e Marseille. (N.T.)

Ele pegou um descascador de legumes e começou a tirar a casca das batatas em frente à pia. Num dado momento, ergueu os olhos para o relógio da parede e calculou: como eram vinte horas em Paris, deviam ser quatorze horas em Montreal. Stéphanie mandara um SMS para dizer que havia chegado bem, assim como o vestido, e que o hotel onde ela e a irmã estavam hospedadas era *genial*. Esse tipo de expressão deixava Roland arrepiado. Sem dúvida, o *Hilton Bonaventure* era muito confortável, talvez até mesmo original, mas, certamente, não era dotado de genialidade. Como fazer essas gerações compreenderem que o francês, a língua mais bonita do mundo, tinha uma palavra específica para cada coisa, com uma infinidade de nuanças possíveis?

Depois de cortar as batatas em rodelas, ele as jogou numa frigideira com um pedaço de manteiga salgada. O regime que se danasse! No dia seguinte, sua pequena Anaba se tornaria esposa de Lawrence Kendall, mas manteria o nome de solteira, como há alguns anos ditava a lei canadense. Daquele dia em diante, ela seria uma mulher casada e logo uma mãe de família, e isso era meio difícil de admitir.

Como a manteiga já estivesse queimando, ele diminuiu o fogo. Havia preparado refeições para Anaba naquela cozinha! Seguindo ao pé da letra as receitas do fichário de Léotie, havia paparicado a sua adolescente para que ela não se alimentasse de sanduíches e de hambúrgueres. Na revisão para o *bac*,* no primeiro ano de Belas-Artes, a coabitação havia continuado sem choques, sem confrontos. Às vezes, ele a olhava disfarçadamente e seu coração ficava apertado diante da semelhança dela com a mãe. Um belo dia, ela cortou o cabelo bem curto,

---

* Baccalauréat — Na França, exame que se faz no fim do ensino secundário e que dá acesso à universidade. (N.T.)

perdendo um pouco da semelhança com Léotie para ser ela mesma. Ele tivera coragem para elogiá-la, e era verdade que estava bonita com as pequenas mechas castanhas e os grandes olhos pretos. Bonita de qualquer jeito.

"Ela ficará magnífica no vestido de noiva. Lawrence tem muita sorte. Espero que se dê conta disso."

Será que gostava de Lawrence? Roland virava e revirava essa pergunta na cabeça sem poder dar uma resposta. Anaba o apresentara como um homem maravilhoso, único, enfeitado de todas as qualidades. E, sem dúvida, ele tinha um físico favorável, uma boa profissão, uma sólida educação. Mas alguma coisa nele incomodava Roland. Talvez uma autoestima que não conseguia dissimular e que traía um ego desmesurado. A não ser que essa bela confiança, tão exibida, fosse, ao contrário, a carapaça de alguém dominado por dúvidas!

"Nenhum homem lhe pareceria merecedor de Anaba, seja lúcido!"

Os dois genros anteriores — os sucessivos maridos de Stéphanie — também não o haviam convencido, mas, dessa vez, com razão. O primeiro era um egoísta autoritário; o segundo, um medíocre mesquinho. Ou ela não tinha sorte, ou tinha mau gosto.

"Nem sempre podemos incriminar os outros. Quem faz a cama nela se deita, diz o provérbio..."

Stéphanie não tivera filhos. Segundo ela, tratava-se de uma escolha deliberada, assim como a vida solitária que levava depois do último divórcio e que parecia lhe ser conveniente. Com talento para o comércio, graças à natureza jovial e à lábia, ela exercera várias atividades com sucesso, antes de se estabelecer na venda de móveis. Oito anos antes, cansada de gastar dinheiro com aluguéis, havia saído de Paris e comprado uma casa encantadora às margens do Sena, na pequena cidade normanda de Andelys, que prosperava à sombra das ruínas do Castelo

Gaillard. No início da sua atividade, a tabuleta pendurada na casa indicava um brechó, até que ela a trocasse pela denominação mais pomposa de antiquário. Hoje em dia, Stéphanie tinha uma clientela fiel e dividia o tempo entre a venda e a busca de peças raras ou insólitas. Todo o andar térreo da casa passara a ser sua loja e ali ela reinava, feliz.

Enquanto a irmã corria atrás de penteadeiras Luís XV e escrivaninhas antigas, Anaba completara o primeiro ciclo de três anos em Belas-Artes. Desistindo do segundo ciclo, entrara num ateliê de restauração de quadros, onde havia recebido uma boa formação. Atualmente, trabalhava para alguns museus, apaixonada pela profissão.

As escolhas das duas irmãs as aproximara ainda mais, e elas podiam discorrer horas a fio sobre arte. Uma vez por semana, Stéphanie pegava o carro e ia a Paris se encontrar com Anaba na casa do pai, em torno da mesa de um jantar sempre alegre. Às vezes, Anaba deixava seu apartamento conjugado do bairro de Ternes para passar o fim de semana na casa de Stéphanie. No verão almoçavam no pequeno jardim à beira do Sena e, no inverno, preparavam um grande fogo na lareira. Roland ficava em casa, pois não se dispunha a deixar os caros livros que relia, classificava e catalogava sem cessar. E, como os dois pequenos quartos das filhas, lá em cima, não eram mais usados, havia começado a se apropriar deles para guardar alguns volumes.

Roland pôs um bife picado no meio das batatas douradas ao seu gosto. Será que Anaba choraria no dia seguinte na igreja quando Lawrence pusesse a aliança no seu dedo? Léotie deixara duas lágrimas caírem na mesma situação, duas pérolas que ficariam para sempre no coração de Roland.

"Cuidei da sua filha o melhor que pude, querida. E, ao pôr Anaba debaixo das asas, Stéphanie pagou pelo amor que você lhe deu. Está tudo bem. Eu poderia partir agora, pois elas não precisam mais de mim."

Depois de colocar o prato já servido na pequena mesa de teca vermelha, ele se instalou, pronto para saborear o jantar.

Anaba se olhava, sem acreditar no que via. Mesmo sabendo que o penteado, a maquiagem e o vestido podiam transformar radicalmente uma mulher, nunca se imaginara tão bonita de noiva. Diante de um espelho de corpo inteiro, ela se sentia como a Cinderela transformada em princesa pela fada boa.

— A recepção avisou que a limusine já está aqui! — anunciou Stéphanie, desligando o telefone.

Tomada pela excitação dos últimos preparativos, ela zanzava pelo quarto há uma hora, tentando não se esquecer de nada. Aproximando-se da irmã, Stéphanie sorriu para ela no espelho.

— Você está... radiante, não existe outra palavra. E eu estou orgulhosa em acompanhá-la.

Usando um sóbrio tailleur de veludo azul-acinzentado, ela voltaria ao quarto para trocar de roupa, à tarde, para o coquetel e a festa, mas, agora, era preciso enfrentar o frio lá de fora, o Palácio de Justiça, a igreja e, em seguida, o almoço programado com a família de Lawrence e os padrinhos. Para Anaba, que usaria o sublime vestido em todas as comemorações, uma sala de repouso ficaria disponível no local, com cabeleireiro e maquiadora para os retoques.

— Já estou com vontade de chorar — murmurou Anaba.

— Agora não ou vai destruir a sua maquiagem.

— Tudo isso é tão emocionante, Stéph! E Lawrence organizou as coisas tão bem...

Impossível negar: esse homem tinha tino para festas e senso de organização. Para não esquecer nada, Stéphanie contou nos dedos:

— Você tem uma coisa azul, que é o lenço de papel que eu pus no seu colo. Uma coisa nova, que é o vestido, uma coisa emprestada, pois está usando os meus brincos, e uma coisa antiga, que aqui está.

Ela entregou para Anaba um pequeno missal de couro desgastado.

— Papai o ganhou de presente na primeira comunhão, quando era bem pequeno. Ele mandou para você, para que pense nele hoje.

Anaba pegou delicadamente o missal das mãos da irmã.

— Acho que vou chorar de verdade — suspirou ela.

— Não, de jeito nenhum! Venha, vamos descer, está na hora.

Stéphanie vestiu o mantô antes de ajeitar nos ombros da irmã a quente capa forrada que combinava com o vestido, depois caminhou à sua frente pelos corredores até o elevador. No hall, todos os hóspedes viravam a cabeça quando elas passavam e alguns não hesitavam em desejar alegremente votos de felicidade a Anaba, que sorria radiante.

Uma vez instaladas no carro alugado, Stéphanie pegou a mão enluvada da irmã e a apertou com força.

— É bem perto, não é?

— É, o Palácio de Justiça fica no fim da rua Saint-Antoine, bem perto daqui. Vamos aguardar que Lawrence e Augustin venham abrir a porta do carro para nós; suponho que já estejam lá.

Apesar do aquecimento, Anaba sentiu um calafrio percorrer seu corpo.

— Quando penso que a minha vida vai mudar completamente em alguns minutos, sinto um frio na barriga.

— Relaxe, tudo vai dar certo.

— Você não vai me abandonar, Stéph. Virá me visitar? — insistiu ela, num tom angustiado.

— É claro, minha pequena.

— Tenho a impressão de haver me comprometido a viver no fim do mundo. E o inverno em Montreal é tão longo...

Ainda havia neve nos telhados e as estalactites pendiam como agulhas dos beirais; no entanto, um sol pálido fazia as calçadas brilharem; os transeuntes se apressavam, agasalhados com grossos casacos e gorros de pele.

— Chegamos — anunciou o motorista, com um pronunciado sotaque canadense. — Vou deixar o motor ligado enquanto esperamos que venham buscá-las, por causa do aquecimento.

Ele deu uma olhada pelo retrovisor e abriu um largo sorriso.

— A senhorita está linda! Meus sinceros parabéns!

Anaba lhe retribuiu o sorriso procurando Lawrence com o olhar, que já deveria estar lá.

— Está brincando? — indagou Augustin.

Infelizmente, não parecia ser uma piada sem graça, pois Lawrence usava jeans de veludo e uma gola rulê em vez do fraque.

— Você não vai? — repetiu ele, ainda incrédulo, mas já horrorizado.

— Não, não posso, não quero. Não quero mais! É um erro, cara, uma verdadeira loucura, e eu não tenho o direito de arrastar Anaba para um casamento que não vai durar.

— Mas o que deu em você? Ficou louco? Ontem conversamos o dia inteiro sobre o casamento!

Lawrence balançou a cabeça sem responder e, depois, recuou para deixar Augustin entrar. Ele estava com olheiras, o rosto sério e parecia decidido.

— Eu não vou e pronto — disse ele mais uma vez.

Como o conhecia, Augustin compreendeu que não iria conseguir nada e perdeu a esperança de fazer com que ele mudasse de roupa rapidamente para arrastá-lo ao Palácio de Justiça. A situação estava tão além da sua compreensão que ele ficou em silêncio por um longo tempo antes de decidir perguntar, num tom glacial:

— Entendeu bem o que está acontecendo lá? Enquanto nós conversamos, Anaba espera por você com o coração aos pulos, totalmente pronta para o dia mais bonito da sua vida, e você vai fazer com que ela viva um verdadeiro pesadelo. Que já deve ter começado...

Ele consultou o relógio ostensivamente e emendou:

— Quando tomou essa decisão? Droga, podia ter ido vê-la hoje de manhã cedo, antes que ela pusesse o vestido de noiva! Você é um monstro ou o quê?

Lawrence o precedeu na sala do dúplex, onde reinava uma horrível desordem.

— Passei a noite em claro — confessou ele. — Até o último momento eu achava que conseguiria superar as minhas dúvidas, dominar o medo, mas não me saí bem. Quando ia me vestir há pouco, tive um ataque de pânico, então desisti. Está acima das minhas forças.

O olhar de Augustin se demorou nos copos e nas xícaras que enchiam a mesa de centro, na sacola de viagem cheia até a metade de coisas jogadas de qualquer jeito. Novamente, ele deu uma olhada no relógio.

— De qualquer maneira, Lawrence, você precisa ir falar com ela.

— Não! Oh, não, isso não, sou totalmente incapaz, não posso nem pensar nisso... *Falar* com ela? Encará-la? Deus do céu, prefiro me jogar no Saint-Laurent. Eu lhe peço, faça isso por mim.

— Nem pensar. Assuma as suas responsabilidades, cara. Não tenho a menor vontade de ter os meus olhos arrancados no seu lugar e não faço questão de ver a dor dessa pobre moça!

— Ouça, vou pegar um avião dentro de uma hora, o táxi já deve estar lá embaixo.

Aterrorizado, Augustin encarou Lawrence.

— Aonde vai?

— A Ottawa, por alguns dias. Vou me esconder, me embebedar, esquecer e traçar um plano de vida.

— Primeiro, cumpra a sua obrigação! — explodiu Augustin. — O que está fazendo é indigno, então ao menos tente concluir de maneira adequada. As pessoas ficam sabendo de tudo, Lawrence, já, já, você passará a ser o maluco que gastou um monte de dólares para o luxuoso casamento ao qual não compareceu e, além disso, será o canalha imundo que nem mesmo avisou à noiva. Até agora, a covardia não fazia parte dos seus defeitos!

Lawrence se inclinou por sobre a mala de viagem e puxou o zíper com raiva.

— Ligarei para você hoje à noite — disse, entre os dentes.

Ele pegou uma parca e vestiu com gestos nervosos, depois tentou passar por Augustin, que lhe barrava a saída.

— Vai mesmo entrar no táxi sem olhar para trás? Ao menos os seus pais foram avisados?

— Mandei um sms para o meu pai. Não precisa cuidar deles.

— Eu não vou cuidar de ninguém!

— Vai sim, de Anaba. Sei que vai, pois não há mais ninguém: só você pode fazer isso.

— Eu vou quebrar a sua cara! — gritou Augustin, que, perdendo o sangue-frio, voltou às expressões canadenses. — Você é um maldito biltre, um desgraçado de um gabão falador, um...

A porta de entrada bateu e, maquinalmente, Augustin consultou mais uma vez o relógio.

— Ai, Deus Todo-Poderoso, vou ter de ir lá. Com certeza ela já deve estar enlouquecida.

Ele pegou no bolso do paletó o celular, que havia sentido vibrar durante a discussão com Lawrence. Duas ligações perdidas de Anaba. Evidentemente. E desligou o aparelho para não ser tentado a resolver o problema por telefone.

Depois dos primeiros quinze minutos de atraso, Stéphanie teve um mau pressentimento. Agora, não sabia mais o que dizer à irmã para tentar acalmá-la. Convencida de que Lawrence sofrera um acidente, Anaba não cessava de ligar para ele, mas sempre caía na caixa postal. Augustin também não respondia, o que confirmava a hipótese de uma tragédia.

Encolhido no banco, o motorista fingia estar absorvido no jornal e evitava levantar os olhos para o retrovisor. O motor continuava ligado em ponto morto, proporcionando uma temperatura agradável dentro da limusine, mas Anaba estava com as mãos geladas.

— Só pode ter acontecido alguma coisa muito grave com eles — disse ela pela enésima vez.

Também havia tentado ligar para os pais de Lawrence, sem sucesso.

— Trinta e cinco minutos de atraso! Meu Deus, o que vamos fazer? Acha que eu devia tentar a emergência dos hospitais? A polícia?

— Não, espere mais um pouco — murmurou Stéphanie.

A angústia lhe apertava a garganta, mas ela não acreditava num acidente de carro. Lawrence não morava longe e no curto trajeto não poderia ter se matado junto com Augustin. Mas em que outro motivo pensar? O que poderia impedir um homem de ir ao próprio casamento? Dormir até tarde?

Subitamente, Anaba exclamou:

— Eu vou ver!

Ela já estava com a mão na maçaneta da porta, mas Stéphanie a impediu.

— Não está pensando em andar pela calçada com esta roupa, está? Isso não vai fazer com que ele venha mais depressa. Mantenha-se aquecida.

Com o rosto voltado para ela, Anaba mostrou uma expressão de tanta angústia que Stéphanie ficou com o coração apertado.

— Bem, vou descer para dar uma olhada — decidiu Stéph —, mas você não se mexa. Pense no seu vestido...

Ela abotoou o mantô e saiu do carro. O frio cortante a fez levantar a gola, tremendo, enquanto examinava os arredores. Nenhum louro de fraque no horizonte. Apenas desconhecidos apressados, cabeças baixas contra o vento. A situação se tornava insustentável, uma catástrofe iminente iria desabar sobre Anaba. O que fazer para protegê-la? Se Lawrence estivesse realmente na emergência de algum hospital, seria preciso adiar o casamento, recomeçar tudo. Ou então...

Ao perceber Augustin, que vinha em sua direção, com uma cara sinistra e um andar arrastado, ela teve um choque. Ele ainda estava a uns trinta metros, mas Stéphanie o reconheceu muito bem; ele estava sozinho. Aflita com a ideia de que Anaba pudesse vê-lo, revirou a bolsa, pegou o maço de cigarros, depois bateu no vidro e fez sinal para a irmã que ia fumar. Imediatamente, afastou-se num passo rápido para ir ao encontro de Augustin.

— Afinal — proferiu ela, de longe —, o que está acontecendo? Ocorreu alguma desgraça?

Parado diante dela, ele abriu os braços num gesto de impotência.

— Eu não tenho nada a ver com isso — disse ele, rapidamente —, mas Lawrence não virá.

— O quê?

— Ele... deu para trás. Desistiu.

— Do casamento?

Era tão inconcebível que ela não encontrou nada melhor para perguntar. Ficou alguns instantes boquiaberta, depois sacudiu a cabeça como se quisesse expulsar aquela evidência e, por fim, explodiu de raiva.

— Homens desgraçados de merda! — gritou ela. — E você me anuncia isso com essa cara de santo? Vá contar você mesmo a Anaba que o príncipe encantado, o cara perfeito, "desistiu"! Eu não vou me encarregar disso...

Ela ficou com a voz embargada e começou a golpear o sobretudo de Augustin com socos furiosos. Com as mãos enluvadas, ele segurou delicadamente os punhos dela, sem apertar.

— Eu vou, está certo, não se irrite comigo. Ouça, acho o comportamento de Lawrence ignóbil, imperdoável. Estou envergonhado por ele e infeliz por estar aqui.

O coração de Stéphanie batia tão rápido que ela foi obrigada a respirar profundamente, várias vezes, para conseguir se controlar.

— Meu Deus — disse ela, enfim, com a voz entrecortada.
— Anaba...

Daria qualquer coisa para não ter de se aproximar da limusine.

— Venha comigo — apressou-a Augustin. — Ela vai precisar de você.

Ele a pegou pelo cotovelo e Stéph se deixou levar. A alguns passos da limusine, ela viu o rosto lívido da irmã colado no vidro da janela. Seus olhares se cruzaram enquanto Augustin abria a porta e pedia ao motorista para descer do carro.

— Vá tomar um café e brinde à minha saúde, está bem? — sugeriu ele num tom que não admitia réplica, entregando-lhe uma nota.

Assustado com a provável cena apocalíptica que iria ocorrer, o motorista saiu do carro e deu o fora. Resoluto, Augustin se instalou no lugar dele enquanto Stéphanie se sentava ao lado da irmã, no banco de trás.

— Lawrence está bem? — murmurou Anaba, que parecia prestes a desmaiar.

Virado para ela, Augustin concordou com a cabeça.

— O problema não é esse, Anaba. Lawrence não vai aparecer esta manhã. Desistiu de se casar.

A careta que ele esboçou para disfarçar a emoção tornou a cicatriz mais visível e deu uma expressão estranha ao seu rosto.

— Ao vir lhe dar uma notícia tão má, eu tinha travas nos sapatos e espinhos no coração. Estou consternado, Anaba. Além do mais, não tenho nem mesmo uma razão válida para lhe dar. Lawrence não me explicou nada. Acho que ficou com medo, que...

— Medo de quê? — arquejou a jovem.

Ela parecia incapaz de reagir naquele momento, mas o olhar que dardejava sobre Augustin estava endurecendo.

— Do status de homem casado, do futuro, dos bebês. Na verdade, não sei.

Anaba abaixou a cabeça e o silêncio caiu entre eles. Stéphanie não tirava os olhos da irmã, observando seu belo perfil, a rosa de tule branco, os strasses habilmente presos nos cabelos e os longos cílios tão bem maquiados. Um cara normal podia renunciar a essa mulher maravilhosa? De repente, ela se lembrou da maneira como Lawrence havia olhado o vestido que não deveria ter visto. Ele parecera constrangido e indiferente.

— Pode dizer ao motorista para nos levar de volta ao hotel?

A voz de Anaba agora vibrava com um raiva louca. O rancor só cederia lugar à tristeza um pouco mais tarde. Era preciso aproveitar para voltar ao hotel.

— Vou acompanhá-las — propôs Augustin.

Será que ele imaginava a travessia do hall, a humilhação sob os olhares intrigados ou zombeteiros dos hóspedes e dos empregados?

— Não, vá embora — respondeu brutalmente Anaba.

— Não quero deixá-las, eu...

— Vá embora, porra!

Sem dúvida, Anaba queria que ele saísse do carro antes de começar a chorar. A fúria, tanto quanto a dor, logo lhe arrancaria soluços convulsivos, mas a sua força de caráter ainda lhe permitia aguentar por mais alguns instantes. Com os dentes cerrados, ela ergueu a cabeça e mediu Augustin com ódio. O que mais ele poderia dizer? Era apenas o mensageiro, o bode expiatório. Quando ele fez o movimento para sair, Stéphanie viu que ele usava um fraque embaixo do longo sobretudo. O discurso e as alianças deviam estar no fundo do seu bolso. Enojada, ela voltou a atenção para Anaba, que, de maneira espasmódica, retirava o anel de noivado do anular e o punha de volta. Será que queria jogá-lo na cara de Augustin?

— Vamos voltar para o *Hilton* — disse Stéphanie ao motorista, que retomara o seu lugar.

Sentada na beirada do banco, como se estivesse em cima de carvão em brasa, Anaba olhava obstinadamente o anel.

— Consiga para nós duas passagens de avião para Paris, Stéph. Para hoje mesmo, está bem?

— Está, querida. Vou cuidar disso assim que chegarmos.

Stéphanie se sentia sem forças, mas, é claro, cabia a ela se encarregar de tudo. E não podia se esquecer de nada nessa partida às pressas, pois tão cedo Anaba não voltaria a pôr os pés em Montreal.

"Oh, Anaba, soldadinho corajoso que volta da luta, você está fazendo jus ao seu nome nesta manhã..."

Como a irmã poderia se recuperar da incrível bofetada que a vida acabara de lhe dar? Stéph viu Anaba abaixar o vidro e achou que ela precisava de ar, mas ela estava segurando o anel de noivado entre o polegar e o indicador.

— Pare! — protestou Stéphanie, pegando a joia e fazendo-a desaparecer rapidamente na sua bolsa. — É só vendê-lo, se não o quiser mais.

Anaba iria precisar de dinheiro em Paris. Por causa do casamento, pedira demissão dos dois museus para os quais trabalhava, vendera os móveis e devolvera o apartamento. Precisaria reorganizar toda a sua vida com urgência, mas, sem dúvida, não teria ânimo para fazê-lo.

Repetindo o gesto da ida, Stéphanie pegou a mão da irmã e apertou com toda a força.

# Dois

Três uísques haviam vencido Anaba, que, finalmente, dormia sob o cobertor. Stéphanie também gostaria de dormir para esquecer a vontade persistente de fumar um cigarro, porém muitos pensamentos desagradáveis giravam em sua cabeça. O ruído surdo dos reatores não a embalava, os filmes oferecidos na tela individual à sua frente não a interessavam e ela continuava com os olhos bem abertos na penumbra da cabine.

Uma aeromoça que passava pelo corredor central lhe dirigiu um sorriso e ela aproveitou para pedir, em voz baixa, uma taça de champanhe. Talvez precisasse pagar, paciência; depois das enormes despesas que havia feito, isso não faria nenhuma diferença. E o champanhe não era só uma bebida de festa: ele acompanhava todas as circunstâncias da vida, felicidades e infortúnios excepcionais.

O que estaria fazendo o ignóbil Lawrence Kendall naquele exato momento? Estaria pensando no que havia destruído? Ele não tinha como saber a reação de Anaba, pois ela não demonstrara quase nada na frente de Augustin e, também, havia jogado o celular na lata de lixo do quarto do hotel. Um gesto salvador para ela, caso algum dia esse cretino tivesse a ideia de enviar uma mensagem de arrependimento. Seria espantoso se ele não acabasse se explicando ou se desculpando.

A aeromoça voltou e lhe entregou a taça com um sorrisinho cúmplice.

— Se quiser mais uma, faça-me um sinal — murmurou ela.

Estaria pensando que Stéphanie era alcoólatra ou que tinha fobia de avião? Pouco importava; a opinião que os desconhecidos tinham dela não a atingia. Mais uma taça, e ela pensou em pôr o fone de ouvido para ouvir um pouco de música, porém, decididamente, não estava a fim. Outra vez, ela se perguntou como o pai havia recebido a notícia. Ligara para ele antes de entrar na sala de embarque e fizera um resumo da situação, obtendo em troca apenas um pesado silêncio. Tudo o que ele dissera, depois de um tempo, era que iria buscá-las em Roissy. Devia estar sofrendo por Anaba, que ele adorava, mas Lawrence não o havia conquistado totalmente e, talvez, ele achasse que esse malogrado casamento fosse um mal que viesse para o bem.

Seria esse o caso? Se Lawrence houvesse aparecido, se a união fosse consagrada, Anaba certamente seria uma mulher feliz e satisfeita, ao menos por algum tempo. Ela acreditava que, com Lawrence, realizaria todos os seus sonhos, incluindo o de morar no Canadá. Léotie descrevera seu país com tanto entusiasmo e saudades que Anaba havia construído a imagem de um paraíso. No entanto, naquela manhã, no luxuoso carro alugado, ela dissera: "E o inverno em Montreal é tão longo..." Embora imensa, a cidade subterrânea tinha seus limites: uma iluminação artificial, uma temperatura constante e, sobretudo, um consumo desenfreado.

Anaba se mexeu e resmungou durante o sono, fazendo com que o cobertor escorregasse. Com gestos quase maternais,

Stéphanie o pôs de volta no lugar. O rosto de sua irmã estava crispado, enrugado. Algumas horas antes, ela estava tão bonita de noiva! De quanto tempo precisaria para desabrochar de novo, para voltar a confiar na vida, num homem? Havia se entregado de corpo e alma a Lawrence e, tão cedo, não o faria de novo. Sobretudo porque sempre tirava lições das experiências más. Desde criança, era muito ponderada e nunca cometia duas vezes o mesmo erro. O pai dizia rindo: "Eis uma menina difícil de se pegar em flagrante!" No entanto, ela havia entrado com tudo na armadilha do amor cego. Na escola de Belas-Artes, onde conseguira boas notas, logo compreendera que não possuía um verdadeiro talento criativo e que deveria se voltar para outra coisa. Em relação aos namorados, desconfiava das belas palavras, preferindo sempre as ações. Então, por que Lawrence a conquistara tão facilmente e tão completamente? Por que não havia parado para pensar, em vez de aceitar o precipitado pedido de casamento?

A vontade de fumar se tornava incontrolável e Stéphanie se levantou para esticar um pouco as pernas. Quase todos os passageiros dormiam, e apenas algumas luzes esparsas indicavam as telas acesas no encosto das poltronas. A quietude de um voo noturno sem a menor turbulência. Anaba não havia chorado muito antes de adormecer, enxugando furtivamente algumas lágrimas de raiva. Em seguida, o uísque a havia derrubado.

"Vou propor que vá morar na minha casa enquanto se recupera. Papai não será uma boa companhia. Não devemos paparicá-la, mas ajudá-la a levantar a cabeça."

— Mais uma taça? — sussurrou a aeromoça que vinha ao seu encontro no corredor.

— Aceito com prazer, obrigada.

Seria melhor fazer como a irmã e afundar no torpor para não ver as horas passarem. Ela voltou ao lugar, tentou se instalar confortavelmente, mas, realmente, faltava espaço na classe econômica. Por sorte, havia encontrado um site na Internet no qual era possível comprar passagens na última hora e em oferta.

"Com certeza, Anaba não tem economias, pois não esperava por esse duro golpe. Ela falava em procurar emprego no Canadá, depois de casada..."

Stéphanie vivia sem problemas com o que ganhava em sua loja de antiguidades, porém não dispunha de nenhuma liquidez, uma vez que ia investindo a maior parte dos lucros em novas compras. O saldo lhe permitia pagar o empréstimo que fizera para comprar a casa. Quanto ao pai, ele só tinha a aposentadoria de professor e não nadava em dinheiro.

"Tudo vai se resolver, nada de pânico. Vamos resolver as coisas uma a uma, conforme forem aparecendo."

Na morte de Léotie, Stéphanie já havia consolado e protegido Anaba, da melhor maneira possível. Estava prestes a fazê-lo de novo, mas se sentia desarmada. O que acontecera naquela manhã em Montreal ia além do entendimento e podia destruir uma mulher para sempre.

"Ela nunca mais será tão leal, tão inocente, tão entusiasta. Mas vai se recuperar, tem forças para isso."

Stéphanie não pensava em si mesma, em todas as dificuldades da vida que havia superado. Ela também perdera a mãe e, em seguida, a madrasta, que amava muito. Seus dois casamentos só lhe haviam trazido amargas desilusões e, talvez, houvesse se tornado azeda e irritável se não fosse a loja na qual investira toda a sua energia. Amava a sua casa, os móveis raros que vendia, as conversas fascinantes com os compradores. Com força de vontade, havia construído uma vida que, provavelmente, sofreria mudanças nas semanas e nos meses pela frente.

Ela sentiu que seus olhos se fechavam e, por entre os cílios, lançou um último olhar protetor para Anaba.

Ao sair do centro Bell, onde assistiu a uma partida de hóquei, Augustin foi ao *Hilton Bonaventure*, bem próximo, para se certificar de que Anaba e a irmã haviam partido sem problema. Na recepção, confirmaram-lhe que as duas mulheres haviam deixado o hotel na véspera, no início da tarde, com as malas. Portanto, haviam conseguido, imediatamente, as passagens para Paris; melhor assim, pois permanecer ali teria sido um calvário para elas. Augustin aproveitou para verificar se a conta havia sido faturada no nome de Lawrence, como o combinado. Quando ia sair, tranquilizado, o funcionário do hotel se lembrou de alguma coisa e o reteve.

— Uma camareira encontrou isso no quarto. Esquecido, sem dúvida. Posso lhe entregar?

Ele pôs em cima do balcão um telefone celular vermelho-metálico, que Augustin não teve dificuldade em reconhecer. Anaba devia tê-lo deixado para trás deliberadamente e era muito normal. Ele pôs o celular no bolso e agradeceu com um sinal de cabeça. Certamente, havia montes de mensagens bem pessoais na memória do aparelho, seria melhor não deixá-lo rodando. Talvez, algum dia, tivesse oportunidade de devolvê-lo a Anaba na França. Em todo caso, nem pensar em mostrá-lo a Lawrence; o idiota que continuasse a enviar suas desculpas em vão.

Ao sair do *Hilton*, Augustin foi pegar num estacionamento o carro alugado e seguiu o caminho da "montanha", isto é, do

Mont-Royal, a colina que dominava o centro de Montreal. Em todas as suas estadas, dava uma volta por lá, deparando com inúmeras lembranças da juventude nas curvas do caminho. Como estava muito frio para sair do carro, ele se limitou a admirar a paisagem através dos vidros. Poderia pegar o caminho Remembrance, a oeste, ou a via Camilien-Houde, a leste. Escolheu a última porque queria parar alguns instantes no Belvédère. Dali, veria a noite cair sobre a cidade e sobre o parque olímpico.

Dirigindo distraidamente, ele contou os dias que lhe restavam passar no Canadá. Não mais do que três, antes de pegar o avião para Paris. Havia chegado uma semana antes do casamento, a fim de ter tempo para dedicar a Lawrence e também aos seus negócios. Seu agente, que não perdia a esperança de fazê-lo voltar definitivamente, não compreendia a sua opção de viver na França e tentava convencê-lo. Em vão, Augustin lhe explicara que toda a sua inspiração estava lá; o agente sacudia a cabeça, desolado, prevendo baixas vendas. Por sorte, não era isso o que acontecia. E Augustin tivera de concordar com uma sessão de autógrafos e em dar conferências da próxima vez que viesse ao país. Acontece que ele detestava aguardar atrás de uma mesa que viessem comprar seu último romance policial, nunca sabia o que escrever na dedicatória e considerava muita vaidade discursar sobre a profissão de autor. Cada um tinha seu método, sua imaginação e seu talento, não existia uma regra. Era inútil tentar fazê-lo acreditar nisso.

Parado no estacionamento do Belvédère, ele olhou por longo tempo as luzes da cidade. Nenhum arranha-céu podia ultrapassar a altura do Mont-Royal, excelente medida para evitar o sufocamento urbano. Augustin adorava Montreal. Ali se sentia em casa e era sempre um prazer retornar à cidade. Um lugar cosmopolita e surpreendente onde era possível encontrar cafés que serviam *brunches* como em Paris, como em Nova York, turistas passeando de caleche, torres de vidro e respostas em francês a perguntas em inglês. Cercada pelas águas do Saint-Laurent, aninhada em volta da sua "montanha" e esburacada como um *gruyère* pelas galerias subterrâneas, a cidade era um paraíso para os notívagos e podia ser considerada a capital cultural do Quebec. Ali existia uma incomparável alegria de viver e, mesmo assim, Augustin sentira necessidade de ir embora. Em certo momento, havia compreendido que seu destino estava em outro lugar, que ali não aprenderia mais nada. Como a temporada em Los Angeles não o convencera, decidiu fazer um tour pela Europa. Havia gostado muito da Inglaterra e da Itália, mas se apaixonara pela França, desde o primeiro dia. Deslumbrado, havia passado um bom tempo na Provence, em Touraine, na Normandia e, ao fim de seu périplo, Paris o enfeitiçara. Graças aos direitos autorais, conseguira alugar um apartamento numa água-furtada, na ilha de Saint-Louis. O apartamento não era mais do que antigos quartos de empregados ligados entre si, mas a vista do Sena era sublime. Assim que se instalou, escreveu seu melhor livro em algumas semanas. Ele não tinha agente em Paris e tratava diretamente com um editor que o levava a jantar em maravilhosos restaurantes, nos quais saboreava vinhos inesquecíveis. Em Paris também não tinha lembranças, nem as boas nem as não tão boas.

Ele esboçou uma careta involuntária, o que provocou um repuxar na altura da cicatriz. Estava com fome e passou em revista alguns lugares em que poderia jantar. O *Café du Nouveau Monde*, sempre animado, o tentava. Ou, então, *Chez l'Épicier*, na velha Montreal, onde, à noite, serviam um delicioso menu degustação.

Com um ligeiro suspiro, deu a partida. No banco do passageiro, o celular de Anaba brilhava, iluminado pela luz do painel. O que Lawrence havia feito era totalmente insensato, incompreensível. Contrariando a sua promessa, não havia ligado para Augustin, que não tinha notícias dele. A única certeza era que Michelle estava em Ottawa. Lawrence estaria se consolando de sua covardia com a antiga amante ou cuidava de processos na capital? De qualquer modo, havia posto a amizade deles em risco, pois poderia — não, deveria — ter desabafado com o amigo na véspera do malogrado casamento e, assim, minimizar os estragos. Não sendo um homem que agia por impulso, por que quisera convencer Augustin de que havia sido assim? Um ataque de pânico em Lawrence era ridículo. Ninguém era mais reflexivo e mais pragmático do que ele.

Chegando ao pé do Mont-Royal, Augustin tomou a direção da rua Sainte-Catherine, finalmente escolhendo o *Café du Nouveau Monde*. Não conseguia tirar Lawrence e Anaba da cabeça. A moça não merecia ser tratada daquele modo e, quanto a Lawrence, sua aura havia perdido o brilho com aquele episódio. Augustin ainda o consideraria seu melhor amigo? Será que ainda pronunciaria as palavras tão laudatórias que escrevera em seu discurso de padrinho? E, já que era o momento de refletir sobre isso, depois de todos os sérios abalos no passado da afeição que os ligava, essa não seria a gota-d'água, o golpe de misericórdia?

Pouco à vontade, Augustin abaixou um pouco vidro e deixou o ar gelado invadir o interior do carro.

Roland tomara providências para não dar ao almoço um ar de festa. Com carne picadinha, cebolas e tomates frescos, havia preparado um simples espaguete à bolonhesa segundo a receita de Léotie e, de sobremesa, uma torta de limão coberta com merengue. Seria bom para revigorar as filhas depois da longa viagem.

Voltando de táxi de Roissy, os três haviam falado pouco, esperando chegar em casa para abordar o assunto. Porém, assim que chegaram, Anaba subiu para tomar um banho e Stéphanie fez sozinha um resumo da situação para o pai.

— Não me peça explicações — concluiu ela. — Eu não as tenho. Lawrence é louco, doente ou um canalha. Posso afirmar que passei por um constrangimento horrível em frente ao maldito Palácio de Justiça e, quanto a Anaba, o céu desabou sobre a cabeça dela, nada menos do que isso.

— Foi isso mesmo que você disse! — lançou Anaba, descendo a escada.

Usando o velho roupão de banho que datava da época de seu *baccalauréat*, ela ainda estava com o cabelo molhado e os olhos inchados.

— Vamos falar tudo de uma vez, papai, e, depois, passar uma borracha. Esse cara vai sair da minha vida, vou esquecer até o nome dele!

— Eu também — resmungou Roland. — Vamos, conte o que tem no coração.

— No meu coração? Vitríolo. Ele está todo queimado, todo ressequido. Se Stéphanie não estivesse lá, acho que teria me jogado debaixo de um...

Ela se interrompeu bruscamente, horrorizada, e se corrigiu na mesma hora.

— Desculpe, é uma idiotice.

A alusão involuntária à maneira como a mãe morrera pareceu acalmá-la.

— Ainda na véspera — continuou ela — tudo corria bem. Lawrence só estava um pouco nervoso. Ele me levou rosas no hotel e depois... O que aconteceu você já sabe. Mas não havia nenhum sinal indicativo, nada. Ele até me deu um magnífico anel de noivado, que Stéph me impediu de jogar no bueiro no momento da raiva. Ele era amoroso, muito assíduo na cama, enfim, não vou entrar em detalhes.

Roland concordou com a cabeça, sem vontade de ouvir esse tipo de confidência. Sempre fora muito pudico com as filhas, mas a explicação de Anaba não deixava de ser útil. Se Lawrence a amava e sempre a desejava, por que diabos havia fugido no último momento?

— O que prevalece, minha querida, a tristeza, a decepção, a raiva ou a humilhação?

— Poderia fazer um bolo com esses quatro ingredientes em quantidades iguais! Eu me sinto totalmente desestabilizada. Diminuída, abandonada, desprezada, desvalorizada. Mas, claro, não é o fim do mundo.

Ela se jogou numa cadeira, em frente à mesa de teca vermelha. Sob a luz elétrica da cozinha, seu rosto parecia esbranquiçado, sendo que ela tinha a pele cor de mel. O pai a observou por alguns instantes, depois derramou o conteúdo da frigideira em cima do espaguete já escorrido. Stéphanie terminou de pôr a mesa e eles começaram a comer em silêncio. Depois de algumas garfadas, Anaba levantou a cabeça.

— Está delicioso, papai.

— Que bom! Você precisa comer.

— Por quê? Não estou doente nem convalescente.

Roland lhe dirigiu um de seus sorrisos paternais que a faziam se derreter.

— Bom, concordo — admitiu ela. — Não estou na minha melhor forma, mas ela voltará. Se permitir, vou ocupar outra vez o meu quarto. Ou melhor, o que resta dele, diante da invasão de livros!

— Tenho uma ideia melhor — interveio Stéphanie. — Venha para a minha casa, no campo, por algumas semanas. O tempo suficiente para se recuperar, fazer outros projetos. Poderá cuidar da loja quando eu saio em busca de objetos raros, será a sua contribuição. O que acha?

Anaba olhou alternativamente para o pai e para a irmã. A solução proposta por Stéphanie era, de longe, a melhor. Em Andelys, ela teria com o que se ocupar. Stéphanie tinha uma clientela entusiasmada que gostava de conversar antes de comprar e ela teria oportunidade de ver novas caras, de pensar em outras coisas. E, nas redondezas, o campo era tão bonito que, mesmo em pleno inverno, havia magníficos passeios a serem feitos.

— Se não se incomoda de ter companhia, sua oferta me deixa tentada.

— Sabe muito bem que não me incomodo. Você conhece a casa, vai se sentir à vontade.

O fato de ter vendido seus móveis e uma parte de suas roupas para partir irrefletidamente para a nova vida no Canadá havia deixado Anaba quase sem nada. Ela também despachara por navio várias malas e duas caixas de papelão de objetos pessoais para a casa de Lawrence em Montreal e recuperá-las levaria algum tempo. E será que era o que queria? Por que não recomeçar do zero e fazer tábula rasa do passado? Ao subir para tomar banho, ela vira que, além do velho roupão, deixara dois jeans, um suéter grosso e algumas camisetas. Começaria com isso, como na época despreocupada do curso na escola de Belas-Artes.

— Também pode ficar comigo — ofereceu Roland. — Mas o papo será melhor com a sua irmã!

Ele se divertia com a capacidade que elas tinham de conversar durante horas, uma vez que ele próprio era bem calado, de tanto viver entre os livros. Na época em que ensinava, mergulhava num livro ao voltar das aulas, como se já houvesse falado demais com os alunos.

— Deixei o carro no estacionamento numa porta* de Paris — declarou Stéphanie. — Era mais barato por um longo período. Podemos ir buscá-lo amanhã de manhã, paramos no caminho para fazer algumas compras e estaremos em Petit-Andely na hora do almoço. Você terá todo o tempo que quiser para se instalar, pois a minha previsão era reabrir a loja só no sábado.

— Ótimo — aprovou Anaba. — Mas, então, hoje à noite, quero convidá-los para jantar num restaurante.

— De jeito nenhum — indignou-se Roland. — Há pouco tempo abriu um simpático bistrô no fim da rua, mas só iremos se eu pagar. Guarde o seu dinheiro, minha filha. Vai precisar dele. Aliás...

Ele se ergueu para pegar a carteira no bolso de trás da calça.

— Eu havia pensado em lhe dar um bom presente de casamento — disse ele, com a voz um pouco rouca. — Apesar do que aconteceu em Montreal, não vejo por que não deveria ganhá-lo. Já estava no meu orçamento. Aqui está, acho que vem em boa hora e prefiro pensar que vai usá-lo para começar a se recuperar a investi-lo num jogo de porcelana.

---

* As portas de Paris são as passagens das antigas muralhas que cercavam a cidade. (N.T.)

De esperança e de promessa

Em vez de entregar a Anaba o cheque dobrado ao meio, ele o deslizou para perto do prato dela, piscando. Sem esperar a reação da filha, Roland foi buscar a torta.

— Papai — disse ela por trás —, não posso aceitar.

— Claro que pode — resmungou ele. — Ainda tem conta na França?

— Eu não a encerrei, pois pretendíamos vir aqui com frequência.

— Perfeito. Agora vamos falar de outra coisa.

— Sem que antes eu lhe diga obrigada?

— Só tenho as minhas duas filhas para mimar — respondeu, simplesmente.

Ele serviu um bom pedaço para Anaba, o mesmo para Stéphanie, que se limitava a observá-lo com um sorrisinho deliciado.

— Você deveria reler Alain* — declarou Roland num tom sério. — No fundo, a filosofia dele consiste em ensinar a alegria.

Anaba o encarou, balançou a cabeça e, de repente, deu um murro na mesa.

— Quando penso, acho que esse cara é um imbecil! E nunca saberei por que ele desistiu, por que me deixou lá plantada sem uma palavra. Se soubessem como eu queria já tê-lo esquecido!

Ela rompeu em soluços, soluços contidos desde o Palácio de Justiça de Montreal, chorando como uma meninazinha que se afoga numa tristeza grande demais para ela.

— Ah, bom, chegamos lá — murmurou Stéphanie.

---

* Alain — Pseudônimo de Emile-Auguste Chartier. Filósofo, jornalista, ensaísta e professor. Escreveu várias obras, entre elas *Propos sur le bonheur* (Palavras sobre a felicidade). (N.T.)

Lawrence patinou por mais de duas horas no canal Rideau congelado, sem conseguir se cansar. Agora, estava na hora de se encontrar com Michelle em frente ao museu de Belas-Artes, onde ela preferira passar a tarde. Ele a localizou de longe, por causa do gorro de pele branca e das botas vermelhas. Ela sempre se vestia de modo extravagante, mas podia se permitir isso com o seu um metro e setenta e cinco, os ombros quadrados de nadadora, a crina de leoa e o olhar azul glacial.

"O contrário de Anaba", pensou Lawrence com um aperto no coração. Há quatro dias, tentava não pensar nisso todo o tempo, mas o malogrado casamento o obcecava. Acordava durante a noite se perguntando, estarrecido, como pudera fazer uma coisa assim. E, além da culpa, sentia toda a dor da ruptura, pois ainda estava apaixonado por Anaba. Entretanto, estava certo de que tinha razão. Na véspera da cerimônia, havia sido inundado por imagens durante horas, cada qual mais angustiante do que a outra. Anaba grávida, pesada e com olheiras, o que não tinha mais nada a ver com sua deliciosa indiazinha canadense. Anaba esgotada pelo parto, Anaba preocupada unicamente com o bebê — com vários bebês, que se sucediam no ritmo de um a cada dois anos! Anaba pressionando-o para vender seu dúplex da Velha Montreal e comprar uma dessas casas de subúrbio com um jardim bem-podado e cerca branca. Vizinhos que lavavam a caminhonete da família aos domingos. Talvez um cachorro no gramado. Um sofá de flores cheio de manchas de leite regurgitado e chocolate esmagado. Brinquedos por todo lado, gritos, choros, brigas. A ele, caberiam os congestionamentos do fim do dia para voltar para esse "paraíso", onde uma mulher exangue o aguardava cheia de recriminações e um lenço na cabeça, porque não tivera tempo de ir ao cabeleireiro. A ele, caberiam planos de poupança para garantir os estudos dos filhos queridos.

Ele havia raciocinado, tentado rir desses clichês, mas nada o acalmara. Mesmo sem caricatura, o quadro dos dez anos futuros continuava a ser desesperador. Lawrence não estava preparado para mudar. Adorava a sua vida e, se cogitara de nela incluir Anaba, havia sido com uma visão de casal, e não de uma família numerosa. Anaba, essa jovem encantadora, inteligente, independente, um dia transformada em matrona?

Ah, se ao menos ela não houvesse falado de filhos, de todos os filhos com os quais sonhava! Ele queria viver com ela, ir a lugares badalados, onde poderia apresentá-la aos amigos, levá-la para conhecer o país e vê-la arregalar os olhos maravilhada, cobri-la de presentes, jantar com ela à luz de velas e fazer amor todas as noites. Sem a desencorajadora distância entre Paris e Montreal, será que teria pensado em casamento? No fundo, não estava pronto, não estava maduro, nem mesmo *decidido*. E, para se convencer, não achara nada melhor do que entrar de cabeça na organização de todos os preparativos. Uma maneira de encostar a si mesmo na parede, pois acreditava que, assim, não poderia recuar. No entanto, havia sido isso o que fizera...

Naquela noite, às cinco da manhã, ele havia ligado para Michelle para suplicar que lhe desse um conselho. Bom, talvez ela não fosse a pessoa mais indicada, mas haviam conversado por um longo tempo. Ao desligar, sua decisão estava tomada, só faltava encontrar uma passagem de avião para Ottawa e, também, enfrentar Augustin.

"Preciso ligar para ele de qualquer maneira, eu prometi!"

Ele pensou com azedume que, de uma maneira ou de outra, ultimamente não estava cumprindo suas promessas. Mas a perspectiva de uma lição de moral o desencorajava. Principalmente vinda de Augustin. A amizade deles já não era a mesma de alguns anos atrás. Por um lado, seus caminhos divergiam mais e mais a cada ano e, por outro, Lawrence continuava em dívida para com ele; acontece que detestava ser um devedor.

— Vai mesmo andar com esses patins em volta do pescoço como um menino? — perguntou Michelle, rindo.

Ela o beijou no rosto, pegou-o pela mão e o arrastou.

— Vamos ao *Irish Village*, preciso de uma cerveja e lá tem música celta! Espero que se distraia, porque a sua cara ainda não está boa. Sorria um pouco, a Terra continua a girar.

Com ela, Lawrence tinha a certeza de que poderia espairecer, pois Michelle sempre tinha boas ideias para se divertir.

— Ninguém sabe onde você está, ninguém o persegue. Diga a si mesmo que está de férias e aproveite.

— Acontece que preciso voltar a Montreal, e dar, finalmente, uma explicação aos meus pais, pagar todas as contas do maldito casamento fantasma e assumir meus processos em atraso.

— Não havia planejado uma lua de mel?

— Não agora. Íamos para a França só no começo do verão. O momento não é bom para tirar férias.

Os principais sócios do escritório, do qual ele só tinha uma participação insignificante, fizeram-no compreender isso quando ele avisara que iria sair por uma semana. Mas como poderia ficar? A ideia de cruzar com Anaba, ou mesmo com Augustin, o levara a fugir.

— Você deveria ter ouvido o tom do *big boss* ao me perguntar no telefone: "*Então, quer dizer que você não se casou no sábado?*" Ele estava na lista dos convidados! Dá para perceber?

— Por que não encarregou Augustin de cancelar todos os convites?

— Depois de convencê-lo a se ocupar de Anaba, não podia esperar mais nada da parte dele. Liguei para a moça encarregada da organização e disse para ela se virar.

— Ela deve lhe ter rogado uma praga.

— Ora, vamos, ela foi paga para isso! Organizar, desorganizar, é o trabalho dela. Acho que ela esperou todo mundo no local da recepção.

Imaginar a reação das pessoas lhe dava arrepios. Era preciso virar a página e parar de pensar em toda essa história.

— Acho que Augustin não desempenhou o papel de melhor amigo — avaliou Michelle com uma pequena careta.

Eles nunca haviam gostado um do outro, nunca se entenderam, eram muito diferentes. Augustin julgava Michelle fútil e arrivista; ela o achava sem ambição, insistindo no fato de que ele poderia fazer uma carreira fantástica no Canadá e nos Estados Unidos, em vez de se exilar na França.

— Sei que não gosta muito dele, mas, para ser honesto, ele passou o dia inteiro comigo, na véspera, em minha despedida de solteiro, por isso suponho que se sinta traído.

Michelle eliminou o argumento com um gesto despreocupado.

— Esqueça ele, esqueça tudo! Sabe o que eu vou fazer? Vou quebrar o meu cofrinho...

— O que quer dizer?

— Amanhã, vou levá-lo ao Parque Algonquin e convidá-lo para almoçar no *Arowhon Pines*. Vamos comer numa sala feita com troncos de árvores, que tem uma vista de tirar o fôlego. Mas já vou avisando: é preciso levar o vinho e disso você se encarrega!

— Algonquin? — repetiu ele.

— Pegamos a autoestrada 60 e, pronto, chegamos! Você verá, vai gostar de avistar um alce ou, por que não, um urso?

— Lá existem esses animais, de verdade?

— Sim, e lobos também.

Ele sentiu um arroubo de gratidão para com ela, pelo trabalho que estava tendo. Desde que chegara a Ottawa, ela se encarregara totalmente dele, algo a que não estava acostumado. Em geral, era ele quem decidia, planejava e, com Anaba, havia adorado bancar o mentor. Porém, ao menos uma vez, queria se deixar levar. Em poucos dias, daria a volta por cima, voltaria a ser o mesmo; enquanto isso, não achava desagradável ser paparicado. Quanto às motivações de Michelle, preferia não se questionar a esse respeito. Apesar de sua atitude bem racional quando haviam rompido e do papel que representava, de ex que se torna a "melhor amiga", ele se perguntava se ela não demonstrava uma ternura excessiva em relação a ele. Acontece que ela *não* era uma pessoa terna.

— Este inverno não acaba nunca — disse ela, encostando-se nele. — Já estou cheia de sentir frio!

Ele também sonhava com dias ensolarados, mas não passaria a primavera ao lado de Anaba, não a levaria aos quatro cantos do país, como havia prometido. Não lhe mostraria as paisagens acidentadas dos Apalaches, nem a região dos esquimós nas terras árticas. Não leria para ela os poemas de Robert Service* sobre a corrida do ouro. Não a despiria com avidez, ávido por acariciar sua pele cor de âmbar, suave como seda. Havia renunciado a tudo isso porque, nesse quadro idílico, não havia nenhum lugar

---

* Robert William Service — Poeta de origem britânica, conhecido por suas obras sobre o Canadá. (N.T.)

para os "grudentos", palavra quebequense afetuosa e imagética para designar as crianças.

Um sol tímido do comecinho de março fazia as vagas tranquilas do Sena brilharem. Das janelas do seu quarto, Anaba podia ver, de um lado, o rio e, do outro, a igreja de São Salvador, na praça. Arredores calmos, bem-organizados, propícios à serenidade.

Como em todos os cômodos da casinha de Stéphanie, os móveis eram magníficos: uma cômoda e uma secretária estilo Império, ladeadas por uma poltrona, uma cama estilo Diretório coberta com um grosso edredom acolchoado de penas. O papel de parede pastel, o carpete creme e as cortinas de veludo presas por largas braçadeiras contribuíam para tornar o ambiente agradável. Ali, onde Lawrence jamais pusera os pés e onde ela passara excelentes fins de semana com a irmã, talvez Anaba pudesse se recuperar.

— Aproprie-se deste lugar — recomendou Stéphanie. — Se tiver vontade de subir da loja um belo abajur, um par de castiçais ou qualquer outra coisa para fazer uma decoração a seu gosto, não hesite: a casa é sua.

Por enquanto, estava muito frio no interior da casa, pois o aquecimento ficara desligado por vários dias.

— Vamos nos fechar na cozinha enquanto preparamos o almoço. Vou ligar o forno imediatamente!

Elas desceram juntas para o térreo, cujas janelas ainda não haviam aberto.

— Vamos deixá-las assim. Não faço a menor questão de que venham nos importunar hoje — decidiu Stéphanie.

Originalmente, havia na casa uma sala de visitas, uma sala de jantar e um escritório, mas as três peças haviam sido destinadas à loja de antiguidades. Essa parte, reservada para as visitas e os clientes, era separada da cozinha por um hall de onde saía a escada de madeira encerada que levava ao andar dos quartos. Stéphanie se virava muito bem com essa divisão, pois havia crescido na casa estreita e esquisita do pai. Mesmo assim, aos poucos, havia arrumado a cozinha como um verdadeiro local de convivência, prolongando-a com uma pequena varanda envidraçada, estilo século XVIII, que dava para o jardim atrás da casa, e pondo em funcionamento a grande lareira de tijolos.

— Você viu o meu novo exaustor? Não aguentava mais o cheiro de ragu que entrava pelas narinas dos meus clientes!

— Que ragu? Você teve aulas de culinária? — zombou Anaba.

Nenhuma das duas tinha dom para a cozinha e os únicos pratos que sabiam preparar eram as receitas de Léotie.

— Antes de tirar o mantô, siga-me. Quero lhe mostrar uma coisa que pode lhe interessar — anunciou Stéphanie.

Ela atravessou a varanda e saiu para o pequeno jardim onde o mato crescia. Na parede do fundo, um alpendre de tamanho razoável parecia destinado a guardar ancinhos, cortador de grama e outras ferramentas, mas, na verdade, Stéphanie o usava como depósito de móveis.

— Quando encontro uma peça rara, de época, até assinada, eu sempre compro, qualquer que seja seu estado. Algumas estão muito estragadas e eu só poderia vendê-las depois de uma restauração. Sei que sua especialidade são os quadros e justamente tenho três deles aqui que encontrei em sótãos.

No meio dos móveis velhos, Anaba descobriu as telas protegidas por uma lona.

— Evidentemente — prosseguiu a irmã —, não será tão importante quanto trabalhar para um museu, mas vai ocupá-la e dividiremos os lucros. Quanto aos móveis, alguns precisam de um marceneiro, mas os outros, nos quais não há muito o que fazer, com um pouco de paciência, de minúcia e óleo de terebintina, você deve conseguir! Sugiro que comece pelos quadros: basta levá-los para a varanda se quiser trabalhar num ambiente aquecido. Quando esquentar um pouco, se quiser trabalhar aqui, podemos dar um jeito para que fique mais à vontade. O que acha?

Absorvida pela pintura de um mestre do século XVIII, Anaba concordou com a cabeça. Em seguida, virou-se para Stéphanie e a encarou. A proposta da irmã só visava a pô-la à vontade, dar-lhe um objetivo, conseguir-lhe alguma renda. Entretanto, com essa combinação, ambas ganhariam dinheiro e Anaba não teria a impressão de ser um peso. De qualquer modo, seria bom que retomasse o gosto pelo trabalho, que ocupasse as mãos e a cabeça.

— Acho que você é muito... generosa.

— Não, não acredite nisso. Não quero é que você fique andando por aí com um vazio na alma e uma cara de cocker! E, depois, tenho de confessar que, às vezes, tenho os olhos maiores do que a barriga; eu compro, faço um estoque e não tenho tempo de cuidar dele. Neste alpendre, os móveis racham, as pinturas estragam e eu deixo tudo na bagunça porque não posso estar em todos os lugares ao mesmo tempo. Você vai me dar uma ajuda preciosa e sou sincera ao dizer isso.

— Stéph...

— É isso mesmo! Em vez de prosperar, a minha lojinha vai aos tropeções por falta de braços. Se me emprestar os seus, fecharemos negócios e ganharemos dinheiro. Você e eu falamos a mesma língua a respeito de arte e pintura. A diferença é que eu aprendi com a prática, sou autodidata, e você teve uma formação na escola de Belas-Artes. Isso conta na profissão! Ouça, pensei muito depois dessa... catástrofe de Montreal. Como diria o papai, há males que vêm para o bem. Nunca havia pensado nisso antes, pois você morava em Paris, remunerada pelos museus, mas, agora, temos a oportunidade de trabalhar juntas. Vamos tentar!

Anaba não era ingênua a ponto de acreditar que a situação era tão ideal quanto dizia a irmã, mas o projeto a tentava. Ela examinou mais atentamente o alpendre que podia ser transformado em ateliê, sem muito gasto. Uma lâmpada no teto indicava que havia eletricidade e ela vira uma torneira do lado de fora, perto da porta. Se ainda estivesse morando com Stéphanie, dentro de um mês ou dois, poderia trabalhar ali. Enquanto isso, começar a restauração dos quadros não seria nenhum problema.

— Na minha opinião — disse ela apontando para uma das telas —, esta aqui não vale a pena. Mas as duas outras são interessantes, você teve faro. Especialmente esse flamengo, que deve nos fazer uma boa surpresa depois que estiver livre de todas as camadas de sujeira e de verniz mal-aplicado.

Stéphanie deu um largo sorriso e bateu as mãos, aplaudindo.

— Vamos comer — concluiu ela. — Estou morta de fome.

Augustin olhava as malas darem voltas na esteira, procurando localizar sua sacola de viagem. Finalmente estava na França; em uma hora, estaria em Paris. Isso, desde que a sua bagagem não houvesse extraviado, pois esse tipo de incidente era cada vez mais frequente. Por sorte, reconheceu as faixas vermelhas que ele havia colado na lona da sacola e que podiam ser vistas de longe. Pegando a sua sacola de viagem, ele se dirigiu para a alfândega.

Depois de cumprir as formalidades, quando se viu do lado de fora do aeroporto Roissy-Charles-de-Gaulle, foi agradavelmente surpreendido pela temperatura suave. Uma impressão de primavera precoce flutuava no ar leve e dava vontade de fazer loucuras. De repente, a neve de Montreal parecia estar muito longe, bem como o horrível momento em que teve de enfrentar Anaba e a irmã. O que elas teriam feito ao voltar para casa? Teriam amaldiçoado Lawrence, queimado o vestido? O que uma mulher humilhada a tal ponto faria para manter a cabeça erguida?

Anaba não era o tipo de Augustin, mas havia simpatizado com ela desde o primeiro encontro. Era uma moça direita, cheia de vontade de viver, pronta para rir e se maravilhar. Era exatamente a mulher de que Lawrence precisava, o contrário de Michelle. Lawrence não precisava de uma mulher soberba e devorada pela ambição, não precisava de alguém que encorajasse seus erros. Ele fizera a festa com Michelle numa certa época, mas elegera Anaba para compartilhar a sua vida e Augustin havia aprovado a escolha. Agora tudo estava perdido, que pena!

Antes de deixar o Canadá, ele pusera as alianças num envelope e jogara na caixa de correspondência de Lawrence. Por pouco, não juntara o telefone celular de Anaba, para que, na volta de Ottawa, ele percebesse que todas as suas mensagens haviam sido em vão. Mas, pensando bem, Augustin chegara à conclusão de que Anaba tinha o direito de ler e ouvir as palavras de Lawrence. Talvez todas as desculpas fossem um bálsamo para o coração da moça. Mas também poderiam ser um ácido na sua ferida! Como saber? De qualquer jeito, ele não podia decidir por ela; um mínimo de honestidade exigia que lhe devolvesse o telefone. Mais uma obrigação desagradável, e depois, bom, estaria terminado; finalmente poderia lavar as mãos. Quanto a Lawrence, não tinha pressa em revê-lo e, além do mais, a sua próxima viagem ao Canadá levaria meses para ocorrer, o que não era nada mau. Não conseguia perdoar as sucessivas covardias do amigo e não aceitava seu silêncio. Lawrence nem tentara saber como Anaba havia reagido. Se ela houvesse se jogado pela janela do *Hilton Bonaventure*, ele nem ficaria sabendo! O brilhante advogado a quem nenhum processo difícil assustava, esse homem bem-falante sempre pronto a defender qualquer causa, não soubera fazer a sustentação da própria defesa. Ele havia escolhido a fuga pouco honrosa, e nem mesmo ousava ligar para o melhor amigo.

Melhor amigo? Nem por um instante Augustin tivera pena dele. Não acreditava na crise de pânico de Lawrence, não estava do lado dele.

"Algum dia vou pôr isso num livro. O noivo que não aparece. Mas, diabos, será porque levou uma bala no corpo, uma bala que furou o belo fraque, saída do revólver de um cara que..."

Ele interrompeu o curso do pensamento para dar o endereço ao motorista de táxi. Tinha pressa em ver as ruas de Paris, os cais do Sena, os monumentos. Agora, pararia com as cervejas e só pediria uma taça de vinho, para ter o prazer de degustar um vinho diferente por dia. E passaria as tardes escrevendo, só saindo depois do anoitecer, quando as luzes da rua se acendessem.

Batendo na testa, ele disse ao motorista que teriam de parar num banco para que pudesse tirar dinheiro num caixa eletrônico.

— Só tenho dólares canadenses — explicou — e suponho que não os aceite.

— Bom, não digo que seja uma moeda sem valor, porém gosto mais dos nossos euros!

Com um sorriso, Augustin se acomodou no banco. Assim que se livrasse do celular de Anaba, atacaria o novo livro com a alma em paz. Só faltava encontrá-la e acontece que ela não morava mais no pequeno apartamento do bairro de Ternes, pois havia rescindido a locação. E, embora Rivière fosse um sobrenome comum, não havia muitas pessoas chamadas Anaba. "A que volta da luta" era, realmente, um nome predestinado para a coitadinha. Prometeu a si mesmo que levaria flores, mas, depois de pensar bem, achou que não era uma boa ideia.

Embaixo do grosso edredom, Anaba se sentia aquecida e abrigada. Depois de três dias ali, tentava não pensar em Lawrence; porém, no silêncio da noite, ele voltava para assombrar a sua mente. Ela revia todos os bons momentos, que haviam sido muitos, inclusive o instante tão romântico, no *Beaver Club*, em que ele lhe dera o anel. Anaba não esperava um presente tão bonito, pois Lawrence já assumira todas as despesas do casamento. Quando escolheram juntos as alianças, dois meses antes, ele se limitara a anotar a medida do seu dedo para "depois". Ela havia afirmado que era a primeira a não querer um anel de noivado, uma despesa pesada que, de fato, poderia esperar até que comemorassem os cinco ou os dez anos de casados.

Como tudo isso era possível? Por que havia acontecido? Qual seria a maldição para que uma história tão bonita terminasse daquele modo? Anaba amava Lawrence, confiava nele, tinha certeza de que seria feliz.

— Quanta ingenuidade, sua coitada! — resmungou ela, puxando o edredom até o nariz.

Na realidade, tudo acontecera muito depressa entre eles. O encontro, o entusiasmo de Lawrence, as idas e vindas ao Canadá com as passagens que ele lhe mandava. Ele a levara para visitar Montreal de ponta a ponta, depois Quebec com a vista inacreditável sobre o Saint-Laurent, do alto do Cabo Diamant. Haviam sobrevoado o lago Saint-Jean a bordo de um avião-zinho e comido a torta de mirtilo na aterrissagem. Haviam feito passeios nos bosques de Lanaudière, piqueniques na ilha de Orléans. E, é claro, haviam cortado a Prairie, das Monta-nhas Rochosas até os Grandes Lagos, pois, no coração dessas planícies ondulantes, os ancestrais de Léotie haviam vivido da caça ao bisão. Cada viagem ao Canadá era uma festa, uma descoberta, um deslumbramento. Lawrence adorava bancar o guia, o professor; ele amava seu país e amava Anaba. Ao menos era o que ela achava, sem se questionar, embriagada com a louca aventura que ele a fazia viver. No dúplex de Lawrence, em Montreal, haviam trocado juras de amor, compartilhado noites tórridas e, a cada separação, sentiam-se cada vez mais infelizes. Ao fim de um ano, quando ele havia falado em casa-mento, ela se sentira feliz e concordara com ele. Então, Anaba havia conhecido os pais dele e Lawrence fora a Paris encontrar Roland. Em seguida, as coisas se haviam acelerado e, enfim, haviam sido bruscamente interrompidas em frente ao Palácio de Justiça.

— Eu entrei de cara no muro a toda velocidade e não havia posto o cinto de segurança...

Com objetividade, ela se odiou pelo seu comportamento de jovenzinha romântica pronta a acreditar em contos de fadas. Saíra do emprego sem a menor hesitação, devolvera o apartamento, deixara o seu país, para saltar no desconhecido com Lawrence segurando-a pela mão. No entanto, ele a havia soltado de repente, sem avisar. Adeus à bela vida no Canadá e aos filhos Kendall, louros como o pai. Volta ao ponto de partida e até menos do que isso, pois, na verdade, não possuía mais nada.

Anaba se esticou como um gato e, em seguida, se encolheu como um feto no calor da cama macia. Quaisquer que fossem a sua tristeza e a sua amargura, tinha a vida pela frente, poderia lutar contra a corrente, ter a sua revanche. Não valia a pena chorar porque Lawrence havia jogado um balde de água fria nos fogos de artifício da festa. Precisava fechar o parêntese e recomeçar. Não podia perder a confiança em si mesma nem nos outros. Iria enfrentar a situação e sair dessa.

Expulsando da mente os olhos azuis de Lawrence — os olhos tão bonitos e tão cheios de amor —, ela pensou no quadro que já começara a restaurar. Gostava de trabalhar na varanda, onde a luz era ideal. Não iria demorar muito e sentiria prazer em sair da cama pela manhã. Na verdade, era isso o que esperava intensamente.

E, quando achou que ia pegar no sono, ela começou a chorar.

# Três

Roland voltava do passeio no jardim dos Épinettes e, ao subir a rua La Jonquière, aproveitou para fazer algumas compras. Ovos, frutas, pão e, sobretudo, um livro em que estava de olho há muito tempo, no seu livreiro favorito. Uma compra que o encantava, mas também o fazia se sentir culpado, pois havia prometido a si mesmo limitar esse tipo de despesa, pelo menos durante alguns meses, até conseguir poupar um pouco. Se, porventura, Anaba necessitasse de mais dinheiro do que o previsto, teria de ajudá-la. A princípio, com o que ele lhe dera de presente de "casamento" e com cama e comida na casa da irmã, ela estaria garantida por um tempo. Mas e depois? Se Anaba quisesse voltar para Paris e procurar um trabalho estável, precisaria de um lugar só dela para morar, não poderia pedir que vivesse com o papai, como uma estudante.

Ele entrou no beco que levava até a sua casa e logo notou um homem que parecia plantado bem em frente à sua residência, com a cabeça levantada, olhando para as janelas. Diminuindo o passo, observou o desconhecido. Podia vê-lo de perfil e notou a cicatriz que lhe riscava a face, chegando até a maçã do rosto. Desconfiado, parou no momento em que o outro se virou para ele. Trocaram um olhar circunspecto e, em seguida, o homem caminhou resolutamente em sua direção.

— Senhor Rivière? — perguntou ele, com um sotaque canadense que deixou Roland em alerta.

Quem seria aquele sujeito? Um parente de Lawrence que queria saber notícias? Pois bem, ele se encarregaria de recebê-lo!

— Sim, sou Roland Rivière — admitiu num tom seco. — E você?

— Augustin Laramie. Foi um pouco difícil encontrá-lo. Por sorte, o nome de Anaba me ajudou. Ela mora aqui, não é?

— Não, de jeito nenhum.

Meio desamparado, Augustin hesitou.

— O nome dela estava com o seu na lista de endereços da Internet...

— Eles deviam atualizar os dados! A minha filha morou comigo enquanto estudava. O que deseja, exatamente?

— Entregar isto, que é dela. Ela o esqueceu em Montreal, no hotel...

Roland considerou por um segundo o telefone celular que Augustin lhe apresentava.

— Senhor Laramie, suponho que não tenha feito uma viagem para isso!

— Não, é claro, eu vinha para a França de qualquer maneira. Moro em Paris.

— Pelo que ouço, não parece.

Augustin deu um sorriso que, embora meio deformado pela estranha cicatriz, Roland achou simpático. No entanto, ele declarou:

— Não ficarei com esse objeto, senhor Laramie.

— Mas é dela!

— Pode ser. Nesse caso, deve estar abarrotado dessas pequenas mensagens malredigidas, próprias da nossa época, e que são tão pessoais quanto um diário.

— Não procurei saber — afirmou Augustin. — Além do mais, a bateria está descarregada.

Novamente, ele estendeu o telefone para Roland, que sacudiu a cabeça.

— Sinto muito, mas não vou assumir esse encargo. Há coisas que a própria pessoa deve fazer.

— Então, vou precisar do endereço dela.

Embora achando graça na pertinência da resposta, Roland não se deixou convencer.

— Você é amigo de Lawrence Kendall?

— Sou — admitiu o outro com evidente reticência.

— Não há do que se orgulhar.

— E quem lhe diz que me orgulho? Ninguém compreende o que aconteceu. Eu em primeiro lugar.

Ao afirmar isso, ele evitava todas as perguntas que Roland estava louco para fazer.

— Ouça, senhor Laramie, espere-me aqui, enquanto eu ligo para a minha filha para saber o que ela quer que eu faça. Receio que ela nunca mais queira se relacionar com nenhum canadense deste mundo, mas talvez faça questão do telefone!

Roland lhe deu as costas, pegou as chaves e entrou em casa.

Com uma careta, Lawrence contemplou os processos acumulados em sua mesa. Não só tinha um monte de trabalho, como a maioria das pessoas do escritório olhava para ele de maneira esquisita. Os dois sócios principais, assim como o *big boss*, haviam se mantido afastados, furiosos por terem perdido o dia reservado havia muito tempo em suas agendas para o pretenso casamento. As secretárias e as telefonistas pareciam escandalizadas, sem dúvida por solidariedade feminina. Os colegas assumiam expressões de conspiradores para lhe dar tapinhas nas costas, solidários, ou franziam as sobrancelhas numa demonstração de moralidade. Em resumo, um ambiente podre.

Em vez de sentar, ele ficou de pé em frente à janela panorâmica. Situado bem no centro da cidade, a dois passos da praça Ville-Marie, o arranha-céu onde funcionavam os escritórios gozava de uma bela vista, mas Lawrence olhava para o vazio, assaltado por pensamentos contraditórios. A reprovação dos colegas acabaria desaparecendo, ele sabia disso. A maioria das mulheres perceberia rapidamente que ele voltara a ser solteiro, portanto de coração livre, e, no fim das contas, os homens, cúmplices, ririam do seu infortúnio. Se trabalhasse de sol a sol, e desde que não tirasse férias, recuperaria o atraso e conseguiria novos clientes. Com seriedade — e com a ajuda do gerente do seu banco! —, planejaria como pagar as loucuras nupciais da melhor maneira possível. As coisas não iam tão mal. Já dissera isso a si mesmo pela manhã, ao se olhar no espelho do banheiro vestido com o terno de corte perfeito, a camisa impecável e uma gravata combinando. Seu poder de sedução, intacto, continuaria a lhe abrir muitas portas. Não tinha motivos para se desesperar. Mas, infelizmente, havia perdido Anaba e só pensava nela. Quanto a reatar com Michelle, mesmo que, na verdade, não o desejasse, foi o que havia feito. Ao pedir ajuda a ela, sabia que acabaria na sua cama, o que, evidentemente, havia acontecido, segundo a previsão de Augustin. Não, não existia amizade verdadeira entre um homem e uma mulher. A cumplicidade e a ternura infalivelmente levavam ao desejo. O problema era que não encontrara o prazer esperado nesse reencontro. Michelle era muito diferente de Anaba para que pudesse estabelecer alguma comparação, mas, ao contrário do que tentara se convencer, sentira falta do sentimento de amor.

Finalmente, sentou-se à mesa e ligou o computador. Antes de começar o trabalho, precisava mandar um e-mail para Augustin. Não podia continuar fechado no silêncio, tinha de dar notícias. Seus dedos começaram a correr pelo teclado.

"*Oi, cara, você deve estar em Paris levando uma boa vida e eu já estou de volta a Montreal, enfiado no trabalho. Perdoe-me por tê-lo obrigado a engolir o trabalho sujo. Tente não me odiar, eu só tinha você, meu melhor amigo, para pedir isso. Espero que Anaba não tenha tentado estrangulá-lo! Acredite, eu lamento o que aconteceu, mas não podia ser de outra maneira. Mandei quilômetros de desculpas para ela e, é claro, ela não respondeu nem deu sinal de vida; é normal. Estou pensando em mandar uma longa carta para ela, para a casa do pai, só falta eu ter tempo para escrever. Responda-me, será como um raio de sol. Aqui todo mundo me olha de cara feia. Toda a minha amizade.*"

Ele clicou na tecla "enviar", sem nem mesmo reler. Augustin era um rapaz sensível, gostaria da mensagem. E Lawrence não queria brigar com ele. Naquele momento, precisava que o amassem e que o admirassem, incluindo Augustin.

Anaba mudou de lugar a lâmpada que criava reflexos na tela. O ruído da chuva batendo nos vidros da varanda não a incomodava, mas o dia cinzento e sinistro a privava de uma boa luz. No início da semana, havia retirado o chassis e trabalhado nas costas da tela, limpando e depois a protegendo com papelão. Em seguida, havia aplicado um tratamento antiparasitário antes de retirar o antigo verniz. Agora, emassava e preenchia as lacunas com material de pintura. Quando terminasse, usaria um verniz acetinado para dar o acabamento.

Em volta dela, a desordem de pincéis, cinzéis, trapos e frascos criava um ambiente familiar. Stéphanie não se queixava dessa invasão do seu espaço. Ao contrário, esfregava as mãos ao ver a transformação do quadro. Mesmo que não se tratasse de uma grande obra, estava certa de que encontraria amantes de quadros para comprá-la.

— Tenho um encontro marcado na casa de um senhor de idade que quer se livrar de uma parte dos seus móveis — anunciou ela. — Poderia prestar atenção no carrilhão da entrada? Se algum cliente aparecer, confio em você para recebê-lo.

Anaba limpou as mãos no velho moletom que usava como avental.

— Não vá me voltar com um semirreboque carregado até o teto. Mal comecei a esvaziar o alpendre!

— Só vou pegar o que couber na caminhonete — replicou Stéphanie, com um sorriso. — Será preciso haver coisas excepcionais para que eu alugue um furgão. Além do mais, como sabe, às vezes não compro *nada*.

— Se o seu velhinho em questão precisar de dinheiro, compre algumas coisas, mas não o explore.

— É assim que você vê o comércio?

Stéphanie parecia se divertir, mas ela se deu conta da cautela de Anaba e explicou:

— Nunca exploro ninguém. Não necessariamente por grandeza de alma, mas porque isso acabaria se espalhando. Esta cidade é pequena, as pessoas conversam entre si e eu prezo a minha reputação.

Anaba tirou o moletom manchado e arrumou o cabelo curto com os dedos.

— Acho melhor ficar de plantão na loja. Tenho medo de não escutar o carrilhão. Vou aproveitar para dar uma espanada nos móveis.

Ela gostava de cuidar dos objetos e dos móveis expostos. Ambientara-se em poucos dias e não mais se sentia representando o papel de hóspede na casa da irmã. Até então, como suas visitas eram espaçadas e só duravam um fim de semana, não havia prestado atenção ao que Stéphanie vendia. Porém, depois que decidira se envolver, havia analisado cada peça com interesse. Para uma autodidata, Stéph dava provas de um gosto certeiro.

— Em torno de que horas pensa voltar?

A pergunta não era inocente. Ela pensava na visita de Augustin, prevista para o fim da tarde. Quando ele ligara, depois de conseguir o telefone com seu pai, mostrara-se extremamente cortês, explicando que poderia visitá-las e entregar o celular, pois, naquele dia, estaria na região. O primeiro impulso de Anaba fora recusar categoricamente. Mas, três dias antes, como queria trocar de número, havia aproveitado uma oferta atraente da operadora para comprar um novo telefone, pelo preço de 1 euro. Contudo, conseguir o antigo de volta lhe permitiria recuperar a lista de contatos, uma vantagem nada desprezível. E, depois, tinha de confessar, a curiosidade havia sido mais forte. Certamente, Augustin sabia os motivos da fuga de Lawrence. Eles deviam ter conversado depois e ficar sem saber por que havia sido rejeitada dessa maneira a deixava louca.

— Estarei aqui quando ele chegar — afirmou Stéphanie.

Ela abotoou o mantô, um casaco acinturado preto com botões dourados que lhe davam um aspecto militar. Anaba quase lhe perguntou por que não tingia o cabelo. Com olhos de um azul intenso e a tez de pêssego, poderia ser muito bonita na maturidade dos seus quarenta anos assumidos, porém Stéphanie não parecia prestar muita atenção à própria aparência.

— Já vou! — anunciou ela, agitando o guarda-chuva.

Anaba diminuiu o termostato do radiador elétrico que aquecia a varanda, depois foi para a cozinha e preparou um café. Levou a xícara para a loja e olhou em volta. O ambiente era bem aconchegante, mas ainda podia ser melhorado. Para compensar a tristeza do dia chuvoso, acendeu algumas lâmpadas suplementares. Na rua, os raros passantes diminuíam o passo em frente às janelas e lançavam um olhar para o interior. Talvez fosse preciso acrescentar uma tabuleta do tipo "Entrada livre, sinta-se em casa", para lhes dar vontade de abrir a porta. Com exceção dos fiéis clientes da loja, as pessoas deviam achar que era tudo muito caro.

Com um gesto decidido, Anaba pôs um candelabro de cobre no parapeito de uma das janelas, depois escreveu o preço, bem razoável, numa etiqueta branca que pôs na frente dele, bem visível do lado de fora. Fez a mesma coisa com uma travessa antiga no parapeito da outra janela. Em seguida, drapeou mais harmoniosamente as cortinas nas braçadeiras, mudou um tapete de lugar, colocando-o perto de uma escrivaninha com gavetas. Satisfeita, tomou o café e decidiu começar por tirar o pó dos móveis antes de atacar as peças de prata, que precisavam ser polidas.

"Stéph deveria investir num pequeno equipamento de som estéreo e pôr para tocar música clássica em surdina. Nada de coisas sinistras; apenas valsas de Strauss, alternando com Chopin e as *Gymnopédies* de Erik Satie..."

Absorvida em sua tarefa, Anaba não viu o tempo passar. O barulho da chuva nas vidraças da janela e na calçada em frente à loja a embalava. Só dois clientes vieram interrompê-la, entre eles um homem que comprou uma magnífica caixa de música. Anaba se lembrou de pedir a carteira de identidade e anotou cuidadosamente o número nas costas do cheque.

— Minha primeira venda! — rejubilou-se em voz alta, assim que ele saiu.

Ela acabara de constatar que bancar a *marchande* podia ser distraído, mas, na realidade, bem menos fascinante do que restaurar um quadro. O carrilhão a fez virar a cabeça e ela sorriu ao reconhecer a mulher de certa idade que havia entrado.

— Oh, Anaba, não achei que a encontraria aqui! Então, como correram as coisas? Você devia estar bonita como um anjo! Mas como pode ser que já esteja...?

Parando bruscamente no meio da frase, a mulher procurava as palavras, parecendo ansiosa.

— Boa-tarde, Christine — disse Anaba com voz suave. — Na verdade, houve um problema. Eu... Eu não me casei. Mas o vestido estava perfeito, você trabalhou muito bem.

A costureira abriu a boca e fechou, sem conseguir acrescentar nada.

— Sabe, eu o usei. Bom, não por muito tempo, e ele estava magnífico. É claro, não tenho fotos para mostrar.

— Estou consternada — balbuciou Christine.

Terrivelmente constrangida, ela deu dois passos atrás, prestes a ir embora, mas o carrilhão tocou de novo, assustando-a.

— Boa-tarde! — lançou Augustin com seu sotaque canadense.

Assim que entrou, ele retirou o boné todo molhado e o enfiou num dos bolsos do casaco de couro.

— Vou deixá-los a sós! — exclamou Christine, saindo às pressas.

Ela praticamente empurrou Augustin para sair mais depressa, evitando olhar para ele.

— Será que eu a assustei? — preocupou-se ele. — Ou estou incomodando?

— Não, tudo bem, Augustin, eu o esperava.

Eles se olharam em silêncio por alguns instantes. A chuva havia redobrado de intensidade e batia com força nos vidros das janelas.

— Quer tomar alguma coisa? — ofereceu Anaba, enfim.

— Alguma coisa quente, com prazer! A minha visita ao Castelo Gaillard foi uma verdadeira expedição. Não imaginava que tivesse de subir tanto para ter acesso a ele, nem que fosse apenas um monte de pedras, mas a vista valeu a visita. Antes disso, eu queria dar uma volta em Giverny, infelizmente os jardins ainda não estão abertos.

Ele desabotoou o casaco e deu uma olhada em volta.

— Veja só, vocês vendem coisas muito bonitas por aqui. Gostaria muito de fazer umas compras.

— Não, você não pode fazer compras: são antiguidades e valem uma fortuna. Venha comigo.

— A sua irmã não está?

— Ela não vai demorar.

Ela o conduziu até a cozinha, mais à vontade do que havia previsto. Augustin era um cara legal, de nada adiantaria transformá-lo em bode expiatório e se mostrar agressiva com ele.

— Chá, está bem?

— Maravilhoso. Vou depositar o meu casaco, posso?

A expressão a fez sorrir. Desde que o conhecera, ela se perguntava se Augustin não usava de propósito a maneira de falar quebequense, para diverti-la. Com o canto do olho, viu que ele tirava o casaco e o pendurava nas costas de uma cadeira. E, subitamente, sem que esperasse por isso, uma onda de tristeza a invadiu, deixando-a com um nó apertado na garganta. Ao olhar para Augustin, imaginava Lawrence ao lado dele. As brincadeiras, as rodadas de chope denominado *draffe*, as loucas corridas nos lagos gelados. Os três haviam saído muitas vezes, felizes por estarem juntos. "Meu melhor amigo desde a universidade!", dissera Lawrence ao lhe apresentar Augustin, que, à primeira vista, se mostrara simpático. Por que essa época maravilhosa acabara tão mal? Augustin fazia com que ela recordasse toda a frustração e a amargura sentidas em Montreal naquela funesta manhã.

— Está tudo bem? — perguntou ele, franzindo as sobrancelhas.

— Você me traz recordações...

— Compreendo. Sinto muito.

Ele vasculhou num dos seus bolsos e pôs em cima da mesa o pequeno telefone de Anaba.

— A casa da sua irmã é pitoresca — disse ele, com um gesto na direção da varanda envidraçada ao lado. — A gente se sente bem aqui.

— Sim, muito! — respondeu ela, rapidamente.

Será que ela queria fazê-lo acreditar que já esquecera Lawrence, todos os seus projetos e todas as suas ilusões?

— Eu já voltei a trabalhar — explicou ela. — Precisava me ocupar e, como você diz, esta casa é um verdadeiro refúgio.

A chuva continuava a deslizar ao longo dos vidros das janelas, agora com menos força. Anaba acrescentou uma acha de lenha em cima das brasas da lareira e soprou com o fole.

— Não tornei a ver Lawrence depois que você partiu — declarou ele, sem que ela precisasse perguntar. — Não posso lhe contar muita coisa sobre ele, a não ser que, agora, já está de volta a Montreal. Ele me mandou um e-mail anunciando que iria lhe escrever uma carta. É só o que eu sei.

O carrilhão da loja os interrompeu, mas não era um cliente. Era Stéphanie, que entrou na cozinha como um furacão.

— Peguei um verdadeiro dilúvio no caminho! — exclamou ela, jogando o guarda-chuva num canto. — Felizmente, fiz bons negócios. A caminhonete está lotada até o teto. Olá, Augustin...

Eles apertaram as mãos parecendo meio desconfiados, enquanto Anaba punha o bule de chá e as xícaras na mesa.

— Na verdade, poderia tê-lo enviado pelo correio — disse Stéphanie, apontando para o celular de Anaba.

— Eu me privaria do prazer da visita — replicou ele, com um de seus estranhos sorrisos.

Num movimento espontâneo, ele se ergueu para servir o chá, como se fosse normal que os homens se encarregassem disso. Anaba e Stéphanie trocaram um olhar divertido que ele percebeu e que o fez rir.

— Na hora do chá, a minha mãe sempre me dizia que já estava cansada de fazer isso o dia todo. Ela é de origem inglesa e o *teatime* é um momento sagrado para ela.

— Seus pais ainda estão vivos? — perguntou Anaba.

Ela nunca perguntara muito sobre a vida dele, pois Lawrence monopolizava a conversa quando estavam juntos.

— Eles se mudaram para Vancouver quando o meu pai se aposentou. Queriam mais calor e mais sol!

— E o que ele fazia antes?

— Trabalhava na fabricação de papel.

— Foi isso o que lhe deu vontade de escrever? — ironizou Stéphanie.

— Vontade, eu sempre tive, mas não esperava viver disso.

Fez-se um pequeno silêncio que Anaba rompeu, observando:

— Acho que vou comprar um dos seus livros, já que não me deu nenhum.

— Ora, se gosta do gênero policial, eu lhe mando um!

Ele largou a xícara e se virou para a varanda para ouvir a chuva.

— Parece que a chuva diminuiu. Antes de ir embora, posso dar uma ajuda para descarregar a caminhonete lotada até o teto.

Surpresa com o oferecimento, Stéphanie não hesitou por muito tempo.

— Isso não se recusa.

Na meia hora seguinte, eles transportaram uma grande quantidade de móveis e objetos usados para o alpendre ou para a loja. Nada parecia alterar o bom humor de Augustin, nem mesmo o fato de espremer os dedos numa dobradiça ou bater o ombro com força na guarnição de uma porta. Quando tudo terminou, ele se despediu das duas mulheres na calçada.

— Se precisar de alguma coisa, aqui está o meu cartão — disse ele a Anaba, beijando-a. — Posso servir de intermediário caso queira de volta suas coisas que estão na casa de Lawrence e não queira falar com ele.

Augustin apertou a mão de Stéphanie, abrindo um grande sorriso, e se enfiou no carro.

— Bem simpático esse cara — declarou ela, olhando as luzes traseiras se afastarem. — Ficou muito abalada com a visita?

— Bom, digamos que ele me lembra algumas coisas nas quais não gostaria de pensar. Mas ele é muito gentil e sempre foi agradável comigo.

— A ideia não é má. Ele podia pedir a Lawrence para despachar as suas malas e as caixas; tudo o que você enviou para lá.

— Não sei... As roupas que comprei em Paris para usar em Montreal vão me causar horror. Mas representam dinheiro e seria exasperante se Lawrence se livrasse delas numa lata de lixo! Além do mais, tem o meu diploma da Belas-Artes, a pequena estátua de bronze que papai me deu quando fiz dezoito anos, o meu velho bichinho de pelúcia...

— O coelho? Ainda o tem? Pois bem, está fora de cogitação que o coelho fique no Canadá! Vamos ligar para Augustin daqui a alguns dias. Se ele não quiser fazer isso, eu me encarregarei.

Elas voltaram para a loja e começaram a fazer a triagem das aquisições de Stéphanie.

Lawrence contemplou as três malas e as duas caixas de papelão empilhadas no seu closet. Uma vaga curiosidade o impelia a abri-las; no entanto, ele desistiu. Remexer nas coisas de Anaba e, provavelmente, sentir o seu perfume num pulôver ou numa echarpe inevitavelmente o deixaria saudoso. Lembrava-se muito bem do dia em que a transportadora havia entregado tudo aquilo na sua casa. Seus medos haviam começado naquele momento. Ele se sentira invadido ao compreender que teria de partilhar seu espaço, seus projetos, sua vida inteira com uma mulher. Despreocupada, Anaba lhe dissera, rindo, que ele deveria esvaziar um espaço para ela em seus armários e gavetas. Era justo, lógico, pois, afinal, ele pedira que se tornasse a sua esposa na alegria e na tristeza, se endividara para lhe comprar um anel e, portanto, tinha de aprender a *compartilhar* com ela. Mas o seu primeiro reflexo foi muito egoísta: ele teve a impressão de que ela queria se apropriar dos seus brinquedos.

Lawrence apagou a luz do closet e voltou para a sala. Ele havia perdido alguma coisa ao desistir de se casar, mas sabia que se preservara. Como filho único mimado, sempre conseguia o que queria sem dar quase nada em troca. Os pais o admiravam, o veneravam, punham-no acima de tudo. Haviam sido avalistas, de olhos fechados, quando ele comprara o apartamento, o maravilhoso dúplex onde se sentia *em casa*. É bem verdade que adorava receber Anaba por ocasião de suas visitas ao Canadá, mas como convidada, a quem ele mostrava seu reino. Com total boa-fé, acreditara que poderia recebê-la um dia como sua mulher. Infelizmente, a chegada da transportadora havia abalado sua convicção.

Ele ficava meio nervoso ao pensar nos pais. Serviu um fundo de uísque e bebeu de um gole. Ao terminar os estudos com sucesso e ao conseguir emprego num grande escritório, não havia realizado todas as esperanças que a mãe e o pai haviam depositado nele? Para dizer a verdade, não encontrara nenhuma dificuldade: ele era capaz e tinha uma memória prodigiosa, muito útil em todos os seus anos de direito. Estudava duas vezes menos do que os outros e obtinha as melhores notas. O que era um tema de brincadeiras com Augustin, que se esforçava tanto e não conseguia bons resultados.

Quando se matriculou na universidade, escolheu Montreal pela vida agradável... e pela vida noturna. O pai preferia que ele ficasse em Toronto, onde moravam, afirmando que ali aconteciam mais coisas do que em qualquer outro lugar e que todos os negócios eram feitos lá, mas Lawrence queria Montreal a qualquer preço. Os pais haviam feito sacrifícios para lhe garantir uma vida de estudante muito agradável, a qual ele aproveitara imensamente. Seriam seus hábitos de independência e liberdade que ele se recusava a sacrificar?

Perdera Anaba por imaturidade, ele o reconhecia, mas era o único a se reprovar. Os pais haviam compreendido, como sempre. Passada a perplexidade inicial, sua mãe acabara até decretando que, no fundo, fora melhor não se casar com uma "estrangeira". Só que, provavelmente, Anaba tinha raízes mais antigas no país do que eles! Além do mais, Anaba possuía um frescor, uma alegria de viver, uma capacidade de se entusiasmar que haviam impressionado Lawrence. Em comparação, o cinismo de Michelle era apenas divertido, não mobilizador.

— Meu Deus, o que foi que eu fiz? — suspirou ele, servindo mais uma dose de uísque.

Todas as noites, o corpo de Anaba o perseguia. As longas pernas finas, a pele suave e cor de mel, seu odor, os grandes olhos muito escuros, os pequenos seios redondos. Também as suas gargalhadas depois do amor, sua fome violenta que os levava a fazer um piquenique com qualquer coisa, sentados, nus, no carpete. Anaba, que certamente era a mulher da sua vida, mas que ele não quisera como mãe de seus filhos. Nada de filhos, não agora.

Lawrence estava tão mergulhado em suas lembranças que, por pouco, não deixou cair o copo vazio quando a campainha do telefone tocou.

— Lawrence? Espero não tê-lo acordado.

Era a voz de Augustin, meio fria, meio sarcástica.

— Eu já ia dormir — mentiu ele, deliberadamente. — Tenho trabalho até a raiz dos cabelos, estou morto. Mas já vi que você continua a acordar cedo. Que horas são, sete da manhã em Paris?

— Exato. Estou saindo do banho e disse a mim mesmo que talvez você ainda não estivesse dormindo.

— De qualquer modo, tenho tido algumas insônias.

— Compreendo!
Lawrence ergueu os olhos para o céu e esperou a continuação. Como Augustin continuasse em silêncio, acabou emendando:
— Por que está ligando, cara?
— Para saber notícias, uma vez que você não as dá.
— Nós trocamos e-mails, nós...
— Ora, vamos, podemos nos falar, não? Ainda não consegui sacar a sua atitude naquela famosa manhã e nem na véspera, mas, no final das contas, o problema é seu, não meu.

Augustin devia ter se sentido traído, evidentemente. Como seu melhor amigo, ele podia entender tudo, mas Lawrence não lhe dissera nada até o último minuto, despedindo-se de sua vida de solteiro com o que poderia parecer uma perfeita hipocrisia.

— Quando vem para cá? — perguntou Lawrence gentilmente. — Poderemos fazer uma farra juntos, topa?
— Não irei tão cedo. Adoro a primavera e o verão em Paris. E, depois, comecei um romance, não tenho vontade de sair daqui. Mas eu queria dizer que... seria bonito da sua parte mandar de volta as coisas de Anaba. Despache para a casa do pai dela. Certamente estão fazendo falta.

Lawrence ficou sem voz. É verdade que não havia pensado nisso, mas ser admoestado lhe era insuportável.
— Você a viu? — perguntou num tom brusco.
— Vi.
— Onde?
— Não interessa.
— Augustin!

Fervendo de uma raiva súbita, Lawrence se esforçou para recuperar o sangue-frio.
— Tenho o direito de saber. Anaba é a *minha* história e pense que talvez ela não tenha terminado.

A gargalhada de Augustin lhe deu vontade de jogar o telefone na parede.

— Se acredita nisso, é porque está bêbado, Lawrence. Vá dormir e procure uma transportadora amanhã de manhã.

Sem se despedir com uma frase amigável, Augustin cortou a ligação. Teria telefonado só para fazer esse pedido a respeito de Anaba? E por que cargas-d'água ele a encontrara? Exasperado, Lawrence imaginou o tipo de opiniões amargas que a moça devia proferir a seu respeito. Aparentemente, Augustin apoiava e aprovava Anaba. Será que procurava consolá-la?

Andando de uma parede até a outra, ele tentou ordenar o pensamento. O que o irritava tanto? Havia rejeitado Anaba de maneira definitiva e deliberada, e o que ela fazia na França não lhe dizia mais respeito.

Exceto que, no fundo, ainda achava que essa mulher lhe pertencia um pouco. Não se havia desligado dela. Não quisera desposá-la, é verdade, mas ainda a amava. E se esse cretino do Augustin imaginava...

Não, certamente ele não imaginava nada. A lealdade de Augustin não precisava de provas.

— Ou então ele quer as minhas sobras! — escarneceu ele.

No instante seguinte, Lawrence se julgou não apenas imaturo, mas totalmente pueril. Seria melhor ir deitar e dormir, já era muito tarde. Desistindo de tomar mais uma dose, foi para o quarto. Grandes flocos deslizavam lentamente ao longo da janela envidraçada. Havia recomeçado a nevar? Com um gesto brusco, puxou as cortinas, depois se jogou na cama ainda vestido. De olhos fechados, visualizou, como cartões-postais, as pontes de Paris. Os cais com as bancas de vendedores de livros usados, Anaba com um gorro de lã escocês. O bar elegante do primeiro encontro *tête-à-tête*.

— Que idiota... — murmurou, quando o sono, finalmente, o venceu.

Havia alguns dias, a primavera estava realmente desagradável, não parava de chover. Na varanda, os vidros ficavam embaçados e os clientes eram raros, sem dúvida desencorajados pelo dilúvio contínuo. Stéphanie e Anaba aproveitavam para limpar, encerar e polir. A loja estava com um aspecto muito melhor do que algumas semanas antes, mais iluminada e mais bem-organizada. As duas comparavam suas ideias, mudavam alguns móveis pesados de lugar, escolhiam uma a uma as peças que deveriam ficar em evidência. Stéphanie estava radiante com a presença — e a ajuda — da irmã. Até então, ela corria contra o tempo e nunca conseguia fazer tudo, pois estava sozinha.

— É uma bênção que você esteja aqui — repetiu ela, atiçando as brasas.

Para diminuir a conta de luz, ela acendia diariamente um fogo alto na lareira, que ela se felicitava por haver restaurado. O isolamento térmico da casa antiga não era bom, mas, no momento, não dispunha de recursos para fazer reformas. Ainda mais porque a primeira obra, prioritária, seria a do alpendre.

— Vamos fazer um verdadeiro ateliê. Você ficará à vontade para trabalhar.

Anaba abriu a boca para protestar, mas Stéphanie a interrompeu com um gesto.

— Não se preocupe. Sei muito bem que não ficará aqui para sempre. Aliás, é o que desejo para você! Mas esse local úmido precisa ser reformado de qualquer maneira. Como uma idiota, deixei muitos móveis se estragarem lá dentro e, além do mais, ele virou uma verdadeira bagunça... Vamos tomar uma bebida quente antes de subir?

— Vamos, assim aproveitaremos o resto do fogo.

Stéphanie ligou a chaleira elétrica, depois deu uma olhada por cima do ombro para observar a irmã. Anaba parecia estar contente ali e havia grandes probabilidades de que conseguisse sair do fundo do poço. No entanto, a ferida era bastante profunda, razão pela qual, às vezes, ela manifestava certa agressividade em relação aos homens. Com os clientes, era sempre amável, mas com os homens, em particular os homens jovens, mostrava-se naturalmente brusca. Acontece que Stéphanie tinha experiência desse estado de espírito, que, por causa de uma decepção, leva a pôr todo mundo no mesmo saco e conduz a uma rejeição em bloco. Havia atravessado um período assim depois do segundo divórcio, o que não a levara a parte alguma. Finalmente, ela havia percebido que estava se tornando amarga, o que a obrigara a se questionar e a mudar de atitude, pois o azedume não era bom para seu comércio nem para sua realização pessoal. Atualmente, apesar de sua recusa em esconder os cabelos brancos, voltara a ser vaidosa porque estava de bem consigo mesma, com sua idade, com a vida.

— Não invadi demais a sua solidão selvagem? — perguntou Anaba, erguendo os olhos para Stéphanie.

— Sabe muito bem que não. Ser sozinha resultou de um conjunto de circunstâncias, não de uma opção. Entrei em duas frias, não tive sorte e isso me curou da vontade de casar. Mas não perdi a esperança de, algum dia, encontrar alguém que caminhe comigo. Ao contrário do que se pode pensar, também gosto muito de companhia. E você é a minha irmã, a minha irmãzinha...

Anaba lhe dirigiu um desses sorrisos de criança, cujo segredo só ela conhecia.

— E você é a minha irmã mais velha, graças a quem mamãe não me fez muita falta. A irmã mais velha que me trouxe de Montreal em pedacinhos esparsos! Ontem à noite, ao deitar, eu disse a mim mesma que, se mamãe não nos falasse tanto do Canadá, talvez eu não houvesse me apaixonado por Lawrence.

— Ele é bonito fisicamente e tem uma boa lábia; mesmo que fosse irlandês ou italiano, também teria caído por ele.

— Você acha? É que ele parecia concretizar todos os meus sonhos. Além do mais, era realmente muito... gentil.

Ela havia tropeçado na última palavra, apenas murmurada, mas esse termo deixou Stéphanie furiosa.

— Quando se é gentil, não se age assim! E, por favor, pare de falar sobre ele. Cada vez que pensar nesse homem, repita para si mesma uma saraivada de injúrias, pois ele não merece nada mais do que isso. Melhor ainda: diga a si mesma que escapou do pior. Consegue se imaginar passando toda a sua vida com um covarde? Ele iria traí-la e decepcioná-la todo o tempo.

— Concordo.

— Não, não da boca pra fora! Conscientize-se realmente disso. Aqui, no campo, os antigos dizem que é preciso comer um saco de trigo com alguém para conhecê-lo. Acontece que você não conhecia Lawrence de verdade. Vocês nunca viveram juntos e ele lhe mostrou a cara que queria: a de um sujeito sem defeitos.

— Mas ele não tinha defeitos! — protestou Anaba.

— Ainda está nessa? Então ainda tem um longo caminho a percorrer.

Seria possível que, no fundo, Anaba ainda mantivesse a esperança de uma improvável reconciliação com Lawrence? Se ele conseguisse encontrar uma desculpa mais ou menos válida, uma justificativa quase plausível, será que ela o perdoaria, aliviada?

Stéphanie tomou o chá lentamente, procurando adivinhar o que se passava na cabeça da irmã.

— Ora, Stéph, não tem o que recear. Lawrence saiu da minha vida para sempre. Mas não pode querer que eu o esqueça imediatamente.

— Não o esqueça; deteste-o.

Anaba se levantou, se alongou, esboçou um bocejo. Havia emagrecido nas últimas semanas, mas continuava bonita. Aos vinte e oito anos, tudo lhe era permitido, tudo era possível. Stéphanie pensou que gostaria muito de voltar àquela idade. Contudo, evitaria os erros do passado? Não, no mesmo contexto, tomaria as mesmas decisões com total boa-fé. Sem dúvida, era preciso passar por incidentes de percurso para encontrar a melhor maneira de seguir em frente.

Ela cobriu com as cinzas o que restava de brasas vermelhas, antes de seguir a irmã na escada.

Max escorregou na chapa de zinco do telhado, mas se agarrou a tempo numa chaminé. A dor irradiava pelo seu braço esquerdo até o ombro. Ele estava ferido e sangrava, mas ainda podia aguentar. Depois de se içar para fora do quarto de empregada, havia fechado a clarabóia com cuidado e se afastado devagar pela calha, esperando que ela aguentasse. Os três homens que o perseguiam não se deixariam enganar por muito tempo.

Augustin parou, pensando em como seu comissário sairia dessa situação. Mas não agora, precisava manter o suspense por mais tempo. Talvez devesse acrescentar uma chuva para complicar a fuga. Na ruela onde havia feito um reconhecimento do terreno alguns dias antes, os prédios eram bem próximos para que se pudesse passar de um telhado para o outro. Seria plausível? Ele se empenhava em se cercar de realidade para dar mais realce a seus romances, não hesitando em percorrer por muito tempo os lugares que descreveria com algumas palavras sugestivas. E Paris oferecia um cenário fabuloso para as histórias sombrias que inventava. Intrigas substanciais, personagens elaborados e autênticos, um ambiente às vezes demoníaco, mas que nunca atingia o fantástico. Permanecia na vida real, de modo que todos pudessem se reconhecer em seus livros e perguntar: e se fosse eu?

Cansado pelas horas passadas em frente à tela do computador, ele salvou o texto e levantou da cadeira de rodinhas. Alguma coisa o perturbava, mas não conseguia saber o quê. Desde que começara a escrever, no fim do dia, uma ideia aflorava em sua consciência, cutucava-o por um instante e desaparecia em seguida.

Ele percorreu todo o apartamento, parando diante de cada janela. A vista dos cais do Sena e as luzes de Paris continuavam a fasciná-lo, mesmo que os caixilhos deixassem passar correntes de ar. Pensar que, outrora, pessoas de condições bem modestas haviam morado naqueles cômodos o fazia sonhar. Atualmente, morar ali era um luxo, ele fazia parte dos privilegiados e nem se importava com os pisos que rangiam nem com o pé-direito baixo. A única coisa que o incomodava era ser locatário, portanto, a fundo perdido; queria comprar o imóvel. Mas o proprietário não queria vender e Augustin se recusava a ir para outro lugar, convencido de que sua inspiração estava ligada àquelas paredes. Passara a escrever com tanta facilidade depois que se mudara para lá!

De repente, ele parou de perambular pelo apartamento, com os olhos fixos nas balsas amarradas no cais em frente. O que o perturbava havia horas finalmente assumira uma forma. Um olhar azul intenso, um casaco acinturado com botões dourados: a imagem de Stéphanie Rivière entrando em sua estranha cozinha-varanda com o guarda-chuva encharcado. Por que estaria pensando nela? O que ela fazia oculta no fundo da sua mente? Estaria lá, sem que ele soubesse, desde o dia em que havia socado seu sobretudo, cega de raiva por causa de Lawrence?

Ele foi buscar uma cerveja, abriu-a e bebeu em grandes goles. Suas histórias com as mulheres eram sempre meio difíceis. A cicatriz provocava nelas dois tipos reação: uma necessidade de se enternecer, de se compadecer, de se comportar como mãe, ou uma ligeira inquietação, maldissimulada. Ele gostaria que elas não prestassem atenção na cicatriz ou, então, que simplesmente fizessem as perguntas que queriam. Ele também precisara se acostumar com essa linha que riscava sua face e repuxava o sorriso de um lado. O acidente havia acontecido no dia em que completara vinte anos: feliz aniversário! Ele se lembraria sempre do tombo estúpido que o fizera rir por uma fração de segundos, antes que visse a lâmina de seus patins chegar a toda velocidade. A inaudita violência do choque, o sangue a esguichar no gelo, em volta, e Lawrence gritando para que não tocassem nele. Atordoado, ele tivera a impressão de que todo o lado do seu rosto havia sido destruído e, em seguida, desmaiou. Costurado rapidamente no hospital, acordara totalmente desfigurado. Seu pai havia movido céus e terras para que um dos melhores cirurgiões plásticos o operasse novamente. Depois de alguns meses, a cicatriz ficara aceitável. Durante todo esse tempo, Lawrence se desmanchara em desculpas, até que Augustin lhe dissesse que não queria mais tocar no assunto, que tudo estava esquecido. Na universidade, quando ele voltou às aulas, os outros colegas observaram que, para um jogador de hóquei calejado como ele, fazer corridas loucas nos lagos gelados sem nenhum capacete era uma heresia. Alguns haviam insinuado que Lawrence, patinador ímpar, teria podido se desviar. Augustin mandara que se calassem, não queria que Lawrence recomeçasse a sentir culpa. Porém, a partir de então, não se podia negar que seus relacionamentos com as mulheres se haviam tornado complicados.

Terminada a cerveja, ele voltou para a cozinha e preparou um sanduíche bem "parisiense" com a baguete crocante comprada de manhã, duas fatias de presunto, manteiga salgada e pepino em conserva. Em vez de pensar no acidente, que não passava de uma antiga lembrança da qual aprendera a se desligar, seria melhor concentrar-se no seu comissário, Max Delavigne, ainda encurralado no telhado e perseguido por gângsteres. Ele fizera de Max seu herói permanente, atribuindo-lhe nuanças e dando-lhe profundidade a cada livro. Um Max na faixa dos quarenta anos, meio cansado, que passara por muitas coisas — na polícia e na justiça —, mas que ainda não se tornara indiferente. E que, como seu criador, não se saía muito bem com as mulheres.

Sentou-se outra vez em frente ao computador, pôs o sanduíche no mouse pad e começou a correr os dedos pelo teclado.

Anaba aproveitou a presença de uma amiga de Stéphanie para passar o dia em Paris. O trem que ela tomou de manhã cedo na pequena estação de Gaillon a levou à estação Saint-Lazare em uma hora. Em seguida, ela foi ao 12º *arrondissement*,*

---

* Subdivisão administrativa de Paris. (N.T.)

na rua Traversière, numa loja chamada Laverdure, que vendia material para os restauradores de quadros. Ela comprou ácido, almécega, óleos, aglutinantes e um verniz de laca. Na época em que trabalhava para os museus, a maioria dos produtos lhe era fornecida, mas precisava organizar seu pequeno ateliê na casa de Stéphanie se quisesse trabalhar com seriedade. Valia a pena recuperar uma das telas encontradas no alpendre e Stéphanie havia prometido procurar quadros antigos no fundo dos sótãos visitados. Mesmo sem esperar o achado do século, certamente descobriria coisas interessantes.

Depois de fazer as compras, Anaba pegou o metrô para ir almoçar com o pai. Encontrou-o empoleirado numa escada, no aposento comprido e estreito que lhe servia de biblioteca.

— Minha querida, que felicidade em vê-la! — exclamou ele, inclinando-se perigosamente.

Segurando com uma das mãos na estante, com a outra pôs o livro no lugar.

— Continua a fazer arrumações — constatou ela, com um sorriso enternecido.

— Ah, eu adoraria ser um rato de biblioteca! Não vejo o tempo passar quando faço uma nova classificação, porque não consigo deixar de abrir cada volume que pego e começar a lê-lo... Mas não se preocupe, pois o almoço está pronto. Preparei para você um lombo de coelho com ameixas secas, conforme a receita da sua mãe.

Anaba sabia muito bem que ele só conhecia as receitas da sua mãe e não se arriscaria a improvisar. Eles desceram para a cozinha sem janelas, onde flutuava um odor delicioso.

— Toda a rua deve curtir esse cheiro! — disse ele, rindo e mostrando o respiro.

Ele nunca criticava os defeitos da sua estranha casa; ao contrário, divertia-se com eles. Pediu notícias de Stéphanie, de como se saíam morando juntas em Andelys, depois se preocupou em saber como Anaba estava se sentindo.

— Estou começando a aceitar as coisas — confessou ela, relutante.

— E está fazendo planos?

— Ainda não. Por enquanto, estou bem na casa da minha irmã e quero ajudá-la. Vou passar a primavera e o verão assim. Se os negócios não prosperarem, talvez procure um emprego nos museus da região, mas acho que posso trabalhar como restauradora autônoma de quadros. Veja Stéphanie: ela levou um tempo para ficar conhecida, aos poucos passou da fase de vendedora de objetos de segunda mão para a de antiquário e, atualmente, tem uma boa clientela. O boca a boca funciona rapidamente na província. Vou tentar me aproveitar disso.

— Não tem vontade de voltar para Paris? Prefere continuar na Normandia?

— Ainda é muito cedo para dizer, papai.

Durante alguns minutos comeram em silêncio, depois Roland apoiou o talher e observou a filha com ar sério.

— Recebi um telefonema de Lawrence — soltou ele, de uma vez.

— Lawrence? — repetiu Anaba, com a voz estrangulada. — Que descaramento! O que ele queria?

— Não sei muito bem. Ele se perdeu em rodeios visando a me amansar e tenho de admitir que não o deixei continuar. Você entende, eu estava com um peso no coração e precisava pôr para fora. Então, eu disse o que ele merecia ouvir e desliguei sem lhe dar tempo de me pedir o seu endereço ou o seu telefone.

Contrariada, Anaba conseguiu esboçar um vago sorriso. Seu pai nunca tivera um temperamento fácil, a maioria dos seus alunos podia confirmar. Ele estava com uma raiva terrível de Lawrence e deve tê-lo humilhado, pois não suportava que maltratassem as suas filhas. As duas esposas haviam morrido deixando-o como único responsável por elas e ele fizera o melhor que podia. Mas, às vezes, devia dizer a si mesmo que falhara por causa dos divórcios de Stéphanie e o fracasso do casamento de Anaba em Montreal.

— Ao desligar — acrescentou ele —, eu me arrependi por não ter permitido que ele se enrolasse em perífrases, pois fiquei sem saber o que queria e não posso satisfazer a sua curiosidade.

— Não tenho nenhuma curiosidade a respeito de Lawrence e não quero mais ouvir falar dele.

Ela não estava sendo totalmente sincera. E se Lawrence, desesperado, buscasse por todos os meios conseguir o seu perdão? E se fosse corroído por remorsos?

"Não, ele não. Era um homem ponderado, prudente. Antes de dar para trás naquela manhã, fatalmente deve ter pesado os prós e os contras e eu acabei perdendo."

Olhando fixamente para o pai, ela murmurou:

— Fez muito bem. E agora, se ainda tiver sobrado um pedaço do lombo de coelho, estou interessada.

Depois de piscar para ela, Roland ergueu a tampa da caçarola que estava na mesa entre eles.

Acordada por uma campainha contínua, Michelle procurou o despertador às apalpadelas e percebeu que não estava na sua cama, não estava na sua casa em Ottawa. A lembrança da noite anterior lhe veio à cabeça de repente, terminando por acordá-la.

Lawrence já havia levantado, os lençóis da cama estavam frios do lado dele. Na véspera, haviam jantado no *L'Actuel*, um restaurante que constava como belga, e ela havia pedido mexilhões fritos, ao passo que Lawrence se regalara com um arenque acompanhado de batatas.

Ele apareceu na porta, seu vulto de roupão se desenhando contra a luz.

— Se precisar ir ao banheiro, eu já terminei.

Era uma maneira um pouco grosseira de dizer bom-dia, mas ela decidiu não se ofender e correu para o chuveiro. De volta ao quarto, pegou uma blusa limpa na sacola de viagem e pôs novamente o *tailleur* formal. Antes de tudo, estava em Montreal a trabalho e não devia se distrair. O escritório de publicidade que a empregava exigia muito dela e sua programação para o dia era apertada. Porém, ainda havia tempo para tomar o café da manhã, pois o despertador de Lawrence havia tocado muito cedo.

Descendo a escada em caracol, ela foi até a cozinha. O dúplex era realmente fantástico, sobretudo porque estava situado no centro. Lawrence pagava prestações vertiginosas, mas valia a pena. Michelle supunha que os pais o ajudavam financeiramente e, portanto, que possuíam uma fortuna pessoal. Ele se mostrava evasivo a esse respeito, talvez para se proteger de todas as mulheres que procuravam um bom partido. Ela própria, na época em que haviam começado o relacionamento, fora envolvida pela situação do jovem e brilhante advogado com um grande futuro, pelo apartamento, pelo gosto que ele tinha pelo luxo. Acreditando ser uma esperta estrategista, não quisera pressioná-lo e tudo isso para que ele se apaixonasse por outra e corresse para se casar com ela! Felizmente, Lawrence havia desistido *in extremis* e voltara para ela a galope. Dessa vez, ela saberia agir, pois havia compreendido que ele não tinha medo do casamento, mas sim de filhos. Para ele, nada de bebês, por enquanto.

Michelle foi recebida com um odor de ovos com bacon. Usando um terno escuro e uma camisa branca, a gravata ainda sem o nó, ele estava realmente irresistível movendo-se em frente ao fogão.

— Só tenho mais uma meia hora — avisou ele. — Se for demorar por aqui, é só bater a porta ao sair.

— Obrigada, mas sairei com você, tenho reuniões a manhã inteira. Não estou em Montreal só por prazer, querido! Mesmo que tenha gostado muito da noite de ontem...

Lawrence serviu os ovos sem responder. Em seguida, sentou-se na frente dela e começou a comer.

— Alguma coisa o atormenta, Lawrence?

— O ambiente no escritório não está nada bom. O *big boss* está me asfixiando com processos sem interesse e, sobretudo, pouco rentáveis. O que leva a pensar que está com raiva de mim por causa do malogrado casamento!

— Ele conhecia Anaba?

— Eu a apresentei num jantar para casais. O tipo de missão desagradável infligida duas ou três vezes por ano, pretensamente para aproximar os advogados do escritório. De qualquer forma, ela deve ter caído nas suas boas graças, pois ele disse que seria uma esposa perfeita e que eu não passava de um cretino!

Dando de ombros, ele empurrou o prato antes de dizer, num tom exasperado:

— Até quando vou ouvir falar nessa história?

— Até que ela saia da sua cabeça.

Ofendido com a observação, ele a mediu de alto a baixo, sem indulgência.

— Eu virei a página, Michelle. Até já despachei as coisas dela e não foi fácil! Eu tinha o telefone do pai de Anaba, mas não me lembrava mais do endereço exato e fui obrigado a ligar para ele. Pode imaginar de que maneira ele desligou na minha cara. Ato contínuo, mandei tudo para Augustin. Ele vai se virar, pois sabe onde ela está!

— Ah, é?

Ela viu que ele estava com raiva e com medo de compreender a situação.

— Vocês, homens — declarou ela, meio irrefletidamente —, não podem deixar de acreditar que suas ex ainda lhes pertencem.

— É esse o caso, não? — replicou Lawrence, com total cinismo. — Senão, o que você estaria fazendo aqui?

Lawrence era uma dessas pessoas que conseguem humilhar profundamente.

— Estou aproveitando, querido. É melhor ficar na sua casa do que em hotel. Aqui tem de tudo, incluindo carinho.

Em vez de se ofender, ele começou a rir.

— Falou então, espertinha, falou... E se agora fôssemos trabalhar?

— Ok, tudo bem!

Eles se levantaram juntos e Michelle arrumou as xícaras no lava-louça enquanto Lawrence dava um nó na gravata.

— Quando vai voltar para Ottawa?

— Amanhã.

— Nesse caso, vamos jantar hoje à noite?

Ela teve a nítida impressão de que ele fazia a proposta sem grande entusiasmo. Provavelmente não queria ficar sozinho nem tinha vontade de recomeçar a paquerar. O conquistador havia aprendido a ser fiel durante o noivado com Anaba e isso era um ponto positivo.

— Ligo para você durante o dia — disse ela, para não ceder rápido demais.

Stéphanie controlou mais uma náusea provocada pela dor. Seu braço parecia congelado e doía de maneira atroz. Por um tempo, ela achou que alguém que passasse na rua a veria através dos vidros ou ouviria os pedidos de ajuda que lançava de tempos em tempos. Mas ninguém havia entrado. Na verdade, ela estava num ângulo fora de visão e as pessoas não podiam vê-la, mesmo que dessem uma olhada nos objetos exibidos nos parapeitos das janelas. De qualquer modo, não havia muita gente na rua, pois uma nova chuva de primavera encharcava as calçadas.

Por várias vezes Stéphanie tentou se mexer, com os dentes cerrados pela dor que irradiava até o pescoço, mas o armário que havia caído em cima dela era muito pesado. Um imponente armário normando de carvalho esculpido que, estupidamente, quisera mudar de lugar, justamente porque não podiam vê-lo do lado de fora. Por que não havia esperado por Anaba? Para lhe fazer uma surpresa? Para provar que ela também tinha boas ideias na disposição da loja? Puxando, empurrando, de passagem quebrando uma unha, havia conseguido mover o móvel, que, de repente, se inclinara perigosamente e caíra provocando horrível estrondo. Esmagada no chão pelo peso da madeira maciça, Stéphanie percebeu imediatamente que havia quebrado o braço. Estava espremida sob o frontão do móvel, que lhe causava uma dor dos diabos e impedia qualquer tentativa de se soltar.

Ela havia gritado, chorado, visto a noite cair. O telefone estava fora de alcance, só podia esperar que algum cliente eventual entrasse ou que Anaba voltasse. Stéphanie sentia cada vez mais dor, estava com frio, sede e precisava ir ao banheiro. Quanto tempo aguentaria antes de perder os sentidos? A amiga que viera almoçar fora embora havia muito tempo e não tinha nenhum motivo para voltar. Quanto a Anaba, podia muito bem demorar por mais tempo em Paris, passear ou fazer compras sem pressa.

Sufocando um soluço, tentou se mexer mais uma vez. Com a mão livre, não tinha força suficiente para erguer o armário e cada gesto maltratava o braço preso. Ela teria rido da posição absurda se não sentisse tanta dor. Fechando os olhos, obrigou-se a respirar lentamente. O cheiro da cera que havia passado no maldito armário lhe dava enjoo. Ela dobrou as pernas e procurou um lugar para apoiar bem os pés contra o móvel. Depois de contar até três para reunir coragem, cerrou os dentes e empurrou com toda a força.

Anaba pegou o carro de Stéphanie no estacionamento da estação de Gaillon. Já era noite e caía uma chuva grossa; decididamente, a primavera não conseguia se instalar. Cansada do passeio parisiense, ela estava louca para mostrar à irmã as compras feitas no Laverdure e dirigiu em alta velocidade pelas estradas retas que levavam a Andelys, já imaginando o prazer de tomar uma bebida em frente à lareira da cozinha.

Quando estacionou a caminhonete no lugar habitual, a praça da igreja, notou que não havia nenhuma luz na loja e ficou surpresa por Stéphanie já ter fechado. Sempre esperando por clientes tardios, ela só apagava as luzes na hora do jantar. Teria ela se aventurado numa improvável receita? Nesse caso, nunca seria igual ao coelho com ameixas do pai.

Assim que Anaba entrou, o volume escuro do armário caído no chão a assustou. As luzes dos postes da rua criavam sombras inquietantes e, imediatamente, ela pensou num assalto.

— Stéphanie? Cadê você? Stéphanie!

Esforçando-se para manter a calma, deixou a porta da rua aberta e se dirigiu para o interruptor, ligando-o com um gesto nervoso antes de se virar. Com um único olhar, compreendeu a situação e se precipitou para a irmã.

— Stéphanie! Oh, meu Deus...

Ela se ajoelhou ao lado da irmã, aterrorizada. Stéphanie estava lívida e não parecia consciente, mas respirava. Anaba não perdeu tempo vasculhando a bolsa, virou o conteúdo no chão e pegou o celular para pedir socorro.

Quatro

Charlotte Laramie apertou a tecla de viva voz para que a conversa fosse a três. Todas as vezes que Augustin telefonava, intimava o marido a se aproximar. Assim, não teria de lhe repetir tudo. Divertido com essa manobra, Jean Laramie se prestava de boa vontade ao jogo, mas, às vezes, ligava para o filho sozinho, quando queria uma conversa "de homem para homem".

— O seu próximo romance está avançando? — perguntou Charlotte, enquanto Jean erguia os olhos para o céu.

— A toda velocidade, mamãe!

— Então, nós o veremos em breve?

— Prometo. Estou pensando em passar uma semana com vocês em torno do fim do mês de maio.

— Iremos ao *Pacific Rim* observar as baleias — sugeriu Jean.

— E pescar salmão no Campbell River!

Ele se deleitava antecipadamente com a visita anual que Augustin lhes fazia, mesmo que suas ideias sempre estivessem em total oposição. Desde que nascera, o filho não cessava de surpreendê-lo, de contrariá-lo e, também, de espantá-lo.

— Como está o tempo em Paris? — quis saber Charlotte.

— Horrível. Chove todo o tempo.

— Aqui não! — zombou Jean.

— Mesmo debaixo de chuva, Paris é a cidade mais romântica do mundo, papai!

— Por acaso está apaixonado, filho?

Augustin caiu na gargalhada e declarou:

— Não, eu me limito a trabalhar. Senão o meu editor corta a minha mesada.

Tratava-se de uma brincadeira, pois Augustin vivia muito bem dos seus livros, o que Jean não conseguia conceber. Além do mais, Augustin adorava usar essa frase, que, por muito tempo, havia sido a ameaça expressa pelo pai. *Se não conseguir melhores notas nas provas, corto a sua mesada. Se abandonar o direito por essa bobagem de oficina de criação literária, corto a sua mesada. Se não ganhar essa maldita partida de hóquei, corto a sua mesada!* Evidentemente, ele nunca o havia feito, mas, algumas vezes, mostrara seu descontentamento reduzindo a ajuda material ao mínimo necessário. Nesses períodos de desavença, Augustin pegava trabalhos de verão ou pequenos serviços à noite, até que o pai abrandasse. Agora, ele alegava que essa obrigação de trabalhar a torto e a direito lhe havia aberto horizontes apropriados para alimentar a sua imaginação de escritor.

— Cuide-se — recomendou Charlotte. — E não coma só sanduíches!

— Ele não tem mais doze anos — advertiu Jean.

— Mas eu ainda sou a mãe dele.

— Se acha que ele gosta disso...

— Bom, vou deixar que briguem tranquilamente — ironizou Augustin. — Ligarei de novo na semana que vem.

Charlotte mandou um beijo e desligou com um suspiro. Sentia saudades dele. Todos esses anos longe não haviam mudado nada.

— Por que não se interessa pelo que ele faz? — indagou ela num tom de reprovação. — Quando pergunto se o romance está indo em frente, você ergue os olhos para o céu. É, eu vi!

— Não é um trabalho de verdade — respondeu ele, com desdém.

— Ah, não? No entanto, esse trabalho lhe dá uma renda para viver bem.

— Admito.

— E ele parece perfeitamente feliz assim.

Perplexo, Jean levou um tempo refletindo no que ela dissera. A discussão não era nova: eles brigavam constantemente a respeito desse assunto, pelo prazer de discutir. Mas, no fundo, Jean tinha de admitir que Augustin parecia ter sucesso na vida, mesmo que não houvesse se tornado um industrial como o pai e mesmo que houvesse optado por sair de seu país. Escrever romances policiais talvez não fosse tão fantasioso assim e, segundo Charlotte — que nem sempre estava errada —, Jean devia tomar cuidado para não se tornar um velho aposentado e antiquado.

— Admito — disse ele, outra vez. — Sentir-se feliz em sair da cama de manhã já não é tão mal.

Charlotte sorriu, sabendo que ele amava seu filho único tanto quanto ela.

— Vou regar as flores — anunciou ela.

Era a sua maneira de atenuar o momento de saudade que sempre se seguia a um telefonema de Augustin. Mas ela podia se consolar, imaginando todas as boas surpresas que prepararia para a próxima visita do filho. Jean também queria ir lá para fora e aproveitar o sol primaveril, porém, antes de voltar para a espreguiçadeira instalada embaixo de um bordo no jardim, ele encompridou o caminho até o seu escritório. Os livros de Augustin estavam alinhados na estante, bem em evidência. Evidentemente, Charlotte os havia devorado e comentado, sem conseguir convencer Jean a abrir um único que fosse. Já não estava na hora de fazê-lo? A mão dele hesitou em cima dos volumes. O primeiro publicado, o último lançado? Ele fechou os olhos e pegou um, ao acaso. Apesar de o gênero policial aborrecê-lo, pois só se interessava por história e economia, ele se sentiu, subitamente, cheio de curiosidade. Qual seria o universo de Augustin? Por intermédio do personagem recorrente, seu famoso comissário Max alguma coisa, poria nos livros um pouco, ou muito, de si mesmo, de seus sonhos, de suas fantasias? Uma ficção podia revelar muitas coisas para quem soubesse ler nas entrelinhas. E, depois, seria um prazer conversar com ele a respeito quando viesse a Vancouver! Certamente, ele não esperava por isso, conhecendo as reticências do pai quanto à sua profissão.

Meio envergonhado, Jean levou o romance para fora. Não, não o cobriria com a sobrecapa de outro livro mais sério, não se importava que Charlotte o visse mergulhado na história. E não se importaria se ela lhe lembrasse, zombeteira, que um dia ele ousara dizer que um autor de romances policiais e de séries para a televisão não merecia o nome de escritor. Uma reflexão da qual se arrependera assim que a pronunciara. Ele *adorava* Augustin, por que não demonstrava isso mais vezes? Por que condenava tudo, da oficina de criação literária ao seu grande amigo Lawrence, um sujeito cuja arrogância era odiosa? Brilhante, sem dúvida, mas muito cheio de si. E nem mesmo fora capaz de se desviar de um cara no gelo, uma coisa que Jean nunca lhe perdoaria. Na época do acidente que havia desfigurado Augustin, Jean fora assaltado por um violento rancor contra Lawrence, mal tolerando a presença dele no hospital. Depois, não quisera mais ouvir falar dele, não o recebia em sua casa e não respondia aos convites dele. Uma sábia decisão que lhe poupara ter de ir a Montreal para um casamento sem noivos!

— Ora, ora... — murmurou Charlotte.

Com o regador na mão, ela se havia aproximado sem ruído.

— Leitura sadia — acrescentou, com um sorriso deslumbrante. — Quem sabe você se torna um fanático do gênero?

Jean lhe devolveu o sorriso, mais tranquilo. Depois, abriu o romance e encontrou, na segunda página, uma foto de Augustin numa ponte do Sena. Em segundo plano, distinguiam-se os majestosos prédios do cais de Orléans e a cicatriz no rosto do filho não havia sido retocada. Sem dúvida, uma escolha deliberada, se pensarmos em tudo o que pode fazer um bom programa como o Photoshop. Mas essa havia sido a decisão de Augustin e, de qualquer modo, nunca disfarçava o defeito.

Deitada no escuro, Anaba escutava a chuva cair no telhado e nos vidros. Pela primeira vez passava a noite sozinha na casa de Stéphanie e não se sentia muito tranquila. Já se levantara duas vezes para verificar se havia ligado o alarme da loja e fechado todas as portas com duas voltas na chave. Restava a varanda, na parte de trás, cujos vidros qualquer um podia quebrar facilmente. Lá não havia nenhuma proteção. Pensar nas ondas escuras do Sena, tão próximo, a fez estremecer e ela acendeu a lâmpada da cabeceira. Por que as águas do rio, tão alegres e calmantes durante o dia, se tornavam tão angustiantes assim que a noite se instalava? Anaba não era muito medrosa, nunca tivera medo na casa do pai em Paris, nem depois no conjugado do bairro de Ternes. Menos ainda no dúplex de Lawrence em Montreal, quando dormia enroscada nele. Mas ali era diferente.

Ela se sentou, ereta, e puxou o edredom. Segundo os médicos, Stéphanie poderia voltar logo para casa, mas, por enquanto, preferiam mantê-la em observação. A fratura do braço, deslocada várias vezes por todos os movimentos que havia feito para se soltar, precisara de um parafuso e ela havia chegado ao pronto-socorro do hospital de Vernon em estado de choque. Stéphanie não fora capaz de dizer quanto tempo havia passado embaixo do maldito armário, erguido com muita dificuldade por dois bombeiros. Que calvário deve ter vivido! E como devia ter amaldiçoado a irmã por demorar tanto a voltar para casa...

Até que Stéphanie voltasse para casa, Anaba deveria cuidar de tudo: da loja, da correspondência, das faturas, de encher a geladeira, atender ao telefone, pedir para entregarem a lenha... em resumo, gerenciar o universo de Stéphanie no lugar dela. Anaba se perguntou se não faltariam etiquetas em alguns móveis e objetos, pois estava longe de saber os preços de cor. Mesmo assim, abriria e fecharia nos horários habituais.

Ela aguçou os ouvidos para um barulho de água que corria em algum lugar. Sem dúvida, alguma goteira, nada preocupante. Então por que estava assustada? A casa de Stéphanie era agradável, acolhedora, e Anaba sempre se sentira à vontade. Seria graças à proteção implícita da irmã mais velha? Em todos os momentos graves da sua vida, ela pudera se apoiar na sólida Stéphanie, que guiava seu barco a bel-prazer e nunca pedia nada a ninguém. Em Montreal, mais uma vez ela se mostrara à altura da situação.

— Já está mais do que na hora de eu pensar em lhe retribuir os favores.

E, para isso, teria de esquecer definitivamente os seus pequenos problemas pessoais, a amargura e as desilusões. Lawrence pertencia ao passado e ponto. Nada de se perguntar por que ele havia telefonado a Roland, por que não havia escrito, por que não havia movido céus e terras para encontrá-la, para se explicar, se desculpar e pedir perdão.

— Nunca o perdoarei! — exclamou ela, jogando o edredom para o lado num gesto de raiva.

Anaba viu seu reflexo no espelho em cima da cômoda. A mulher descabelada, com olheiras, um velho pijama furado, seria realmente ela? Lawrence a havia transformado num espantalho? Por que a irmã ou o pai não lhe diziam isso? Ela não fazia nenhum esforço para se vestir bem, não só por medida de economia, mas também porque se sujava trabalhando. No entanto, não eram razões legítimas. Não queria agradar mais ninguém? Ridículo! Ao seu lado e apesar dos quatorze anos a mais, Stéphanie parecia realmente elegante, feminina. Aliás, era isso o que ela era. O cabelo grisalho podia muito bem ser um charme a mais, porque, na realidade, a irmã sempre tivera uma boa aparência.

— Amanhã vou me maquiar e, na hora do almoço, enquanto a loja estiver fechada, vou correr para o cabeleireiro.

Restava o problema das roupas, mas ela nunca iria se rebaixar para pedir suas coisas a Lawrence.

— Todas as coisas novas, que desperdício...

Havia sido um pouco presunçosa ao acreditar que recomeçar do zero, num velho jeans puído, seria suficiente para conseguir esquecer. E muito inocente em imaginar que estaria imediatamente disponível para uma nova história. Na verdade, ela ruminava o estarrecedor fracasso com Lawrence e não se sentia com nenhuma disposição para os homens, todos os homens.

Descalça, ela se aproximou do espelho e se examinou. Quando queria, podia ser uma moça muito bonita que fazia todos se virarem. Tivera a sorte de se formar numa profissão da qual gostava, ainda não fizera trinta anos, estava com todas as cartas na mão e tinha toda a vida pela frente.

— Mexa-se um pouco — disse ela para o seu reflexo.

No mesmo instante, um móvel estalou ruidosamente em algum lugar do corredor e ela reteve a respiração.

— As madeiras velhas se dilatam, não aprendeu isso durante os seus estudos?

Ela se perguntou se Stéphanie estaria dormindo no quarto do hospital. Sem dúvida, devia se preocupar com a irmã mais nova, com a loja e talvez sentisse coceira embaixo do gesso, mas, com certeza, não sentia medo das sombras que passavam nos corredores do setor de ortopedia!

Apesar de tudo, antes de voltar para a cama, Anaba verificou mais uma vez se havia trancado a porta do quarto. Quando entrou embaixo dos lençóis, considerou-se uma idiota.

Augustin assobiava enquanto dirigia. Finalmente a chuva havia cessado, um sol primaveril deslumbrante secava a estrada e coloria a paisagem. Ele ligou o rádio, procurou uma estação musical e, ao encontrar uma canção conhecida, entoou o refrão em altos brados. Voltar a Andelys o deixava alegre, e sua primeira reação, ao receber as malas e as caixas de papelão expedidos por Lawrence, havia sido de raiva. Por que enviar toda aquela bagunça para a sua casa, em vez de mandá-la diretamente para o pai de Anaba? Recebendo imediatamente uma ligação — e, portanto, sendo acordado no meio da noite em Montreal —, Lawrence se limitara a resmungar que tivera um lapso de memória quanto ao nome e ao número do beco em que Roland Rivière morava. Que droga!

Depois que o caminhão da transportadora partiu, Augustin ligou para a loja de antiguidades de Stéphanie e se ofereceu para levar tudo pessoalmente. Ele falou com Anaba, que aceitou, entusiasmada. Ela pareceu distraída, mas feliz em recuperar suas coisas.

Ele desceu na direção do Sena que margeava Petit-Andely e estacionou na praça, perto da igreja. Carregando duas malas grandes, caminhou até a loja, onde Anaba o recebeu com um sorriso.

— É muito gentil por vir até aqui! — exclamou ela, jogando-se no pescoço dele. — Achei que havia feito bem ao deixar tudo para trás, mas não, há maravilhas aí dentro que ainda não saíram de moda...

— Também tenho duas caixas grandes — avisou ele.

— Vou buscar com você.

Eles foram juntos descarregar o que havia sobrado no carro e transportaram tudo até o pé da escada.

— Quer um café, uma cerveja?

— Um café, com prazer.

Ele a seguiu na varanda inundada de sol e aproveitou para observá-la.

— Está com uma cara melhor do que da última vez — disse ele, gentilmente. — Está se dando bem aqui, não é?

— Sim, estou tentando me adaptar. Ajudo a minha irmã e restauro algumas coisas. Veja só o que um cliente me trouxe hoje de manhã!

Ela mostrou orgulhosamente um biombo com cinco folhas em péssimo estado, que se destacava num canto.

— Pintado a guache — explicou ela. — Vai exigir um trabalho louco, mas o proprietário gosta muito dele e acho que vale a pena. É do século XIX e as telas de linho não sofreram muito. Será o meu primeiro trabalho independente. Quem sabe consigo fazer uma clientela na região?

— Prefere trabalhar por conta própria a ser contratada por um museu?

— Por ora, sim. Porque, para dizer a verdade, ainda não sei como vou organizar a minha vida.

Augustin manteve um silêncio constrangedor, depois continuou:

— A sua irmã não está?

— Stéph sofreu um acidente. Quebrou o braço ao mudar um armário de lugar, que caiu em cima dela.

— Coitada!

— E o pior é que estava sozinha e ficou espremida por horas, sofrendo um verdadeiro martírio.

— O armário em questão é aquele móvel enorme na loja?

— É, uma bela peça e, sobretudo, rara, mas que não encontra comprador.

— A não ser que se tenha um castelo...

— Quando for embora, se quiser parar para lhe dar alô, ela está no hospital de Vernon. Você passa quase em frente antes de pegar a autoestrada para Paris.

— Não vou incomodá-la?

— Ao contrário. Ela está entediada e eu estou enfiada aqui, não posso lhe fazer companhia. Mas, talvez, você esteja com pressa.

— Numa! Quero dizer, nenhuma.

A expressão quebequense havia escapado, o que o fez rir. Em seguida, ele ficou sério.

— O meu sotaque deve aborrecê-la, não?

— De jeito nenhum. Não vou repelir tudo o que me lembra o Canadá por causa de Lawrence. Ele não vai estragar a minha vida a esse ponto. Durante toda a minha infância, a minha mãe me contou histórias fabulosas sobre o seu país, do qual sentia muitas saudades.

— Ela nunca teve oportunidade de voltar, de levar vocês lá?

— As viagens para quatro pessoas custavam caro. Na época não havia todas essas companhias *low cost* e, de qualquer forma, meu pai se recusa a subir num avião.

— Ah, é verdade...

Ele se lembrou que Anaba lhe havia explicado isso alguns dias antes do casamento, para justificar a ausência de Roland.

— Bom, vou até lá, ficarei feliz em dar um beijo em Stéphanie.

Augustin disse isso tão espontaneamente que sentiu que enrubescia. Por sorte, Anaba estava de costas, acompanhando-o.

— Da próxima vez que nos visitar, faremos um bom almoço ou um bom jantar, a escolha é sua! E obrigado por ter vindo, Augustin. Nessas caixas estão coisas de que gosto muito. Foi por isso que as levei...

Ela se interrompeu, suspirou e acabou dando de ombros. Parado atrás dela, Augustin deu uma olhada nos objetos expostos.

— Da próxima vez, como você diz, vou olhar as suas maravilhas com calma.

— Aprecia móveis antigos?

— Bastante. O meu apartamento não é grande, por isso tento mobiliá-lo só com coisas bonitas.

Ele a pegou pelos ombros e a beijou afetuosamente.

— Até breve, bela *squaw.**

---

* Palavra de origem algonquina que significa "mulher" entre os índios da América do Norte. (N.T.)

O fato de ela não o rejeitar era totalmente inesperado. Como melhor amigo de Lawrence, ele poderia ter-se tornado muito antipático para ela, porém, aparentemente, não era o que acontecia.

Ao sair, Augustin lembrou que também havia trazido dois dos seus romances policiais, que haviam ficado no banco do carona. Achou que Stéphanie precisaria mais deles para se distrair do que Anaba. Ao dar a partida, voltou a assobiar, ainda muito alegre.

Lawrence fervilhava de raiva. Saiu do elevador e atravessou o hall em grandes passadas, como se a humilhação que acabara de sofrer o perseguisse. O confronto com o *big boss*, fundador do escritório e sócio majoritário, havia sido um pesadelo. Por que tanta raiva? Os processos entregues a Lawrence, embora desprovidos de interesse e pouco lucrativos, avançavam normalmente. Não havia cometido nenhum erro profissional, mas havia sido tratado pior do que um cachorro. Ele nem mesmo lhe oferecera uma cadeira e lhe dera uma bronca, como um mau aluno convocado à sala do diretor. Pois bem, não se deixaria infantilizar, tiraria o dia de folga, precisava de ar!

Saindo da praça Ville-Marie, ele se dirigiu ao jardim Rochester. Até então, sentira-se à vontade naquele bairro de escritórios onde se espremiam advogados e banqueiros. O universo dos colarinhos brancos, na sua linha de mira durante todo o tempo de seus estudos, lhe abrira as portas e ali ele viu que realizaria a sua futura carreira. Mas o que aconteceria se caísse em desgraça no poderoso escritório em que trabalhava? Precisava recuperar as boas graças do patrão de alguma maneira e, para isso, devia primeiro entender por que a havia perdido.

Depois de parar para comprar um *bagel* e um copo de café duplo, foi para a sombra das grandes árvores do jardim. Radiante, a primavera o deixava indiferente: poderia até nevar que ele mal perceberia. Em alguns meses, sua vida havia virado de cabeça para baixo. O irresistível desejo de se casar com Anaba o levara a preparar apressadamente um casamento ao qual não comparecera. Consequentemente, havia contraído dívidas que nunca conseguiria saldar se a sua situação profissional continuasse a se degradar. A sua conta estava no vermelho, fazia malabarismos com os cartões de crédito e não tinha para onde se virar. Seus pais, que não dispunham de muitos recursos, já o haviam ajudado muito e, por decência, não podia lhes pedir mais dinheiro. Michelle estava convencida de que ele não tinha nenhuma preocupação financeira; aliás, se soubesse, seria capaz de sair correndo. Lawrence não era tão estúpido a ponto de ignorar que, antes de tudo, ela era uma mulher que gostava de dinheiro, seduzida pelo luxo e pelo sucesso. Assim, fizera com que ela acreditasse num monte de coisas lisonjeiras para ele, mas que eram falsas. Não havia nenhuma fortuna dos Kendall e, naquele momento, nenhum cheque gordo para ele no fim do mês.

Ele mordiscou o *bagel*, sem apetite. Viver acima de suas posses nunca o assustara, tão convencido estava de que prosperaria rapidamente. Não fora isso que os professores da universidade haviam previsto para ele? Uma excelente memória, capacidade de análise e de síntese, desenvoltura na oralidade, excelentes notas nos exames ao longo de todo o curso: qualquer escritório teria interesse em sua candidatura. E, efetivamente, foi o que aconteceu: ele obteve um lugar invejável e começou a colecionar sucessos com processos difíceis. Então, por que tudo estava se deteriorando?

"Porque você teve medo de se casar com Anaba. Pela primeira vez na vida, você fraquejou, fracassou, fugiu. E isso passa a imagem de um instável ou de um covarde."

À sua volta, as pessoas não pareciam esquecer facilmente o incidente. No entanto, ele mandara sua "wedding planner" devolver todos os presentes de casamento, sem exceção. Ela até havia pedido um pagamento extra por isso!

Seu olhar passou pela estátua de sir Wilfrid Laurier sem vê-la. Não estava nem aí para o primeiro de todos os primeiros-ministros francófonos do Canadá; estava com a cabeça cheia de preocupações. Além do mais, também estava cansado, pois não conseguira voltar a dormir depois do telefonema de Augustin, às quatro horas da manhã. Um Augustin irritado por receber as coisas de Anaba, mas disposto a entregá-las pessoalmente. Onde? Mistério! Aparentemente, o endereço da moça era segredo de Estado. Por que Augustin jogava Anaba contra Lawrence? De quem ele era amigo? O pior é que sentia realmente falta dele. Com quem iria patinar para descarregar a tensão, com quem iria tomar cervejas no balcão e consertar o mundo? Augustin não era só seu melhor amigo; ele era, também, seu melhor público. Mas com a opção de viver em Paris dois terços do ano, ele se mantinha fora de alcance e era outro homem.

— Lawrence? Você deixou o chefe num belo estado de nervos! Ele ficou insuportável com todo mundo a manhã inteira.

Erguendo os olhos para Jacques, um dos colegas do escritório, Lawrence esboçou um gesto fatalista.

— Não sei o que ele tem contra mim. Parece que gostaria que eu pedisse demissão.

Esperando por protestos, Lawrence ficou decepcionado com o eloquente silêncio do outro.

— Não cometi nenhum erro — defendeu-se, com uma veemência exagerada. — Ele não tem nada para me criticar!

— O problema não está aí.

— Onde está, então?

— Você fez com que ele se lembrasse de um episódio muito desagradável.

— Qual?

Jacques pareceu hesitar, mas depois perguntou, desconfiado:

— Não sabe? Não, parece que não... Mas, afinal, a história é conhecida e eu posso contar. Há uns dez anos, antes de você entrar no escritório, o patrão estava completamente enlouquecido por uma jovem muito bonita que ele exibia por todo lado, nos jantares e nos coquetéis. Uma advogada sem muito talento, mas muito agradável de se olhar. Ele lhe deu uma grande mesa, uma secretária e processos rendosos, nos quais lhe dava uma mão, discretamente. Em resumo, ele havia programado seu casamento e estava orgulhoso como um pavão, mas três dias antes da cerimônia a belezinha esvaziou os armários e se mandou sem deixar endereço.

— Ah, merda... — murmurou Lawrence, que já via muito bem as implicações dessa revelação.

— Ele nunca conseguiu engolir o caso. Primeiro, porque estava apaixonado, depois por causa da humilhação, já que havia convidado para as núpcias todo o mundo judiciário de Montreal. Depois, como sabe, ele permaneceu solteiro. E, para ele, necessariamente, as pessoas que dão o fora no último momento não são muito bem-vistas e ele não aceita desculpas. Chama isso de comportamento de "mocinha apavorada". Se tivesse ouvido os palavrões que ele soltou no dia seguinte do seu malogrado casamento! Você estava escondido em Ottawa e perdeu uma bela sessão, acredite. Compreenda, você fez com a sua noiva exatamente o que a piranha fez com ele e, portanto, você entrou para a categoria dos nocivos, dos pirados e isso é só uma amostra.

— Mas por que nunca me contaram essa história?

— Porque ninguém queria trazer esse assunto à tona. De qualquer forma, mesmo que soubesse antes, imagino que nada mudaria, você não ia se casar com a sua Anaba só para agradar o patrão!

Lawrence se absteve de responder. Se conhecesse esse fato curioso, será que ele teria pesado na sua decisão? Não tinha certeza, mas, no fim das contas...

— Bom, vou voltar — declarou Jacques. — Meu intervalo ao ar livre acabou. Faz bem dar uma boa respirada ao sol. Vai ficar aí?

— Vou, mais um pouco.

Ele seguiu o colega com os olhos. Jacques se afastava num passo seguro, até mesmo triunfante. Sem dúvida, regozija-va-se por ter contado tudo a Lawrence, uma maneira de pô-lo ainda mais para baixo, demonstrando que nunca recuperaria a simpatia do patrão. Todos os advogados do escritório eram consumidos pela ambição e queriam se comer uns aos outros. Tendo sido por muito tempo um dos queridinhos, a quem sistematicamente entregavam os processos maiores, Lawrence havia despertado inveja. Muito seguro de si até o momento, não ligara para isso. Subitamente, descobrira que se tornara muito vulnerável. Naquela manhã, tivera a prova disso, antes da terrível conversa com o chefe. Como em todas as entradas da primavera, uma "refeição na cabana de açúcar"* estava sendo organizada pelos alegres festeiros do escritório. Essa tradição, ligada

---

* Estabelecimentos que servem refeições tradicionais da zona rural quebequense, sempre regadas a xarope do bordo, cuja seiva é recolhida na primavera. (N.T.)

à subida da temperatura, época em que se recolhe a seiva do bordo, era sempre um pretexto para um programa com muita bebida numa das inúmeras cabanas de açúcar da província do Quebec. Nessa ocasião, comiam crepes, favas com toucinho, couro de porco grelhado, conhecido por "orelha de Cristo", e, é claro, ovos com xarope. Acontece que dessa vez Lawrence não havia sido avisado nem convidado.

O telefone vibrou no seu bolso, mas ele não atendeu. Se fosse Michelle, não estava com vontade de fingir um tom alegre e desenvolto, se fosse o banco, que se danasse. No entanto, em vez de tirar o dia de folga, como tinha pensado, decidiu voltar ao trabalho. O efeito causado pela sua sala vazia seria péssimo e, no ponto em que as coisas estavam, sua própria secretária poderia muito bem denunciá-lo à direção.

Ao entrar no quarto de Stéphanie com os dois livros na mão e um bichinho de pelúcia comprado na loja do térreo, Augustin se sentiu meio intimidado. Há tanto tempo não tinha essa sensação que se perguntou o que estava acontecendo.

— Augustin? Que surpresa! — exclamou ela.

Stéphanie se ergueu, apoiando-se nos travesseiros, e o avaliou com ar surpreso, esperando que explicasse a razão da visita.

— Estou vindo da sua casa — ele se apressou a dizer. — Lawrence me mandou as coisas de Anaba e achei que ela ficaria contente de recuperá-las. Então, peguei a estrada.

— Não devia ter feito isso, teríamos dado um jeito...

— Ora, está um lindo dia para passear! E, depois, como vocês dariam um jeito?

Ele apontou para o gesso que ia do punho até o ombro.

— Anaba me contou o seu acidente.

— A culpa é minha. Achei que era mais forte do que sou.

— O armário não é nada leve!

— Não é mesmo. Sente-se, se tiver um minuto.

— Tenho todo o tempo do mundo. Organizo o meu trabalho como eu quero. Tome, um pouco de leitura para você.

Ele pôs os livros na mesa de cabeceira e o urso de pelúcia sentado por cima.

— É ele quem vai virar as páginas? — perguntou ela, com um belo sorriso. — Qual o nome dele?

— Chum. Significa "amigo" ou "namorado".

— Na linguagem quebequense?

— É, em *joual*, a linguagem popular.

Talvez ela achasse seu modo de falar meio ridículo, mas, embora houvesse perdido um pouco o sotaque por viver na França, não queria se livrar dele totalmente. Nem cogitava em passar horas com um professor de dicção, como Lawrence fizera alguns anos antes.

Augustin puxou a cadeira de plástico para perto da cama e se sentou, concedendo mentalmente a si mesmo uns quinze minutos para não ser inconveniente.

— Quando vai sair?

— A princípio, amanhã. Acho que eles me prendem aqui pelo prazer de me irritar!

— Nada paciente, hein?

— Não me sinto doente e não tenho tanta dor assim, só quando me mexo muito. Foi uma fratura dupla, com deslocamento, bem feia. Como eu, no momento!

Ela passou a mão no cabelo, mas só conseguiu desgrenhá-lo. Augustin quase disse que ela estava bonita, pois era verdade, mas preferiu ficar calado. Com a pele clara, luminosa, o longo e gracioso pescoço e os olhos de um azul incrível, quase elétrico, ela realmente o agradava. Que idade poderia ter? Uma rede de finas rugas já se instalara sob seus olhos e perto da boca, o que a tornava ainda mais atraente.

— Será que Anaba está conseguindo se virar? — preocupou-se Stéphanie. — Ela me liga três vezes por dia e parece entusiasmada, mas creio que não se sente segura, sozinha em casa.

— Ela parecia bem. Sabe, estou sinceramente desolado com o que aconteceu em Montreal. Se eu achasse que Lawrence fosse capaz de uma coisa assim, penso que teria avisado a Anaba, para tentar atenuar o choque.

— Já que ela não está aqui, vou aproveitar para perguntar, Augustin: quais foram as razões de Lawrence? Mesmo que não tivesse uma simpatia louca por ele, eu o achava um cara responsável, equilibrado e, sobretudo, muito seguro de si, alguém que não questionava as próprias decisões. Ele queria esse casamento e o organizou praticamente sozinho! Parecia amar Anaba de verdade, não?

— Sim, eu também achei. Todas as vezes que ela ia ao Canadá, Lawrence ficava louco de alegria. Sempre queria que ela conhecesse alguma coisa e, sobretudo, queria agradá-la. Mas, para dizer a verdade, na véspera, quando fizemos a ronda dos bares, eu o achei um pouco... hesitante. Anaba lhe dissera que queria filhos imediatamente e isso o deixava angustiado.

— Em geral, é para isso que as pessoas se casam.

— Ele não via as coisas desse modo.

— Os homens têm todo o tempo, podem ser pais em qualquer idade!

Ela disse isso com uma irritação evidente, o que levou Augustin a tomar a defesa de Lawrence, apesar de tudo.

— Para aboná-lo, ele foi obrigado a andar rápido para chegar aonde queria. Tinha grandes ambições e os pais dispunham de recursos apenas para lhe pagar os estudos. Quando conseguiu o emprego nesse escritório de prestígio, ele se apressou a comprar o dúplex, para, finalmente, viver como havia sonhado. E digamos que ainda não tivera tempo de aproveitar tudo isso. Ele não está maduro para ter uma família numerosa. Acho até que esse clichê lhe dá pavor.

— Então, por que o pedido de casamento? Para acrescentar uma mulher bonita à sua panóplia?

— Oh, ele estava muito apaixonado por ela! E não suportava saber que ela estava a milhares de quilômetros. Queria apresentá-la a todos os amigos. Ele se orgulhava dela porque ela é graciosa como uma flor e o papel de mentor o valorizava. Lawrence tem um ego um pouco exacerbado, acho que notou.

Stéphanie caiu na risada e ele se sentiu feliz por havê-la alegrado, mesmo à custa de Lawrence, que, no fim das contas, havia defendido muito mal.

— Anaba encontrará alguém melhor, sem problema — afirmou ela —, mas há poucas chances de que seja um quebequense e, isso, ela vai lamentar. Ela via a mão de Deus no encontro deles, pois sonhara muito tempo com o Canadá e achava que lá encontraria as origens da mãe... De uma forma bem egoísta, para mim é bom que a minha irmã mais nova não esteja no fim do mundo.

Augustin gostava muito da franqueza de Stéphanie. Achava fácil conversar com ela, sentia-se tão bem que morria de vontade de ficar por mais tempo. Como se adivinhasse, ela perguntou:

— E você, Augustin? Só fala de Lawrence, de Anaba, mas nada de você. Conte-me por que mudou para a França. Não gostava da vida em Montreal?

— Ah, sim! Não imagina a satisfação de morar lá, apesar do inverno rigoroso. É alegre, bem mais descontraído do que Paris, existem grandes parques por toda parte, lagos, fazemos esporte todo o tempo... Assim que começam as primeiras neves, afiamos os patins e preparamos os esquis. Adorava tudo isso na minha juventude! Mas me apaixonei pela França desde a minha primeira viagem e jurei a mim mesmo que moraria em Paris algum dia. E, depois... Digamos que eu precisava passar por algumas provas longe de casa, construir a minha própria vida. Morei dois anos nos Estados Unidos, escrevendo roteiros para séries de televisão, mas isso não me agradou e eu comecei a viajar.

— Que tipo de provas?

— O meu pai tinha outros projetos para mim. Ele esperava sinceramente que eu o substituísse, que me interessasse pela sua fábrica de papel. Um negócio de família há três gerações e, sobretudo, uma atividade fascinante, segundo ele. Quando me inscrevi em direito, ele achou que eu seguiria o direito comercial, o direito societário, o que poderia ser proveitoso para a fábrica, mas, quando troquei pela literatura, ele ficou terrivelmente decepcionado.

— Vocês brigaram?

— Não, nunca na vida! Ele é um bom pai, além de um sujeito legal, e só me disse para me virar sozinho com as minhas burrices. Como nunca me havia facilitado as coisas no plano material, convencido de que é preciso educar os meninos com certo rigor, eu já estava acostumado a cuidar de mim. Não me tornei um poeta maldito que vive na miséria, e acho que isso o espanta. Mas ele não lê o que escrevo. Tem horror a romances policiais.

Ela deu uma olhada na mesa de cabeceira e meneou a cabeça.

— Eu lhe direi o que acho. Por qual deles devo começar?

— Eu os pus na ordem certa.

— Ser autor é uma bela profissão, não?

— Não sei, não conheço outra. Em todo caso, me convém! A condição é se autodisciplinar, porque, quando não há ninguém para nos chamar à ordem, temos tendência a gazetear.

A chegada de uma enfermeira os interrompeu e Augustin se levantou precipitadamente.

— Sou como todos os homens — desculpou-se. — Podemos dizer que gosto muito de falar de mim! Não devia ter posto uma moeda na máquina, depois é impossível pará-la. Vou embora, mas foi um prazer negro ver você. Um grande prazer, ora...

— Você é canadense — constatou a enfermeira.

— Queria saber como adivinhou — ironizou ele, antes de se virar para Stéphanie. — Comporte-se bem e não tente erguer mais nada.

— Só um cigarro, assim que eu sair daqui!

— Seria melhor aproveitar e parar de fumar — aconselhou a enfermeira.

Stéphanie e Augustin trocaram um olhar divertido. Em seguida, ele resolveu sair. Assim que chegou ao corredor, começou a se perguntar qual pretexto usaria para revê-la. Depois que ela voltasse para casa, onde também morava Anaba, que razão teria para invadir a intimidade delas? Sua presença sempre lembraria Lawrence, independentemente do que fizesse para ser agradável e, claro, Lawrence era alguém que elas não faziam a menor questão de lembrar. É bem verdade que Anaba havia afirmado que Augustin era bem-vindo, mas, sem dúvida, tratava-se apenas de uma fórmula de polidez para lhe agradecer por entregar pessoalmente as malas e as caixas. Além do mais, se aparecesse muito por lá, daria a impressão de que era um sujeito desocupado procurando fazer relações ou um paquerador inveterado que aproveitava o lugar vago deixado por Lawrence. Para encontrar uma solução para esse quebra-cabeça, teria de usar de imaginação, o que, afinal, não era uma proeza para um romancista. O que faria o famoso comissário Max Delavigne numa situação semelhante?

"Talvez ele seja um ás no gatilho e um campeão em dedução, mas, com as mulheres, é tão desastrado quanto eu! Parece que o fiz à minha imagem..."

Até então, os casos sentimentais importantes para Augustin haviam terminado em fracasso. Será que teimava em escolher mal as mulheres por quem se apaixonava? Ao se encantar por Stéphanie, a tarefa não ficava mais fácil e, no estágio em que estava, o mais razoável seria esquecer tudo, evitar a Normandia daquele dia em diante e se dedicar ao trabalho para terminar o livro.

Depois de pegar o carro, ele tomou a direção de Paris, convencido de que não seguiria os sensatos conselhos que dava a si mesmo. Se era teimoso e insensato, o azar era dele! Presunçoso também, porque talvez Stéphanie tivesse alguém em sua vida e em seu coração. E, mesmo que estivesse livre, por que se interessaria por ele? Sua cicatriz poderia desencorajá-la, assim como a diferença de idade entre eles.

Augustin abaixou o guarda-sol para se proteger dos raios do poente. Em tese, chegaria à porta de Auteuil dentro de meia hora e pegaria as margens do Sena para alcançar a ilha de Saint-Louis.

— Moramos ao longo do mesmo rio, vemos passar os mesmos barcos, isso é um sinal!

Essa descoberta nada tinha de extraordinário, mas ele decidiu que só podia ser de bom augúrio.

Cinco

No Aeroporto Montreal-Trudeau, Lawrence aguardava na sala de embarque. Seu voo da Air France decolaria às dezoito horas e vinte e cinco minutos e chegaria no dia seguinte de manhã, às sete horas e dez minutos, hora de Paris. Na realidade, a viagem só duraria seis horas e quarenta e cinco minutos, o tempo de engolir uma bandeja de comida, ver um filme e dormir uma noite curta. Naquele sentido, se envelhecia, mas, na volta, recuperaria o tempo perdido.

A viagem o excitava e o perturbava a tal ponto que Michelle havia feito uma cena. Ela sabia dissimular seu ciúme, bancando a mulher emancipada capaz de se dar o direito de ter e conceder liberdade; no entanto, tudo o que se referia a Anaba a irritava. Por mais que Lawrence explicasse que era enviado pelo escritório para tratar de um processo e nada mais, Michelle não se deixara enganar. E ela nem sabia o quanto ele tivera de batalhar para conseguir o processo! No clima atual, o patrão nunca lhe teria entregado o caso se ele não houvesse praticado muito o francês, falando sem o menor sotaque, e não estivesse acostumado a se virar em Paris. Dois trunfos que, na hora certa, haviam influenciado na decisão. Seria um sinal de que seu descrédito se atenuava? Não era certeza, diante da maneira como continuava a ser tratado, mas via nisso um primeiro passo. Cabia a ele se mostrar especialmente eficaz, o que não seria fácil no imbróglio do processo.

Depois da crise, os advogados que viajavam por conta do escritório raramente tinham o benefício da classe executiva e, é claro, não tinham dado esse presente a Lawrence. Pouco importava, ele tinha a chance de voltar à França e contava dar provas de ser um jurista incomparável que não devia ser posto de lado. Pensava também, mas em segredo, tentar encontrar Anaba. O desejo de revê-la o atormentava todas as noites, exacerbado pela ideia de que Augustin mantinha contato com ela. Um Augustin que se limitava a e-mails lacônicos, do tipo: *"Recebi as coisas de Anaba que entreguei em mãos."* Nem uma palavra para dizer onde ela estava, como ela ia e o que fazia. No entanto, devia saber muito bem que Lawrence morria de curiosidade!

Uma comissária anunciou o embarque imediato, com uma voz despersonalizada. Pegando a maleta de documentos, Lawrence seguiu a onda de passageiros com uma estranha impressão. Quantas vezes fora ver Anaba na França no ano anterior? E quantas vezes a havia esperado ali, no Trudeau? Em todas as ocasiões, os reencontros eram uma festa, pois ele adorava surpreendê-la, subjugá-la, mimá-la. Esse estado de graça havia durado até o dia em que lhe dera o anel, no *Beaver Club*. O preço da joia já lhe dava vertigem, mas o que ela dissera naquele momento era bem mais vertiginoso. Discurso sobre o diamante, símbolo da eternidade, amor para sempre, família, filhos, um monte de pequenos Lawrences e pequenas Anabas correndo no gramado... *Que* gramado?

— Boa viagem, senhor — disse mecanicamente o comissário, pegando o cartão de embarque. — A sua poltrona está localizada no fundo do aparelho, vá em frente, por favor.

Ele pegou um jornal na pilha à disposição dos passageiros e foi se instalar no lugar apertado que lhe era destinado. Nos voos anteriores para Paris, sempre ia alegre, com o coração acelerado de impaciência e prazer. Ah, como estava apaixonado por Anaba! Sem dúvida, esse havia sido o melhor período da sua vida, brutalmente interrompido ao ficar submerso por um grande medo. Os sublimes martínis do *Beaver Club* não fizeram nenhum efeito. Ele ficara petrificado, fingindo escutar, enquanto um abismo se abria a seus pés.

Os reatores começaram a aumentar a potência com um barulho estridente e a decolagem seria iminente. Quando o aparelho começou a rolar na pista, Lawrence fechou os olhos. Ninguém o estaria esperando em Roissy. Nem mesmo Augustin, a quem não prevenira da chegada. Ele lhe faria uma visita surpresa antes de ir para o hotel. Se se mostrasse suficientemente convincente — e, sobretudo, amigável —, Augustin acabaria lhe dando o endereço. Seria um primeiro teste de sua eloquência e força de persuasão que teriam de ser provadas mais tarde no Palácio de Justiça, onde tinha hora marcada no início da tarde.

Stéphanie se movimentava com precaução pela loja, tomando cuidado para não bater o gesso nos abajures e bibelôs. Depois que voltara para casa, vários amigos, conhecidos e clientes apareceram para desejar um pronto restabelecimento. Anaba nunca havia imaginado que sua irmã conhecia tanta gente, mas, depois de alguns anos em Andelys, Stéphanie havia triunfado. Ela era considerada uma pessoa séria, simpática e sociável, disponível e boa conselheira. A reputação do antiquário se espalhara pela região e ela era a primeira a ser chamada quando alguém queria se desfazer de alguns móveis.

A história do armário e do braço quebrado se havia propagado pela pequena cidade e arredores como um rastilho de pólvora e, no desfile das pessoas que foram saber notícias ou assinar no gesso, sempre havia alguém que comprava alguma coisa. O estoque diminuía, as vitrines se esvaziavam e, apesar dos esforços de Anaba, que encerava tudo o que achava de vendável no alpendre, em breve Stéphanie teria de sair à cata de objetos raros escondidos no fundo dos sótãos.

A agitação momentânea era proveitosa para Anaba. Perguntavam-lhe sobre a profissão de restauradora, o que parecia abrir os horizontes para conseguir alguns clientes. Obrigada a conversar ao longo do dia, não tinha mais tempo de se apiedar de sua sorte de mulher abandonada. Além de tudo, também precisava ajudar Stéphanie a se vestir, a lavar o cabelo, a cozinhar, a passar o aspirador e, até mesmo, lhe servia de motorista.

— Não é uma ajuda que você me dá. É uma assistência em todos os momentos! Coitadinha, deve estar arrependida de ter vindo morar aqui.

— Não diga bobagens, Stéph. Eu me sinto revalorizada, útil e, além do mais, acho que nos divertimos. Sem contar os bons negócios que fazemos.

— É, mas, enquanto você cuida de tudo, não pode trabalhar no seu biombo.

— Ele tem quase duzentos anos, pode esperar mais um pouco.

Stéphanie terminou os diferentes queijos com os quais se regalara, depois empurrou a cadeira para trás e acendeu um cigarro.

— Como é bom estar em casa... Na comida do hospital não havia *livarot** nem *pont-l'évêque.***

Através de volutas de fumaça, ela observou a irmã por um momento.

— Você aparou o cabelo? Ficou muito bem em você. E o seu suéter é realmente lindo.

— Eu o consegui de volta com todo o resto.

— Ainda bem!

— Augustin foi muito gentil em me trazer as malas, sem esperar que eu fosse a Paris buscá-las.

— Acho que ele é mesmo um cara simpático. E eu me pergunto se... Se ele não tem uma quedinha por você.

— Augustin? Não, claro que não. Eu teria percebido antes.

— Antes, você era a noiva do melhor amigo dele.

Anaba meneou a cabeça, refletindo no que Stéphanie acabara de dizer. Augustin sempre fora muito simpático com ela, mas ele era naturalmente caloroso, isso não queria dizer nada.

— Não sinto nenhuma atração por ele, apesar dos belos olhos verdes. Você notou? São verde-laguna!

— Nunca vi uma laguna de perto. Explique-me a origem daquela cicatriz.

— Não tenho a menor ideia. Augustin nunca fez alusão a ela.

O sol batia nos vidros da varanda e Stéphanie foi abrir a porta que dava para o jardim.

---

* Queijo de Livarot, região da Normandia, fermentado, de massa mole e odor forte. Obteve a Denominação de Origem Controlada em 1975. (N.T.)
** Queijo do povoado de mesmo nome, região da Normandia, famoso desde 1230. Em 1972, obteve a Denominação de Origem Controlada. Tem massa mole, gosto pronunciado e formato quadrado. (N.T.)

— O pedreiro vem hoje à tarde terminar a reforma das paredes do alpendre. Com este tempo, o cimento secará rápido.

— Na sua ausência, combinei com o eletricista o tipo de iluminação que vou precisar. Depois de pronto, será realmente um local genial para trabalhar. E, finalmente, vou poder tirar a minha bagunça da varanda, e não comeremos no meio do cheiro de terebintina. Mas... mas eu não queria que você gastasse muito dinheiro nessas obras.

Stéphanie fez uma pausa para apagar o cigarro e, em seguida, ergueu os olhos para a irmã.

— Já falamos sobre isso, querida. Essa obra não envolve nenhum compromisso seu. Eu precisava ampliar o alpendre e torná-lo mais salubre. Com você ou sem você, ele vai me servir. No ano passado, perdi um bom negócio com uma senhora idosa que queria se desfazer de um monte de maravilhas antes de ir para uma casa de terceira idade. Ela só queria um comprador e eu não sabia onde guardar tudo, diante do caos do alpendre. Até hoje eu lamento! No lote, havia um estojo de toalete de prata, pentes e escovas de tartaruga, pequenas coisas fantásticas que seriam vendidas em vinte e quatro horas, mas tinha de trazer também os canapés, as cômodas, os tapetes e uma biblioteca inteira. Já imaginou?

Anaba começou a rir ao ver a expressão desolada da irmã. Pelo visto, o trabalho lhe dava prazer e a fascinava. Além da inclinação para o comércio que ela sempre manifestara, as antiguidades se haviam tornado seu universo. Ela compensava a falta de formação por um instinto muito seguro e um agudo senso de estética, mas também sabia pedir conselho. Muitas vezes, havia ligado para Anaba no apartamento de Ternes para descrever com precisão um móvel ou um quadro antes de comprá-los. Se a ligação começasse por: "Você que fez Belas-Artes...", Anaba sorria e se sentava, adivinhando que a conversa ia demorar.

— É bacana trabalharmos juntas, Stéph. Devíamos ter pensado nisso antes!

— Não, você sairia perdendo na troca. Benefícios sociais, contribuição para a aposentadoria, feriados pagos, seguro-saúde, plano de carreira e outras vantagens. Olhe para mim com o braço engessado! Os comerciantes e os artesãos são os rejeitados do sistema. E, depois, vamos falar sério: você não vai se enterrar aqui aos vinte e oito anos. Eu já tenho quarenta e dois, a minha vida está feita, essa opção me convém.

— Nunca sente saudades de Paris?

— Nunca. De qualquer modo, fica a uma hora daqui e vou lá ver o papai.

— A propósito, ele sugeriu pegar um trem e vir almoçar domingo ou segunda.

— Ele vai se separar dos livros? Deve nos amar muito!

Stéphanie disse isso ternamente, com o sorriso especial que exibia ao falar do pai. Ela observou Anaba novamente e acabou dando um assobio, meio divertido, meio admirativo.

— Você se valorizou bem penteada e vestida assim. Efetivamente, você é o meu melhor argumento de venda.

Anaba caiu numa gargalhada despreocupada. Estava bem mais alegre depois que a irmã saíra do hospital e, indiscutivelmente, depois de voltar a cuidar da aparência. Ter recuperado as roupas da moda, assim como a vontade de se maquiar um pouco, lhe dava certa alegria de viver. A terrível decepção vivida em Montreal começava a lhe parecer menos séria, e a humilhação estava desaparecendo, perdendo a importância. A vida não havia acabado naquele dia, em frente ao maldito Palácio de Justiça, como ela acreditara então.

O carrilhão da loja soou e Stéphanie, que ia acender mais um cigarro, enfiou-o no maço com um ar falsamente resignado e correu, gesso à frente, para receber o cliente.

— Eu quero vê-la, Augustin! — martelou Lawrence pela enésima vez. — Quero liquidar com o nosso litígio, explicar de viva voz que eu não a rejeitei, mas sim que ela possuía uma visão de futuro com a qual eu não concordava. Dizer que...

— Está gastando saliva à toa.

— Mas que droga! Você tem de me dar o endereço dela!

— Não.

Lawrence sentiu uma onda de raiva percorrê-lo dos pés à cabeça.

— Está me obrigando a suplicar, é grotesco. Vou ficar na França por muito pouco tempo, à custa do escritório, e não posso prolongar a minha estada. Brincar de gato e rato com você não me diverte. Compreendeu?

— Você nem me perguntou se ela quer vê-lo. Você quer, você exige, coloque os pés no chão, seu machão!

— Acha que tem direitos sobre ela ou qual é a sua?

— Acho, principalmente, que tem de deixá-la em paz. Ela está se recuperando da sacanagem que você fez, deixe-a tranquila.

Exasperado, Lawrence se aproximou de Augustin até ficar cara a cara com ele.

— Não quero discutir sobre Anaba com você. Se tiver de mover céus e terras para encontrá-la, eu o farei.

— Então, faça.

— O problema é que não tenho tempo. Não ouviu o que eu disse? Vou embora depois de amanhã!

— Trate dos seus negócios e, depois, aproveite a sua estada de outra maneira que não chateando uma moça de quem você desistiu.

— Guarde as lições de moral para você, não estou a fim de ouvi-las.

Augustin deu de ombros e se afastou alguns passos, propondo:

— Que tal uma cerveja?

A calma dele atiçava a raiva de Lawrence, que fez um último esforço.

— Não estou com sede e tenho de comparecer ao Palácio de Justiça dentro de meia hora.

— Então, não perca tempo procurando arrancar alguma coisa de mim. Não vai funcionar.

— Parece que estou lhe pedindo a lua!

— Está me pedindo uma coisa impossível. Anaba já foi traída o suficiente, e não sou eu quem vai piorar a situação. Se quisesse falar com você, ela sabe o seu telefone.

— Puta que pariu, você está enchendo o meu saco! — explodiu Lawrence.

Ele se aproximou de novo de Augustin, dessa vez ameaçador.

— E se eu desse um soco na sua cara?

— Você não tem coragem.

O soco partiu quase involuntariamente, atingindo Augustin no maxilar. Um segundo depois, sem compreender como, Lawrence estava caído no chão.

— Certo — constatou Augustin, estendendo-lhe a mão —, você teve coragem. Como viu, eu também. Empate. Quer desforra ou vamos parar?

O estranho sorriso assimétrico não permitia saber se estava sendo amigável ou irônico.

— Puta que pariu — suspirou Lawrence —, você revida rápido. Anda treinando?

— Todas as semanas academia de kickboxing e aulas de esgrima. Foi o que encontrei de melhor em matéria de esporte, porque as pistas de patinação em Paris...

Lawrence se levantou sozinho e apalpou a boca, que já começava a inchar.

— Ainda somos amigos? — perguntou ele, num tom ácido.

— Você resolve. Eu diria que menos do que antes e, talvez, mais do que amanhã.

A resposta de Augustin era espantosa e mais ainda a indiferença com que a havia pronunciado.

— Vou usar o banheiro.

Lawrence se lembrava da disposição do estranho apartamento numa água-furtada e foi passar água fria no rosto, tentando não molhar o colarinho. Quando se ergueu e se olhou no espelho, perguntou a si mesmo que tipo de explicação daria aos colegas franceses, que já deviam estar esperando por ele. Os lábios intumescidos lhe davam a aparência de um marginal. Um belo marginal louro de gravata!

Ele percebeu Augustin, que o observava nas suas costas, apoiado na ombreira da porta. Como puderam chegar tão facilmente às vias de fato? Quinze anos de amizade não haviam sido suficientes para impedir a briga. Será que Augustin, como Lawrence receava, andava de olho em Anaba? Será que ele a protegia por interesse pessoal ou por causa do seu estúpido lado cavalheiresco com as mulheres? Ele próprio havia começado a briga, batendo primeiro, com violência, para aliviar a frustração e o ciúme. Mesmo que fosse difícil admitir, ainda estava apaixonado por Anaba.

Ele se virou, cruzou os olhos com o olhar indecifrável de Augustin. Por enquanto, ele não tinha nenhuma marca no maxilar e Lawrence ficou decepcionado. Sem dúvida, o hematoma apareceria no dia seguinte. Enquanto isso, parecia ser ele o vencedor da luta.

— Já que não pude convencê-lo, vou ver o pai dela. Com um pouco de eloquência, poderei...

— Ele vai recebê-lo tão mal quanto eu — previu Augustin.

— Aqui em Paris, você não é o rei, cara.

Tratava-se de uma alusão ao fato de, em Montreal, Lawrence ter sido o queridinho da universidade, a coqueluche das moças, depois um jovem advogado cheio de promessas ao qual ninguém resistia.

— Pois bem, irei ver a irmã dela — resmungou Lawrence, dando uma olhada no seu relógio. — Lembro que ela mora numa cidade pequena na entrada da Normandia. Andelys, eu acho. Eu a encontrarei e ela vai falar comigo.

— Acha mesmo?

A resposta havia irrompido, agressiva, sem o sangue-frio e a calma até então demonstrados por Augustin. Lawrence era muito inteligente para não perceber aí um sinal, mas fez de conta que não havia notado nada.

— Estamos brigados ou podemos jantar juntos hoje à noite? — perguntou ele, com seu sorriso mais encantador.

Augustin só hesitou um segundo antes de sugerir:

— Posso levá-lo ao *Mon Vieil Ami*,* próximo à Pont-Marie, perto daqui.

— Parece que o nome é predestinado! Eu o encontro lá às vinte horas.

---

* Meu Velho Amigo. (N.T.)

Se conseguisse alugar um carro ao sair do Palácio de Justiça, iria até Andelys, e Augustin, esperando por ele no restaurante, não ficaria no seu pé.

— O Museu Nicolas-Poussin exibe sobretudo pintores normandos contemporâneos, algumas peças raras de vidro e um pouco de mobiliário antigo, entre eles um harmônio fabricado em Andelys; em resumo, nada que possa lhe oferecer trabalho *in loco*. E o Memorial Normandie-Niémen, evidentemente, menos ainda, a não ser que você queira restaurar o Mirage, exposto em frente!

Voltando à ideia de um emprego estável e regular para Anaba, Stéphanie passava em revista todos os museus dos arredores. Havia enumerado os de Évreux e até os de Rouen, mas a irmã sacudia a cabeça, obstinada.

— Veremos isso no ano que vem, Stéph. Por enquanto, e se não a incomodo, ficarei aqui tentando conquistar um lugar ao sol. Penso em procurar junto aos conservadores de castelos classificados como monumentos históricos, a região tem um certo número deles. Certamente haverá afrescos a serem restaurados, *trompe-l'oeil* e quadros. Minha cabeça está formigando de ideias! Se eu pudesse formar uma clientela particular e, ao lado disso, fazer trabalhos eventuais para instituições, seria genial. Depois que se prova a liberdade...

O fim de tarde estava suave e elas haviam deixado a porta da varanda entreaberta para o jardinzinho. Nos raros momentos em que não estava ocupada, Anaba limpava o mato e plantava algumas flores.

— Tenho consulta marcada no hospital depois de amanhã — lembrou Stéphanie. — Espero que retirem este maldito gesso. Não aguento mais tentar me coçar enfiando uma agulha de tricô! Combinei com uma amiga que vai me acompanhar a Vernon, assim não precisaremos fechar a loja. Ah, eu daria qualquer coisa para mergulhar até o pescoço numa banheira perfumada de espumas!

Interrompida pela campainha do telefone, Stéphanie atendeu com a mão saudável.

— Augustin! — exclamou ela, alegremente. — Estou feliz em ouvir a sua voz, como...?

— Sinto muito ligar na hora do jantar — interrompeu ele, de maneira repentina —, mas queria avisar que Lawrence está na França desde hoje de manhã. Ele quer ver Anaba de qualquer jeito e pôs na cabeça que vai até a sua casa, em Andelys, para conseguir o endereço dela, por bem ou por mal. Havíamos combinado jantar juntos. Acontece que ele está atrasado quarenta e cinco minutos e eu começo a me perguntar se não pôs em execução o seu plano de alugar um carro. Vocês podem vê-lo chegar a qualquer momento.

— Aqui? Que cara de pau! Se ele aparecer, vai ter uma bela recepção, pode acreditar.

— Ele me pareceu muito agitado, muito excitado.

— Era só o que faltava!

— Bom, cuide-se e também de Anaba.

— Conte comigo. E obrigada por ter avisado.

— Até logo, Stéphanie.

— Espere! Até logo é quando? Gostaria de vir almoçar no domingo? Sei muito bem que tem de pegar a estrada, mas...

— Mas com prazer! Levarei a sobremesa.

Ao desligar, ela cruzou os olhos com o olhar inquieto de Anaba.

— Trata-se de Lawrence?

— Sim. Ele desembarcou em Paris e procura por você. Segundo Augustin, não hesitaria em vir me perguntar onde você está.

— Ele passaria por cima do próprio orgulho a esse ponto? Deve desconfiar que você não iria recebê-lo de braços abertos.

Anaba começou a andar de um lado para o outro, aparentemente muito nervosa.

— Ouça, Stéph, se por acaso ele vier, vou recebê-lo.

— Você? Acha que é uma boa ideia? Tem vontade de falar com ele?

— Não sei — confessou Anaba, relutante.

Stéphanie a encarou, perplexa. Será que a irmã pensava numa reconciliação?

— Você é maior de idade e vacinada, faça o que quiser. Mas tente não ter a memória muito curta, hein?

— Claro que não.

A voz dela não mostrava segurança e convicção. Seria possível que conservasse, no fundo do coração, sentimentos por aquele homem que ela havia amado e que a descartara como um trapo velho?

As batidas surdas nas venezianas da loja deixaram-nas pregadas no lugar. Até aquele momento, Stéphanie não havia acreditado na ida de Lawrence à sua casa. Com os olhos pregados em Anaba, que, subitamente, ficara lívida, ela perguntou:

— Eu vou ou você vai?

Novas batidas, mais fortes, fizeram com que elas se precipitassem ao mesmo tempo. Stéphanie acendeu as luzes e desligou o alarme, depois fez sinal para a irmã se afastar e ela mesma abriu a porta. Por mais que esperasse por isso, ver Lawrence de pé, na calçada, foi um choque. Sem cumprimentá-lo, ela o olhou de cima a baixo por alguns instantes, obrigando-o, assim, a ser o primeiro a falar.

— Estava com medo de não encontrar — disse ele, meio hesitante. — As estradas francesas não me são familiares...

Sob a luz do poste, ele parecia cansado e menos à vontade do que de costume.

— Diga-me onde Anaba está escondida, preciso vê-la de qualquer jeito.

— Ela não está *escondida*, Lawrence.

Ele sacudiu a cabeça, fazendo esvoaçar o cabelo louro.

— Não irei embora enquanto não me der o seu endereço ou o telefone.

— O que espera dela — zombou Stéphanie —, o perdão?

Sentindo a presença da irmã por trás, ela se afastou com um suspiro.

— Estou aqui — murmurou a jovem.

Lawrence pareceu vacilar, sob o efeito do choque.

— Meu Deus — disse ele. — Anaba...

Stéphanie olhou para um e para outro, depois se virou, murmurando:

— Estarei por perto.

Na rua Saint-Louis-en-l'île, no restaurante *Mon Vieil Ami*, Augustin terminava de jantar. Ele gostava daquele lugar pela decoração atual e refinada, apesar das velhas vigas, pela iluminação indireta e, sobretudo, pela maneira original, se bem que gastronômica, de preparar alguns legumes. Porém, naquela noite, distraído, não havia prestado muita atenção no que comia. O fato de Lawrence lhe dar o cano não tinha nada de surpreendente, mas ele se sentia vagamente decepcionado. A amizade deles estava prestes a se desintegrar.

Com o gesto habitual, tocou de leve na cicatriz, depois desceu para o queixo, onde o punho de Lawrence havia batido violentamente, provocando a resposta imediata de Augustin. De onde viera essa vontade recíproca de brigarem? Nesses quinze anos que se conheciam, haviam tido algumas desavenças, mas nada tão grave. Até mesmo a lâmina dos patins lhe rasgando o rosto Augustin conseguira esquecer. Ignorando as maldosas insinuações de alguns, sempre se recusara a acreditar que Lawrence poderia ter se desviado. É claro que não. Eles eram realmente amigos naquela época, Lawrence não lhe desejava nenhum mal. Se um dos dois tivesse ciúmes, não seria Lawrence. Ele tinha mais sucesso, era mais alto, mais esportista e mais brilhante, agradava mais às moças. Exceto uma vez em que uma sedutora ruivinha o mandara passear, dizendo que preferia "o amigo de olhos verdes, bem mais carismático". Lawrence dera um sorriso meio amarelado, é verdade, e respondera com crueldade. Ele era um mau perdedor, queria conquistar todo mundo. Mas, com Augustin, ele deixava rolar, convencido, e com razão, de que não se tratava de um rival. No gelo dos lagos aonde iam patinar alguns fins de semana no inverno, eles lutavam como dois inimigos ferozes para ganhar as corridas improvisadas, porém, o restante do tempo, jogavam na mesma equipe e eram totalmente solidários. Lawrence até lhe dera uma mão na revisão das matérias para as provas, achando graça da incapacidade de Augustin em assimilar as bases do direito. Não, não havia nenhuma concorrência entre eles, nenhum ciúme. Exceto, talvez, uma ponta de inveja quando se tratava das respectivas famílias. O fato de Augustin ter pais ricos irritava Lawrence. Para tentar dissimular, ele ridicularizava a suntuosa casa vitoriana dos Laramie ao pé do Mont-Royal, os grandes carros e, é claro, tudo o que se relacionava à indústria de papel. Ou, então, ironizava

Augustin, observando que os Laramie, apesar da fortuna, se mostravam verdadeiramente sovinas com o filho, obrigado a executar pequenos trabalhos. Augustin aceitava as brincadeiras, supondo que Lawrence sofria pelo fato de os pais concordarem em se sacrificar para pagar os seus estudos... e o seu padrão de vida, pois ele não se privava de nada. Lawrence era devorado por uma ambição que visava ao dinheiro, ao status social. Augustin nem ligava para isso. Queria escrever histórias, criar aventuras e não tinha grandes necessidades. Desde que pudesse levar a namorada para comer um crepe no *Juliette et Chocolat*, refúgio dos estudantes, sentia-se satisfeito com sua sorte.

Ele sorriu ao se lembrar das garçonetes com touca vermelha do *Juliette et Chocolat*. Pediu a conta e saiu do restaurante, depois de verificar se não havia nenhuma mensagem no seu celular. Stéphanie não estava pedindo socorro, no caso de Lawrence haver achado o caminho de Andelys.

Stéphanie... Stéphanie Rivière, uma singular coroa que fazia seu coração bater sem que ele compreendesse por quê. Da primeira vez que a vira, no quarto do *Hilton Bonaventure*, havia notado o cabelo grisalho, que, sinceramente, lhe caía muito bem, e o olhar de um azul espantosamente intenso. As duas irmãs se pareciam muito pouco, pois não havia nada de índio em Stéphanie. Depois, ele não pensara mais nela. Exceto que poderia pôr uma mulher como ela num livro. Uma personalidade à parte. Provavelmente, uma mulher de cabeça, sem dúvida, uma mulher livre, uma mulher forjada pelos duros golpes da vida, e não do tipo que quer ser protegida ou admirada.

A temperatura estava tão suave para uma noite de abril que ele quis andar um pouco. Seu passeio favorito consistia em dar a volta pela ilha antes de voltar para casa, no cais de

Orléans. Passava pelo cais de Bourbon pensando em Camille Claudel, que havia morado lá, depois em Charles Baudelaire no cais de Anjou e no cais de Béthune, dois endereços sucessivos do célebre poeta. Às vezes, divertia-se relembrando a longínqua história das duas ilhotas, desde a Idade Média: a ilha para as vacas que não passava de um pasto e a ilha de Notre-Dame, onde ocorriam os duelos. Erguendo a cabeça para as fachadas das grandes casas particulares construídas depois, no século XVII, Augustin se perguntou se acabaria escrevendo um romance histórico. Andar num cenário assim sempre o deixava maravilhado. Quando voltava a Montreal e contava para os amigos: "Eu moro numa ilha no meio do Sena, em pleno coração de Paris", via as expressões de inveja ou incrédulas e avaliava sua sorte. Ah, se ao menos seu proprietário aceitasse vender! Contudo, provavelmente, o preço do pequeno apartamento na água-furtada excederia em muito seus futuros direitos autorais.

Ele subiu os cinco andares se perguntando se conseguiria trabalhar naquela noite. Para escrever, precisava ter a mente livre de qualquer outra preocupação e acontece que não conseguia deixar de pensar em Lawrence e nas irmãs Rivière. O que se passaria naquele exato momento em Andelys? Um confronto homérico entre Anaba e Lawrence? Stéphanie estaria no meio, com seu braço engessado?

Augustin preparou um café bem forte, como gostava, na pequena cozinha. Quando trabalhava à noite, fazia pausas regulares para esticar as pernas, as costas e o pescoço. Apoiado nos cotovelos diante de uma das elegantes lucarnas, sonhava olhando o Sena correr sob a ponte da Tournelle. Naqueles momentos, sentia-se sereno, feliz, de bem consigo mesmo.

Ele pôs a xícara perto do computador e se instalou na velha cadeira de rodinhas, nada elegante no meio da sua decoração de esteta, mas muito confortável! Antes de abrir o arquivo das novas aventuras do comissário Delavigne, deu uma olhada nos e-mails e viu um do pai: "*Terminei* Trem do inferno *neste instante. Puxa vida, não é ruim! Um beijo.*"

— Ele leu um livro, é isso mesmo? Puta que pariu, não acredito!

Com uma risada de alegria, Augustin começou a responder à assombrosa mensagem. Mesmo que *Trem do inferno* não fosse necessariamente seu melhor livro, doravante seria aquele que venceu a pseudoindiferença de Jean Laramie. Era melhor do que um prêmio literário!

Para disfarçar o embaraço, Lawrence examinou minuciosamente a cozinha-varanda aonde Anaba o havia levado. Em seguida, sentaram-se lado a lado, de frente para a lareira, onde uma acha de lenha acabava de se consumir. Sem olharem e sem tocarem um no outro, precisaram deixar passar um longo minuto de silêncio.

— Você deve estar com muita raiva de mim — resignou-se ele a dizer.

— Estou.

— Compreendo.

Ela lançou um rápido olhar para Lawrence, deu de ombros e voltou a mergulhar na contemplação das brasas.

— Para mim, dá no mesmo se você compreende ou não o que senti. Mas, já que está aqui, gostaria muito de saber *por que* mudou de opinião e *como* pôde fazer uma coisa assim comigo.

— Fiquei com medo. Com medo de me enganar de vida, medo de que o nosso casamento não durasse, medo de fazê-la muito infeliz.

— Oh, foi o que você fez!

— Eu fiz a escolha errada achando que seria a mais corajosa. Não pense nem um segundo que não me custou nada.

— Em emoção ou em dólares? E não fale em escolha *corajosa*, uma vez que você fugiu!

— Anaba...

Ele apoiou os cotovelos nas pernas e pôs a cabeça entre as mãos.

— Estou destruído — murmurou ele.

— Você? Não, não inverta os papéis. Você literalmente me pisoteou, Lawrence. O coração, a confiança, a autoestima, tudo ficou em pedaços, achei que nunca ia me recuperar. Mas o pior era o imenso amor com o qual eu não sabia o que fazer, que não tinha mais razão de ser, que caía num vazio. Eu o amava tanto! Você nunca poderá saber o quanto eu o amava, naquela manhã, o quanto confiava em você, em nós...

Ela se interrompeu, desistindo de continuar a falar para não começar a chorar. Havia realmente acreditado que a ferida iria cicatrizar tão rápido? Sentir Lawrence tão perto era quase intolerável. Ela tentou pensar em Stéphanie, que devia estar andando de um lado para o outro no quarto, preocupada e furiosa.

— Anaba — disse ele com voz rouca — eu não deixei de amá-la.

Era isso que ela queria ouvir? Virando a cabeça para ele, cruzou o olhar com o dele.

— Agora — conseguiu articular — tudo isso não tem mais importância. A nossa história acabou, ambos sabemos.

Ela voltou a sentir a mesma dor que lhe apertava a garganta e a deixava sem ar.

— Tem de ir embora, Lawrence. Você veio à toa.

Ela queria poder se atirar nos braços dele, encontrar o seu calor, o seu cheiro, recuperar a felicidade que havia desaparecido. Fazer coisas impossíveis, talvez fazer amor, ali, no chão, diante do fogo meio apagado.

A contragosto, Anaba se levantou e ele foi obrigado a imitá-la. Atravessaram o vestíbulo, depois a loja, onde uma luz ainda estava acesa.

— Vai encontrar o caminho de volta? — perguntou ela, para dizer alguma coisa.

— Dê-me, ao menos, o número do seu celular. Por favor... não vou atormentá-la, eu juro.

— Por que ligaria para mim? Que ideia! A página foi virada, nunca mais teremos nada em comum.

Foi como se ela o esbofeteasse. Primeiro ele deu um passo para trás, depois estendeu a mão, pegou-a pela nuca e a puxou com brutalidade.

— Não aguento mais — disse ele, nervoso. — Não aguento mais! Fiz uma monstruosa besteira, mas eu juro que conseguirei repará-la, eu sou capaz. Algum dia vamos rir disso, você vai ver!

— Você pode ser, eu não. Não vou guardá-lo entre as minhas *boas* lembranças. E você não é mais criança, sabe muito bem que o que se quebrou não se conserta com uma gota de cola. Um caminhão de cola não seria suficiente. Agora, vá embora.

Ela se soltou sem delicadeza do abraço e destrancou a porta da rua.

— Tem outra pessoa, é isso? Já me substituiu?

— E daí? — explodiu ela.

— Não me diga que se trata de Augustin!

— Adeus, Lawrence.

— Só posso estar sonhando! Augustin a consola? Esse cretino não pode encontrar uma mulher sozinho? Tem de seguir os meus passos? Ah, você está bem-arranjada com um miserável como ele! Merece coisa melhor, Anaba. Mesmo que faça questão de um canadense, se é isso que a interessa, há outros mais interessantes do que ele.

Com os traços deformados pela raiva, de repente ele ficou menos sedutor sob a luz do poste. Anaba quis fechar a porta, mas ele a impediu, enfiando-se no vão.

— Não se iluda com Augustin, acredite em mim. A não ser que goste de romances policiais idiotas.

— Bom — sibilou ela —, se você é o melhor amigo, ele não tem sorte!

O tom subia, eles iam acordar toda a rua, mas Anaba também estava furiosa e era bem menos doloroso do que se enternecer, com o coração afogado em lamentos.

— Vai embora ou preciso chamar a polícia? — disse Stéphanie, que se havia aproximado.

— Você, solteirona amarga, não se meta!

Com a mão saudável, Stéphanie lhe deu uma bofetada retumbante. Estava louca de vontade de fazer isso; ele não deveria ter-lhe dado a oportunidade. Anaba se interpôs entre eles, prestes a se engalfinhar com Lawrence se fosse preciso, mas, subitamente, ele pareceu desamparado, quase desorientado. Sacudindo a cabeça, ele esboçou um gesto de impotência, deu meia-volta e saiu. As mulheres o olharam se afastar, abraçadas.

— Ele não é de perder a calma facilmente — acabou dizendo Anaba. — É um advogado. Ele se controla, pesa as próprias palavras e, aqui, ele perdeu a cabeça. Acha que ele está tão infeliz assim?

— O que eu acho é que estou pouco ligando — respondeu Stéphanie, num tom firme. — Afinal, chegou a vez dele.

— Nunca gostou dele, não é?

— Não e, aparentemente, a recíproca é verdadeira. Mas, enquanto ele a fazia feliz, eu não pensava muito nisso. E você, ainda o ama, até hoje?

Ela sempre fizera perguntas diretas, que pediam respostas sinceras.

— Nem tudo está morto — admitiu Anaba.

— Ah...

Stéphanie pareceu pensar na resposta, ponderá-la, e acabou concluindo:

— Mesmo assim, teve coragem de colocá-lo para fora e me alegro com isso.

Ela foi a primeira a entrar, trancou a porta e ligou novamente o sistema de alarme.

— Você me acha fraca, Stéph?

— Ao contrário, eu a acho muito forte. Porque, sabe, eu preciso de um revigorante. Uma gota de um antigo *poire** que um cliente me deu, quer?

— Para ser franca, duas ou três, com prazer!

Elas voltaram para a cozinha, onde, agora, o fogo estava apagado. Anaba pegou uma bandeja, dois copinhos e a garrafa de *poire*.

— Vamos subir. Assim poderá se deitar e apoiar o gesso na pilha de travesseiros. Eu vou me instalar no pé da sua cama, como quando eu era pequena. Vamos, vá na frente!

O perigo se afastou e Anaba podia respirar de novo livremente. Como pudera sentir, mesmo que fosse por um instante,

---

* Aguardente francesa de pera. (N.T.)

o desejo de cair nos braços de Lawrence? Sem dúvida, porque havia amado tudo nele, a cor dos olhos, da pele, o formato das mãos, o sorriso, os ombros quadrados, o nariz, a voz, tudo! A única coisa que não apreciara muito desde o começo era sua arrogância. Acontece que nesta noite ele havia perdido a arrogância diante dela, voltando a ser o homem por quem se apaixonara. Porém, nada mais seria possível entre eles, tinha a dolorosa consciência disso, pois nada jamais apagaria aquela manhã de inverno em Montreal, a mais bela e a mais atroz de sua vida.

Anaba foi vestir o pijama antes de ir ter com Stéphanie no quarto dela. Como combinado, instalou-se no pé da cama, pôs a bandeja entre as duas e enfiou as pernas embaixo do edredom.

— Nos seus dois divórcios, eu não estive muito presente, e você está sempre ao meu lado.

— Eu sou, de longe, a mais velha. Não precisa cuidar de mim.

— Ora, vamos!

— Da primeira vez você não passava de uma menina e, da segunda, acabara de entrar na faculdade de Belas-Artes. Nesse meio-tempo, precisou enfrentar a morte da sua mãe, já era tristeza suficiente.

Anaba tomou um gole da aguardente, que lhe queimou a garganta. Ela fez uma careta, deu mais um gole, sentiu, enfim, o perfume da pera que se espalhou na sua boca e no nariz.

— Penso com frequência na mamãe. Evidentemente, todas as vezes que eu ia ao Canadá, pensava mais ainda. Lawrence havia prometido que, no próximo verão, passaríamos uma semana em Rivière-du-Loup, onde ela nasceu. Eu queria ver com os meus próprios olhos as quedas-d'água do rio em plena cidade, ir a Kamouraska apreciar o famoso pôr do sol e visitar a minúscula reserva indígena na praia de Cacouna.

— Cacouna significa "a região do porco-espinho" em algonquino. Está lembrada?

— Estou, e Kamouraska quer dizer "o lugar onde há juncos à beira-d'água".

— Foi preciso que ela nos falasse sobre isso para que guardássemos tudo na memória!

Elas trocaram um sorriso nostálgico, ambas emocionadas com a recordação de Léotie. Seu pai a chamava de a minha "bela índia", assim como Lawrence, mais tarde, havia apelidado Anaba de sua "pequena *squaw*".

— Nunca verei Rivière-du-Loup — suspirou Anaba.

— Por quê? Quem a impediria? Tem toda a vida pela frente, poderá fazer essa viagem algum dia. Não será com Lawrence, e daí?

Anaba observou a irmã acender um cigarro, as faces fundas pela aspiração da primeira tragada.

— Você fuma na cama?

— Quando tenho vontade, fumo. É um dos prazeres da solidão. Também acendo um no meio da noite para ler, quando tenho insônia. Desço para fazer uma xícara de chá e subo cercada de biscoitos e, às vezes, deixo cair migalhas nos lençóis!

Stéphanie começou a rir, despreocupada, antes de acrescentar:

— Não há ninguém para me censurar ou para me tratar como criança, para me dizer em tom doutoral e moralizador para não fazer isso ou aquilo, que estou errada, que estou estragando a minha saúde. Que tranquilidade!

— Você é um bicho do mato.

— Não, só tomei gosto pela liberdade. Sabe, os dois homens que sucessivamente saíram da minha vida não a tornaram agradável.

— É tão simples assim?

Com a cabeça inclinada para o lado, Stéphanie parou para refletir antes de responder, sorrindo:

— Não é lá muito complicado.

— Você riscou o amor da sua vida?

— Absolutamente! Mas, até aqui, nenhuma aventura me deu vontade de ir além de uma noite. Espero que o amor chegue algum dia. Se não chegar, paciência, há outras coisas na vida. Eu pego o que ela me dá, ao passar.

Stéph parecia realmente serena, em paz.

— Ponha mais um gotinha de *poire* para nós — pediu ela.

— Gostaria de ter certeza de que você vai dormir como um bebê, apesar da visita de Lawrence. Que teve uma cara de pau dos diabos de vir aqui!

— Na sua opinião, o que isso prova? Que ele está arrependido?

— E daí? Arrependimento seria suficiente?

— Não — admitiu Anaba.

Ela deixou o olhar vagar pelo quarto, ainda mais aconchegante do que o seu. Chintz rosa-pálido nas paredes, cortinas de veludo cinza-pérola, um amor de escrivaninha Majorelle* encimada por um abajur de pasta de vidro. Depois das decepções sentimentais, Stéphanie foi construindo para si um universo ao seu gosto, do seu jeito. Sempre tivera força para se reerguer e ir em frente. Profissionalmente, também, havia encontrado seu caminho, comprovado pelo sucesso da loja de antiguidades. Será que Anaba tinha a mesma força de vontade? E será que queria ter? Havia sonhado se dedicar a Lawrence, fundar com ele uma família, imaginara a si mesma por intermédio dos outros e esquecera um pouco de si própria pelo caminho.

— Vou me deitar — decidiu ela.

---

* Louis Majorelle — Famoso fabricante de móveis de Nancy (França). (N.T.)

O álcool a tornava melancólica, mas, deixando os tabus de lado, também a fazia entrever as verdades. Apesar de não confiar muito nos primeiros namorados, desde o início se entregara sem reservas a Lawrence, só se imaginando ao lado dele. Sem nenhum remorso, havia deixado a França, o pai e a irmã, o emprego no museu e o pequeno apartamento, convencida de haver encontrado seu caminho. Lawrence a deixava tranquila, a motivava, estava louca por ele e não via mais nada. Como poderia imaginar que ele a abandonaria bem na porta do que ela achava ser o paraíso? Em Montreal, naquele dia, ela já não tinha nenhum livre-arbítrio, estava completamente nas mãos dele e a queda havia sido de uma brutalidade inaudita.

Ao se enfiar na cama, Anaba se lembrou de ter perguntado a si mesma, alguns meses antes, se a falta de entusiasmo de Stéphanie em relação a Lawrence não traía uma ponta de inveja. Como estava cega! Não, a sua irmã não estava com inveja; ela apenas tinha o discernimento que faltava a Anaba. E que, por pouco, não lhe faltara de novo uma hora atrás, na cozinha.

Consternado, Lawrence releu suas anotações mais uma vez. Onde estava com a cabeça no momento do encontro com os colegas franceses? O processo era denso, difícil, complexo, cada um defendia a sua parte com unhas e dentes e nenhum detalhe, nem mesmo o mais insignificante, devia ser desprezado. Em tempos normais, teria enchido várias fichas. Pois bem, ele só havia escrito algumas poucas linhas descuidadas, convencido de que se lembraria do restante. Lembrar-se? Obcecado com a locação do carro, o trajeto para Andelys e o discurso preparado para Stéphanie, só se interessara superficialmente pelo caso.

Faltavam-lhe números, dados precisos. O que havia sido feito de sua fantástica memória?

Mas, também, que dia abominável! Brigar com Augustin, correr para o Palácio de Justiça, se lançar na estrada, ter o choque de se ver diante de Anaba, levar uma bofetada e ser expulso... Droga, ele não tinha ido à França para todo aquele circo, bem pessoal. Ele estava lá para tocar um processo. E esse processo podia ser o último que lhe seria confiado se voltasse para Montreal com tão poucos resultados. Só lhe restava mais um dia para salvar a própria pele. Um segundo encontro deveria reunir outras partes, agora com os ingleses, e tinha a intenção de trabalhar em dobro. Iria recomeçar do zero. Podia consultar um grande número de arquivos no seu laptop, o que lhe refrescaria a memória. Até então, mostrara-se hábil nesses tipos de casos internacionais complexos. Portanto, mesmo que precisasse passar a noite acordado, conseguiria dominar sua causa.

Desde que não pensasse mais em Anaba. Desde que não relembrasse seus grandes olhos negros, sua silhueta de gazela. Anaba pertencia ao passado. Seria melhor aceitar esse fato, pois era o responsável. Mas, droga, como a desejara naquela estranha cozinha! Precisara usar todo o seu sangue-frio para não se jogar sobre ela, beijá-la à força, senti-la derreter-se contra ele.

Seu telefone começou a vibrar e ele olhou o nome exibido no visor. Michelle. Não, por enquanto não tinha tempo a perder. E nenhuma vontade de falar com quem quer que fosse. Flertar com Michelle não o tentava, menos ainda ligar para Augustin e se desculpar por lhe ter dado o cano. Na realidade, estava sozinho com seus problemas. Uma situação inédita para um homem sempre cercado de pessoas como ele. Os pais o veneravam, consequentemente tinha vergonha de dizer a eles que estava desmoronando sob o peso de preocupações financeiras, profissionais e sentimentais. Seu melhor amigo estava prestes a se tornar seu inimigo, até mesmo um rival. A amante acreditava que ele estava em plena ascensão social, senão o deixaria na mesma hora. Os colegas do escritório o olhavam de cima depois que ele caíra em desgraça. Para quem poderia se voltar? Na época da faculdade, tivera um monte de bons amigos, mas, depois, o trabalho o monopolizara tanto que os perdera de vista. E alguns dos raros amigos verdadeiros, além de Augustin, estavam casados, haviam tido filhos, levavam vidas diferentes.

Ele ficou de pé em frente ao espelho de corpo inteiro do armário e se olhou, dessa vez sem complacência. Tudo bem, era um cara bonito. Ainda não estava perdendo o cabelo, havia conservado um corpo atlético graças à prática de patins no gelo e ao esqui. Mas por quanto tempo? Aos trinta e três anos, muitas coisas já haviam passado. Ele deveria estar nos primeiros lugares do escritório e eis que só degringolava. Deveria estar casado, mas saíra correndo. A pior decisão de toda a sua vida. Imaginando se salvar, ele se perdera. Se não segurasse a barra rapidamente, suas ambições iriam se afundar. E a ideia de fracassar o transtornava.

— Que besteira, que besteira!

Por pouco, não bateu no espelho, mas parou a tempo. Estaria se tornando violento? Sua vida estava lhe escapando, ele sentia o perigo e a urgência. Lawrence se virou, observou o quarto de categoria média que lhe haviam reservado.

— Ao trabalho — resmungou ele, andando em direção ao computador.

Nunca imaginou que a ruptura com Anaba pudesse afetá-lo a tal ponto. Era a sua primeira decepção sentimental, o primeiro fracasso que infligira a si mesmo e cujas consequências não conseguia controlar.

Ele se instalou em frente à tela, não pensou em mais nada e abriu o primeiro arquivo.

 Seis

Anaba foi buscar Roland na estação de Gaillon e, assim que ele entrou na cozinha de Stéphanie, dirigiu-se ao fogão. Como não ia muito a Andelys, teve um pouco de dificuldade para encontrar os utensílios e os ingredientes necessários para a receita, uma ficha de Léotie que ele enfiara com cuidado na carteira, antes de sair.

Na véspera, Stéphanie havia retirado o gesso no hospital, mas o seu braço estava fraco, os músculos atrofiados e teria de passar por uma reeducação antes de usá-lo normalmente. Pouco confiante nos talentos culinários de Anaba, Roland havia decidido que cuidaria do almoço.

— E vocês convidaram o canadense, o tal Augustin...

— Laramie — especificou Stéphanie. — Ele foi realmente gentil conosco, não somente em relação às coisas de Anaba, mas também por nos ter prevenido da visita intempestiva de Lawrence. Um bom sujeito, na minha opinião.

— Ele não me deu má impressão quando o encontrei plantado em frente à minha casa — admitiu Roland. — Além do mais, não vamos rejeitar tudo o que se refere ao Canadá, de perto ou de longe, por causa desse desgraçado do Lawrence!

Como o pai nunca era vulgar, Stéphanie pôde adivinhar a raiva que lhe inspirava o homem que quase fora seu genro. Por causa de Anaba, é claro, e porque nada deveria empanar a lembrança de Léotie.

— Você tem sal grosso? Ah, é, na caixa de madeira, você já me disse! Aonde foi Anaba?

— Comprar pão.

— Aproveite para me dizer como ela vai.

— Bastante bem.

— Eu a achei maravilhosa na estação, bem-penteada e bem-vestida, bem melhor do que no dia em que foi a Paris fazer compras, enquanto você esperneava embaixo do armário, pobrezinha! Deve ter passado uns maus bocados...

Ele se virou para lhe dar um sorriso enternecido, continuando a mexer o molho.

— O que me tranquiliza — acrescentou Stéphanie — é que ela recuperou o gosto pelo trabalho. Já restaurou vários quadros, um biombo com cinco folhas, uma miniatura e, acredite, ela não perdeu a mão. E isso começou a se espalhar pela região: ela já tem seus próprios clientes.

— Acha que ela vai querer ficar com você e se estabelecer aqui?

— Não sei. É muito cedo para tomar uma decisão, ela ainda está convalescendo.

— Não está definitivamente curada do seu Lawrence? — exclamou ele, num tom incrédulo.

— É preciso tempo, outros encontros. Tenho convidado Anaba para ir jantar em casa de amigos, e ela não diz não. Em compensação, não quer rever os amigos dela para não ter de explicar por que não está em Montreal. Ela havia anunciado a partida para todo mundo, havia se despedido, fazendo as pessoas prometerem que iriam visitá-la. Já imaginou a vergonha?

— A vergonha é dele, não dela.

— Estou muito satisfeita por ter enfiado a mão na cara dele. No fundo, devo ser má!

Eles riram juntos, cúmplices há muito tempo no afeto que tinham por Anaba. Um cheiro bom começava a sair da caçarola em que Roland cozinhava o frango ao estragão em fogo brando.

— E você, minha querida, seus negócios estão andando?

— Muito bem.

— Então, a vida é bela.

— Eu acho!

Ele se virou de novo e a encarou com atenção.

— É, você também parece em forma — concluiu ele, depois do exame.

Stéphanie sabia que ele se censurava por causa dela. Cuidara da filha o bastante? Ele lhe havia imposto Léotie como segunda mãe, Anaba como a preciosa irmãzinha que era preciso proteger. Não a estimulara a estudar, absorvido que estava em sua paixão por Léotie. Nunca lhe falava da primeira mulher, na sua mãe, como se ela não houvesse existido, não houvesse contado. Quando Stéphanie se debatera nos seus divórcios, ele estava ocupado educando Anaba. E, depois, todos os livros que enchiam o espaço vazio, o dinheiro consagrado aos exemplares raros, o tempo passado em classificá-los, às vezes ele se perguntava se não passava de um egoísta. Quando fazia esse tipo de pergunta em voz alta, Stéphanie ria e o tranquilizava. Não, ela não havia sofrido nada, viver no meio de uma biblioteca não fora traumatizante e Léotie se mostrara uma madrasta perfeita. "Não se responsabilize pelos meus fracassos sentimentais", disse ela um dia em que ele estava triste. Ele era um bom pai e havia feito o que podia.

O carrilhão da loja soou e, dois segundos depois, Anaba entrou, seguida de Augustin.

— Nós nos encontramos na confeitaria — anunciou ela. — Escolhemos a mesma! Mas ele estava na minha frente na fila e não quis me ceder o lugar, portanto foi ele quem pegou a torta.

— Espero que goste de framboesas! — disse Augustin a Stéphanie.

Ele usava uma jaqueta de couro bem gasto, uma camisa azul e jeans. Apesar do cabelo um pouco comprido e do estranho sorriso, podia-se notar o olhar sincero, verde-jade. Stéphanie achou que ele formaria um bonito par com Anaba, mas, claro, era uma ideia absurda, pois a sua irmã não ia se apaixonar pelo melhor amigo de Lawrence. Ou melhor, não já.

— Senhor Rivière — disse Augustin, estendendo a mão para Roland —, não sei o que está preparando, mas cheira bem!

— Frango ao estragão, com azeitonas, creme e duas ou três coisas a mais que fazem parte do segredo da receita.

— Bom cozinheiro?

— Minha mulher era e eu guardei todas as suas fichas. Uma canadense como você, minhas filhas devem lhe ter dito, mas de origem indígena.

— Sim, eu sabia. Além do mais, isso se vê em Anaba.

Roland lhe deu um grande sorriso, aparentemente havia sido conquistado.

— Uma taça de champanhe de aperitivo? — ofereceu Stéphanie.

Augustin tomou a garrafa das mãos dela para abri-la.

— Como vai o braço?

— Nada terrível. Porém, está muito mole e mal me obedece.

— Não sente mais o parafuso?
— Não, mas isto está feio...

Ela levantou a manga da blusa para mostrar a cicatriz violácea e inchada.

— Esperava que ficasse mais discreta — suspirou ela. — O verão vai chegar e eu estarei condenada a usar mangas compridas para não exibir essa coisa horrível!

Logo depois, ela ficou sem graça. Por que se queixar da marca no seu antebraço, que desapareceria em alguns meses, como havia afirmado o cirurgião, quando Augustin teria aquela cicatriz no rosto por toda a vida? Ela ergueu os olhos para ele, cruzaram os olhares e o viu sorrir.

— Temos de nos acostumar — disse ele, gentilmente, como se houvesse compreendido seu constrangimento.

Augustin encheu as taças com perícia e entregou a de Roland.

— Para o chef! Soube que é apaixonado por livros antigos.

— Por livros, pura e simplesmente.

— Eu também.

— A propósito — disse Stéphanie se reunindo a eles perto do fogão —, gostei muito dos seus livros. Fui totalmente conquistada por Max Delavigne. Tem outros para me passar?

— Um bom número deles. E, pelo sim ou pelo não, trouxe dois no carro.

— Eu achei esse Max meio tristonho — decretou Anaba.

— Ah, você também leu?

— Li. Por que você o faz fracassar na vida pessoal?

— Para compensar os sucessos como comissário. Ele desata as intrigas, desarma as ciladas, é preciso que tenha alguns problemas, não? E, depois, está muito envolvido nos casos policiais, em ação noite e dia. Nenhuma mulher poderia suportar isso!

— Vou ler um — decidiu Roland, cuja curiosidade parecia aguçada.

Eles foram para a mesa, papeando alegremente, e, muito naturalmente, a conversa se dirigiu para o Canadá.

— Vou passar uma semana em Vancouver no mês que vem — declarou Augustin. — Meus pais mudaram para lá quando se aposentaram e é, realmente, um lugar magnífico. Faz parte da região da Colúmbia Britânica e das Rochosas, mas Vancouver e sua ilha estão num dos mais belos lugares do mundo. A parte da Costa Oeste!

— Por que eles saíram de Montreal? — perguntou Anaba.

— Trocaram por um clima mais ameno em relação ao resto do país. Raramente neva em Vancouver! A minha mãe pode se consagrar à sua paixão por jardins, lá tudo cresce sob a influência do oceano. Quando vou visitá-los, meu pai sempre tem mil passeios para fazer comigo, seja do lado do porto ou do Parque Stanley. Acho que ele gostaria de comprar um pequeno barco de recreio se tivesse a certeza de poder me recrutar como grumete.

Roland o escutava com um sorriso nos lábios, sem dúvida conquistado pelo sotaque que lhe lembrava Léotie.

— Gostariam de me acompanhar por alguns dias de férias? — emendou Augustin.

O convite, dirigido a todos, deixou Stéphanie perplexa. Augustin acreditava realmente que Anaba suportaria voltar tão rápido ao Canadá? Mas ele acrescentou, dirigindo-se a Anaba:

— Queria reconciliá-la com o meu país.

— Está brincando?

— De jeito nenhum. Há cinco quartos de hóspedes na casa dos meus pais... que sempre foram exagerados. E todos podemos ficar hospedados lá, sem problema, e ter uma semana de sonhos. O único gasto serão as passagens.

Seguiu-se um silêncio e Roland pigarreou.

— Quanto a mim, não entro num avião, mas, obrigado pelo convite. Vocês deviam aproveitar, meninas!

— Oh — murmurou Anaba —, não creio que possa...

— Sim, pode muito bem — afirmou Augustin, com convicção. — Eu sou um bom guia, não vai se chatear nem um segundo. Por exemplo, num rápido voo vamos a Calgary e, de lá, eu as levo para conhecer o Parque Banff. É um assombro!

Seu entusiasmo era comunicativo, mas Stéphanie tinha a certeza de que a irmã iria recusar.

— É muito gentil da sua parte — começou Anaba.

— Não diga não agora. Pense nisso seriamente, de cabeça fria.

Por que ele insistia tanto num convite tão surpreendente e provavelmente condenado ao fracasso?

— Voltaremos a falar sobre isso — concordou ela no final.

Augustin esboçou um sorriso e buscou o olhar de Stéphanie. O que desejava que ela entendesse? Sem dúvida, Anaba lhe parecia muito agradável, e a sua maneira bem direta de agir com ela parecia render frutos.

— Você adora o seu país e escolheu viver na França? — surpreendeu-se Roland.

— Eu me apaixonei por Paris e foi lá que a sorte me sorriu. Encontrei a inspiração e também um bom editor. Primeiro tive sucesso na França antes de prender os leitores do Canadá. Então, como diz o provérbio, não se mexe num time que está ganhando. E, depois, quando chego à Ilha Saint-Louis, no meu pequeno apartamento numa água-furtada, sei que vou trabalhar bem, trabalhar com prazer.

O almoço estava terminando, o frango ao estragão e a torta de framboesas haviam sido devorados.

— O tempo está magnífico, você devia mostrar Andelys para Augustin — sugeriu Stéphanie.

— Primeiro vamos tirar a mesa e depois iremos todos juntos — respondeu Anaba, com firmeza.

— Não, não, eu me viro com papai. Além do mais, preciso mexer o braço e será um excelente exercício!

Anaba fitou a irmã por dois ou três segundos, com ar desconfiado, e acabou se levantando. Augustin a imitou, declarando:

— O jantar estava ótimo! Bom, quero dizer, almoço, mais uma expressão quebequense da qual tenho de me livrar. Vamos pegar a marcha, Anaba?

Stéphanie caiu na gargalhada antes de explicar:

— Aqui dizemos "dar um passeio".

Augustin lhe deu o seu estranho sorriso e depois seguiu Anaba.

— Vocês não abrem aos domingos? — perguntou ele, enquanto atravessavam a loja.

— Só à tarde, por volta das três horas, quando as pessoas saem para passear. Quer começar pelas margens do Sena?

Ela o arrastou para as margens que ofereciam uma bela vista das casas antigas de Petit-Andely, e algumas, com a fachada de vigas aparentes, pareciam saídas da Idade Média. Nesse lugar, o rio descrevia um amplo meandro que se abria ao longe nas falésias de calcário.

— Já foi ao Castelo Gaillard, Augustin?

— Já e aprendi que Ricardo Coração de Leão só levou um ano para construí-lo, mas reunindo seis mil operários! A restauração em curso pode levar muito mais tempo, não é? Isso é que é fantástico na França: aonde quer se vá, há sempre um castelo ou uma abadia para se visitar.

— No Canadá há sempre um parque, não?

Ele concordou com a cabeça, achando graça, depois perguntou com voz meiga:

— Espero não ter melindrado você com a minha proposta de viagem a Vancouver.

— Não...

— Gosto muito de você, Anaba, e eu acharia muito triste que passasse a detestar todos nós por causa de Lawrence.

Ela parou para ficar de frente para ele e o encarou.

— Você é um cara diferente. Ouça, há uma coisa que preciso dizer a respeito de Lawrence. Parece que ele acredita que você quer sucedê-lo.

— Sucedê-lo? — repetiu Augustin, com ar interrogativo.

— Comigo.

A expressão dele mudou radicalmente, enquanto exclamou:

— Ele ficou louco! Anaba, eu garanto que nunca...

— Não se ofenda.

— Mas não é ofensivo. Bonita como é, qualquer homem pode se apaixonar por você. Mas eu não teria o mau gosto de bancar o bom amigo para pegá-la desprevenida. De qualquer maneira, ainda não o esqueceu, não é?

— Como sabe?

— Pela maneira como pronuncia seu nome. Inicialmente, você hesita em fazê-lo e, quando se decide, não existe raiva.

Ela ergueu o rosto para o sol e fechou os olhos. Depois de um momento, murmurou:

— Para ser honesta, resisti por pouco naquela noite. Ele parecia tão perdido, tão infeliz... e eu queria tanto que pudéssemos apagar tudo! Mas é impossível, claro, e ele foi embora como veio.

— Lawrence não deveria ter feito isso. Eu lhe disse para deixá-la em paz.

— Stéphanie ficou furiosa. Ela lhe deu um tapa porque ele não se decidia a ir embora.

— E fez bem. É uma mulher admirável.

— E ele continua cismado com você, como se tivesse o direito de ter ciúmes.

— Ciúmes de mim por sua causa? Mas eu não estou apaixonado por você, Anaba, eu estou...

Ele parou de repente e ela abriu os olhos para observá-lo com curiosidade.

— Você está...?

— Eu... tenho outra pessoa na cabeça.

Por que Augustin enrubescia ao dizer isso? Ela arriscou uma pergunta que podia acabar com o embaraço:

— Uma mulher, um homem?

— Uma mulher — respondeu ele, tranquilamente, como se houvesse declarado preferir o azul ao verde. — Mas, por enquanto, é segredo!

Eles recomeçaram a andar em passos lentos, os olhos voltados para as ondas do Sena.

— Vancouver é realmente bonita? — acabou perguntando ela.

— Mais do que bonita! Além do mais, fica a quase quatro mil quilômetros de Montreal. Não há nenhum risco de se encontrar com Lawrence por acaso. Se Stéphanie e você forem, organizarei uma estada inesquecível. Sei que as passagens são caras, mas, às vezes, é possível conseguir promoções quando nos organizamos antecipadamente.

— Eu gostava muito de viajar — disse ela, lentamente —, todo o meu dinheiro era para isso. Descobrir outros horizontes, outras culturas, achava isso excitante... Mas, é claro, o Canadá tinha uma importância especial, uma dimensão de identidade familiar para mim. Lawrence me mostrou alguns aspectos do seu imenso país e eu esperava pelos outros, impaciente. Terra Nova e Labrador, Nova Escócia, Ontário, a terra dos esquimós na fronteira do mundo habitável, todos esses nomes me faziam sonhar! E é muito duro renunciar a esses sonhos.

Ela parou de novo e se virou para ele.

— A minha vida estava traçada. No dia em que Lawrence me pediu para casar com ele, eu me projetei num futuro bem-definido. Durante meses, imaginei coisas precisas. Construí planos, vi a minha vida sob uma luz diferente. Tudo estava organizado na minha cabeça, eu vivia um conto de fadas. Ele me jogou brutalmente no vazio. Oh, eu sei que vou me recuperar, mas ainda estou sofrendo...

Num gesto inesperado, espontâneo, Augustin a abraçou.

— Tudo correrá bem — murmurou ele. — Cada dia que passa a afasta dessa história lamentável. Aposto que no ano que vem, na mesma hora, você estará feliz de novo.

Anaba tinha muita vontade de acreditar em Augustin e sentiu um súbito arroubo de gratidão para com ele.

— Você é realmente gentil — disse ela, recuperando o sorriso.

Diante da irmã e do pai, ela tentava ser forte e se sentia aliviada depois daquele momento de abandono.

— Não conte muito com a ida a Vancouver. Na verdade, eu adoraria, mas Stéph e eu não somos ricas. A passagem, a mil e quinhentos euros, está acima das nossas posses. Mais para a frente, quem sabe? No ano que vem, à mesma hora, como você disse...

— Quando quiserem. Serão sempre bem-vindas, convidadas permanentes.

Se estava decepcionado, ele não demonstrou.

— Vamos voltar? — propôs ele. — Teria prazer em conversar com o seu pai, que parece gostar de livros mais do que eu!

Ela segurou a mão de Augustin e eles deram meia-volta.

— É uma pena — desculpou-se Lawrence depois de revistar, em vão, todos os bolsos. — Esqueci a carteira. Pague para mim, eu a reembolsarei assim que voltarmos.

Mas ele não tinha intenção de fazê-lo. Michelle franziu as sobrancelhas, aparentemente contrariada. O jantar no *Nuances*, o restaurante do cassino, era para comemorar seu aniversário. E Lawrence havia chegado atrasado e sem presente. Ele havia alegado um ritmo de trabalho enlouquecedor, sem ter nem um minuto para si mesmo, e prometeu que repararia o erro. Na realidade, depois dos vários avisos do seu banco, estava impossibilitado de usar os cartões bancários. O seu saldo devedor aumentava e, em breve, não conseguiria mais pagar as mensalidades do empréstimo do dúplex.

Eles haviam comido atum grelhado com manjericão, depois cordeiro ao vinho, enquanto desfrutavam o sublime panorama do Saint-Laurent e do centro da cidade. Lawrence sabia que a conta seria exorbitante, mas, decidido a não pagá-la, havia pedido champanhe. Michelle estava muito elegante, talvez um pouco demais, com o decote vertiginoso do vestido de seda e os brincos de argola de diamantes que ele lhe dera três anos antes, na época em que ganhava bem. Oferecer joias às mulheres sempre havia sido uma razão de orgulho para ele, com exceção do anel caríssimo dado a Anaba no *Beaver Club*, pois o escolhera com tanta angústia quanto amor. Será que ela o usava apesar de tudo? Não o havia notado na sua mão durante a triste conversa na cozinha de Stéphanie. Mas não tinha visto nada naquela noite, hipnotizado pelos olhos escuros de Anaba.

Duas horas antes, quando Michelle e ele entraram no restaurante, alguns frequentadores haviam virado a cabeça na direção deles. Michelle era vistosa, decorativa, envaidecia quem a acompanhava. Por essa e por outras razões, Lawrence não queria perdê-la. No entanto, não estava mais apaixonado por ela desde o dia em que conhecera Anaba, e a ligação retomada o deixava indiferente. É verdade que a desejava, que se comportava como um amante fogoso quando estavam na cama, mas não sentia nada por ela. De qualquer jeito, estava absorvido pelos problemas profissionais, e seu coração ainda batia por Anaba. O fato de tê-la visto na França o deixara totalmente desamparado. E Lawrence terminava por se perguntar se Anaba não era a melhor parte dele, a única mulher capaz de fazê-lo vibrar. Desde que a abandonara, sentia-se cada vez pior.

— Como vão as coisas no escritório? — perguntou Michelle, pondo o seu cartão em cima da conta.

— Como sempre. Um ritmo de trabalho louco.

Com certeza, não iria contar a ela que, ao voltar de Paris, sua medíocre atuação e o relatório incompleto não haviam resolvido sua posição precária. Haviam tirado o processo dele para entregar a um advogado mais moço e menos experiente, o que representava uma punição acrescida de humilhação. Ele passava por um verdadeira descida aos infernos no meio dos colegas. E, à guisa de "trabalho louco", não tinha nenhum caso importante para cuidar. Mais vergonhoso ainda: haviam retirado momentaneamente a sua secretária particular e ele tinha de se contentar com a secretária de todo o andar, sempre saturada de trabalho. Arrasado, havia solicitado uma reunião com o *big boss*, que só o receberia dali a oito dias. Ainda não sabia como defender a sua causa, mas, antes que tirassem a sua sala e o transferissem para uma divisória no fim do corredor, precisava reagir.

— Você parece muito preocupado, muito distraído.

Seria uma maneira de dizer que ele não estava sendo divertido e que a noite estava sendo desagradável para ela? Lawrence também devia se preocupar com Michelle. No fim do mês seria o grande jantar anual para reunir todo o escritório, e chegar levando no braço uma mulher como Michelle o valorizaria. Nada de brigas até lá.

— Eu gostaria de tirar férias, de sair alguns dias com você — disse ele, assumindo seu ar mais amável. — Infelizmente, isso está fora de cogitação.

— Console-se dizendo a si mesmo que está ganhando dinheiro! Enquanto isso, estou passando um mau bocado no meu escritório. Estamos num mau período, temos poucos anunciantes e o único grande nos escapou.

— Por quê?

— A concorrência. Uma ideia melhor, num outro lugar... A publicidade é uma profissão danada.

Lawrence estendeu galantemente a mão para ela, para ajudá-la a se levantar. Gastadora como era, se tivesse uma diminuição da renda, Michelle acabaria recorrendo a ele. E aí...

— Vamos tomar uma bebida? — propôs ela.

Ele a olhou da cabeça aos pés e esboçou um sorriso.

— Queria muito voltar para casa. Eu a desejo desde o início do jantar.

Radiante, ela deu uma risada rouca, muito sensual.

— Está certo, beberemos na sua casa.

Pelo menos ele tinha uma embalagem de cervejas na geladeira e duas ou três garrafas de champanhe que haviam sobrado de uma caixa enviada por um cliente. Com um pouco de sorte, Michelle esqueceria a conta do restaurante se ele começasse a despi-la assim que entrassem.

— Viu Augustin em Paris? — perguntou ela, enquanto entravam no táxi.

— Rapidamente, como um pé de vento.

Ele poderia ter respondido como "um pé de ouvido", mas não queria lhe contar a briga que tiveram. Ela não gostava de Augustin porque ele nunca ficara deslumbrado com ela. Aliás, quem ele admirava? Em certa época, Augustin pareceu se impressionar com Lawrence, com suas notas nas provas e seu talento de patinador, mas tudo isso havia terminado. As noitadas entre homens reformando o mundo e vendo as moças passarem, a amizade viril, as loucas corridas no gelo que lhes lembravam a juventude, as caminhadas com raquete de neve, que, inevitavelmente, provocavam boas gargalhadas: todos esses bons momentos não ocorreriam mais. E Lawrence pressentia que teria saudades. Se Augustin estivesse em Montreal, Lawrence saberia com quem desabafar e com quem contar. Todas as vezes que tivera problemas, Augustin fizera de tudo para ajudá-lo. Agora, não havia só um continente entre eles; também havia Anaba. Deus do céu! Como se podia conceber uma coisa assim? A ideia de Anaba nos braços de Augustin o deixava doente.

— Chegamos, Lawrence — avisou Michelle com voz aborrecida.

Por sorte, ele tinha dinheiro suficiente para pagar o táxi. No dia seguinte, veria o gerente do banco e negociaria novos prazos. Ele se reuniu a Michelle na calçada e a pegou pela cintura para entrar no prédio. Seu dúplex era realmente uma maravilha e estava fora de cogitação que o tomassem dele para cobrir suas dívidas. Encontraria uma solução antes de chegar a esse extremo. Ele podia resolver ligar para os pais e contar uma bela mentira. Porém, mesmo que fosse convincente, sem dúvida eles não tinham muitas economias. E seriam suficientes para amansar o banco e esperar que a tempestade passasse? Santo Deus, ele era um *excelente* advogado, o que havia feito para se meter numa encrenca assim?

— Decididamente, eu adoro o seu apartamento! — exclamou Michelle assim que entraram.

Sim, ele era bem-arrumado, mobiliado com gosto, e a vista era magnífica, tanto de dia quanto à noite.

— Às vezes, digo a mim mesma que deixaria Ottawa de bom grado — acrescentou ela, com uma voz langorosa. — Existem bons escritórios de publicidade em Montreal...

Porém, diante do silêncio dele, não ousou dizer que se mudaria para lá com prazer.

— Ah, bom, ele tem uma namorada, uma mulher na vida dele?

— Ele não disse na vida, e sim na cabeça — explicou Anaba. — De qualquer forma, agora as coisas ficaram claras entre nós e eu me sinto aliviada. Não queria que ele imaginasse coisas, teria estragado o nosso relacionamento.

— Chegaria a esse ponto? Ele não é repulsivo!

— É claro que não. Ele é até muito charmoso... para um moreno. Mas você sabe muito bem que só gosto de louros.

E, depois, eu só o veria como o melhor amigo que Lawrence me apresentou.

Stéphanie estava pondo velas vermelhas num candelabro de bronze bem trabalhado.

— Assim fica melhor, não? Ficamos logo com vontade de tê-lo em cima da mesa, imaginamos um jantar romântico... Então, o coração de Augustin já tem dona?

— Ele não me deu detalhes. Mas por que insiste em saber? Ele lhe agrada ou o quê?

— Não seja boba. Ele é muito moço para mim.

— Sete anos, isso pode ser superado.

— Anaba!

Elas foram interrompidas pela chegada de um cliente. Depois de o cumprimentarem, elas o deixaram andar entre os móveis e objetos, à vontade. Ele acabou parando em frente a um *bonheur-du-jour*, inspecionando-o com interesse.

— Acham que seria uma boa ideia de presente para minha mulher? — perguntou ele, virando-se para elas.

— Ideal — respondeu Anaba com segurança. — Esse tipo delicado de escrivaninha, que se difundiu na França em meados do século XVIII, era justamente destinada às mulheres. Decorativa, fácil de ser deslocada, pode servir de escrivaninha, de cômoda ou de penteadeira.

— Ah — murmurou o cliente meio perplexo.

Ele se inclinou para ver o preço na etiqueta e balançou a cabeça.

— Está dentro do meu orçamento, mas como posso ter certeza de que ela vai gostar?

Stéphanie se aproximou com um sorriso nos lábios.

— Não poderia trazer a sua mulher aqui e lhe mostrar?

— Não, vou dar hoje à noite. É surpresa.

— Então é só levar e se, por acaso, não for adequada para ela, o senhor a traz de volta e eu lhe devolvo integralmente a quantia paga.

O rosto do homem se iluminou na mesma hora.

— Nessas condições, é perfeito!

Ele pagou a compra e Anaba o ajudou a transportar o pequeno móvel até o carro. Quando voltou para a loja, Stéphanie ria sozinha.

— Isso é que é uma venda fechada rapidamente!

— Graças a você — suspirou Anaba. — Você tem tino comercial, sabe o que se deve dizer. Eu exibo a minha ciência, e isso não serve para grande coisa.

— Serve, sim, para clientes mais entendidos do que esse e que gostam de conversar sobre arte. Os melhores! Esse cliente queria apenas um belo presente, e entrou aqui porque não sabia aonde ir. Você não tem o hábito, como eu, de convencer, é normal. O seu trabalho no museu era muito solitário, e eu estou há anos em contato com as pessoas. Adoro isso! Só de observá-los, aprendi a encaixá-los em categorias bem distintas: o indeciso, o passante, o duro, o curioso, o apressado...

Achando graça nesse inventário, Anaba começou a rir.

— Trabalhar com você é um prazer! Bom, vou voltar para o meu ateliê, estou limpando a pequena pintura em madeira que você trouxe na semana passada. Pagou caro por ela?

— Não, uma miséria.

— Pois bem, acho que vou conseguir alguma coisa surpreendente. Imagine que, embaixo da paisagem, bem medíocre, está aparecendo um belo rosto de Cristo. Parece que alguém, por uma razão qualquer, quis esconder a pintura religiosa, mas o fez com precaução.

— Uau! E ainda vai levar muito tempo?

— Alguns dias, tenha paciência. Ah, eu me esqueci de lhe dizer que Jean-Philippe Garnier, o cara do biombo de cinco folhas, ficou tão satisfeito que fez questão de me convidar para almoçar ou jantar no restaurante *La Chaîne d'Or*, aqui ao lado. Vou propor que seja na quinta-feira à noite, pois sei que você tem um programa combinado.

— Excelente ideia! — entusiasmou-se Stéphanie. — Suponho que ele seja simpático!

— Interessante.

Era a primeira vez que Anaba aceitava esse tipo de programa desde que voltara de Montreal. Até então, havia acompanhado a irmã algumas vezes em casa de amigos, mas sempre meio a contragosto, como se não quisesse encontrar ninguém. Também não entrara em contato com as próprias amizades e só ia a Paris raramente. O fato de ela manifestar o desejo de jantar com um homem, qualquer que fosse, era um bom sinal.

Anaba saiu da loja e foi para o ateliê, enquanto Stéphanie continuou a arrumar um objeto aqui, outro acolá, para pô-los em evidência. A contabilidade estava atrasada, mas, com o pretexto de reeducar o braço, preferia tarefas mais físicas. De qualquer jeito, ela não parava quieta e a imobilidade forçada no hospital fora muito penosa. O tempo magnífico do início de maio dava vontade de sair para passear, de ficar fora de casa, talvez até mesmo de viajar. Vancouver teria sido um destino fabuloso, claro, mas não devia pensar mais nisso. Muito longe, muito caro e, além do mais, Stéphanie nunca fechava a loja nessa época do ano. E, depois, tinha de desistir da ideia de ver Anaba e Augustin iniciarem um relacionamento amoroso. Pena, ele era um homem charmoso e, sem dúvida, mil vezes mais confiável do que Lawrence! De qualquer jeito, tê-lo como amigo continuava a ser prazeroso, pois ele era sempre uma boa companhia. Divertido, prestativo, caloroso e, sobretudo, modesto, pois falava pouco de si mesmo e dos seus sucessos. No entanto, agora que prestava atenção, Stéphanie via as pilhas dos livros de Augustin na livraria e no supermercado. Autor de romances policiais... Uma profissão estranha, mas o pai delas pareceu interessado e fizera um monte de perguntas a Augustin sobre a construção da trama, o ponto de vista do narrador, a vantagem dos diálogos ou do estilo indireto. Depois de certo tempo, a conversa deles se tornara aborrecida e Stéphanie havia parado de escutar, limitando-se a observar Augustin. Não, a cicatriz não o desfigurava, embora fosse visível. Começava na têmpora, logo acima da maçã do rosto, descia pelo meio da face e parava antes do maxilar. Nem inchada nem cor-de-rosa — como a do braço de Stéphanie no momento —, sem dúvida os anos devem tê-la clareado e atenuado, porém um músculo não respondia, criando assimetria em algumas expressões do rosto. Augustin parecia nem ligar, não usava colarinhos altos nem grandes óculos escuros para disfarçar.

O carrilhão da porta a fez levantar a cabeça e ela sorriu para o casal que acabara de entrar. Em poucos minutos, ela compreendeu que a mulher se havia apaixonado pelo candelabro de bronze com as velas vermelhas, enquanto o homem hesitava diante de um lampião de querosene.

— Está funcionando? — perguntou ele, sopesando-o.

— É preciso trocar a mecha, mas foi fabricado para isso.

— Gostei dele. Eu compraria se fosse um pouco mais barato.

Stéphanie fez um gesto de impotência, sem deixar de sorrir.

— Sinto muito — disse amavelmente. — Trata-se de uma autêntica faiança de Moustiers.*

Ela não gostava que regateassem o preço dos objetos expostos, cuidadosamente calculados.

— Não estamos num brechó — cochichou a mulher para o companheiro. — Compre ou desista!

— Desisto — disse ele para não ceder —, mas eu lhe dou o candelabro.

A mulher o mediu dos pés à cabeça, aparentemente irritada.

— Se comprarem vários objetos — decidiu Stéphanie —, posso dar um desconto de cinco por cento no total.

Ela sabia exatamente quando e como intervir nesse tipo de situação. O homem queria o lampião, bastava lhe dar a possibilidade de sair da transação de cabeça erguida. Com um pequeno movimento de queixo em sinal de aprovação, ele lhe entregou o cartão de crédito.

Roland estava contente consigo mesmo. Dessa vez, saíra do livreiro com um pouco de *dinheiro* no bolso. Na maior parte das vezes, não conseguia resistir; quando vendia um de seus preciosos livros, comprava dois outros no lugar e pagava a diferença. Moral da história: sua paixão saía caro e ele não tinha mais nenhum lugar disponível em sua pequena casa. Naquele dia, mostrara-se corajoso, separando-se sem escrúpulos de uma antiga edição das obras de lord Byron, sem se atirar em cima de François Villon, que ele cobiçava.

Ele fez um desvio pelo jardim dos Épinettes para saudar a faia púrpura mais que centenária à qual ele entregava a alma de

---

* Moustiers Sainte-Marie — Conhecida como a cidade da faiança (N.T.)

Léotie. Por que se dirigia a uma árvore, em vez de entrar numa igreja? Todas as suas leituras o haviam afastado, aos poucos, da religião. Ele se tornara agnóstico, mas não ateu. Se Deus estava em alguma parte do universo, podia muito bem estar naquela faia majestosa. Filósofo demais para compreender que, depois de ter ficado viúvo duas vezes — sobretudo da segunda vez —, sua confiança no Infinitamente Bom havia diminuído. Mas não havia perdido completamente a fé.

Sonhador, ele foi se sentar no banco favorito. O sol de maio estava decididamente triunfante, como ele na saída do livreiro. Alguns dias antes, Roland tomara a decisão de não gastar demais ao observar Stéphanie e Anaba. O almoço em Andelys havia sido um momento muito agradável, porém, assim que entrara em casa, havia se questionado a respeito das duas filhas. Ele as ajudava o suficiente? É verdade que as havia educado, mas sua tarefa não havia terminado com a maioria delas: por toda a vida se sentiria mais ou menos responsável por elas. As filhas nunca lhe haviam pedido dinheiro, sabendo que ele não o possuía, mas nenhuma das duas era muito rica. A prova era essa oportunidade da viagem a Vancouver que não puderam aproveitar. Mas, na falta de ajuda material, ele estaria suficientemente disponível, era bastante afetuoso? Gostaria de fazer com que aproveitassem sua experiência, seus conselhos, mas era tarde demais para isso. Por pudor, evitara se meter nos seus casos amorosos ou profissionais. Para não asfixiá-las, não as acarinhara como gostaria. Ele estava lá, velava por elas, mas satisfizera as necessidades das filhas? As horas passadas classificando os livros não haviam, de algum modo, sido roubadas delas? Stéphanie se divorciara duas vezes, Anaba se encantara por um homem capaz de largá-la na manhã do casamento. Que visão elas teriam do amor, da união de dois seres? E por que ele não era capaz de interrogá-las diretamente? Frequentemente, suas conversas se limitavam a banalidades e era cruel se conscientizar desse fato. Será que achavam que esse rato de biblioteca que era o seu pai não tinha nenhuma vontade de escutá-las?

"Como a vida é complicada... Acreditamos fazer a coisa certa e estamos longe disso. Pensamos nos dedicar e somos apenas egoístas, preguiçosos ou estamos atolados na timidez. Saber dizer às pessoas que as amamos, que desafio! Eu estava presente fisicamente, mas só pensava em Léotie, na minha dor, malconsolada pelos livros."

Ao menos, ele havia notado o olhar de Augustin Laramie. Belos olhos verdes que caíam sempre sobre Stéphanie. Olhares discretos, hesitantes, incessantes. Um homem podia adivinhar essas coisas e Roland não estava enganado. Mas ela não vira nada, ocupada em empurrar a irmã para Augustin. Que ideia absurda!

"Devo dizer a ela? Chamar a sua atenção? Não é o meu papel habitual e ela não compreenderia."

Mesmo assim, era uma pena. Ao se levantar, ele apalpou o bolso onde estavam as notas dadas pelo livreiro. Ele iria vender outros livros, liberar espaço. Tornar a sua casa mais acolhedora, receber as filhas com mais frequência.

Roland saiu do jardim e se dirigiu para a rua La Jonquière. Stéphanie tinha quarenta e dois anos, não seria sensato se meter na sua vida particular. Quem sabe poderia arriscar uma simples alusão?

"Ah, você é terrível! Não faça nada, não diga nada. Espere. Quando telefonar, não faça perguntas estúpidas. Enquanto isso, arrume e faça uma triagem na sua biblioteca, dê a si mesmo esse prazer."

E eis que o egoísmo punha novamente o nariz de fora. Bom, ele não era perfeito e não fazia questão de sê-lo. A paixão pelos livros, desde que a controlasse, lhe permitia ter uma aposentadoria interessante, quase feliz, e não ser um peso para as filhas. Elas não gostariam de saber que ele se aborrecia o dia inteiro, que ficava grudado no telefone esperando que ligassem, que só vivia para as suas raras visitas. Pois bem, não era esse o caso, precisava se alegrar em vez de se mortificar!

"Será que vai parecer que estou tramando alguma coisa suspeita se convidar o tal Augustin na próxima vez que as meninas vierem? Sim, evidentemente..."

Paciência, devia se contentar em ser espectador. Neutro, mas cordial. O simpático canadense teria um aliado mudo, mas nenhuma ajudinha. Pois, como para todo mundo, o destino de Stéphanie estava escrito e se realizaria sem que ninguém se metesse.

# Sete

Charlotte havia se superado. Preparara um patê de carne de caça que iria apresentar num leito de "cabeças-de-violino",* brotos de samambaia muito saborosos. Em seguida, serviria um salmão selvagem com bolinhos de batata. Para terminar, havia optado pela sobremesa preferida de Augustin: waffles regados com xarope de bordo. A vinda dele era sempre um acontecimento preparado com cuidado e Jean também saíra para comprar algumas garrafas de um bom vinho. E o que era melhor: ele fora de carro até Steveston, um povoado de pescadores situado a uns vinte quilômetros de Vancouver, onde se encontravam os melhores peixes. Trouxera linguados, lagostins e caranguejos previstos para as refeições dos dias seguintes.

Depois de regular o forno, Charlotte saiu da cozinha para verificar, uma última vez, se tudo estava em ordem no quarto do filho. As cortinas e a colcha haviam acabado de chegar do tintureiro, um grande buquê de flores estava em cima da cômoda.

---

* Nome dado, no Canadá, aos brotos de samambaia comestíveis. Esse nome foi adotado em virtude da semelhança desse broto com a parte superior da cabeça do violino, de formato espiralado. (N.T.)

Quando compraram a casa, ela sentira imenso prazer em decorar esse cômodo, tentando fazê-lo o mais próximo possível do gosto do filho. Ele gostava de cores quentes como o vermelho ou o tabaco e não apreciava estampados. Por isso, para sugerir um ambiente masculino, Charlotte escolhera uma cabeceira de cama de couro fulvo, combinando com um par de poltronas Chesterfield colocadas perto da janela. Do fundo do coração, esperava que algum dia Augustin trouxesse uma mulher com ele e a apresentasse como futura esposa. Ele tinha trinta e cinco anos, já era mais do que tempo que lhes desse netos! Sobretudo porque Charlotte estava convencida de que ele seria um excelente pai. Infelizmente, os relacionamentos dele com as mulheres não deviam ser fáceis, pois todas as suas histórias de amor haviam terminado em impasses. Será que a cicatriz lhe dava complexos? Charlotte estava convicta disso. Conhecia Augustin melhor do que ninguém e, debaixo da aparente desenvoltura, sabia que ele deve ter sofrido, aos vinte anos, por ficar quase desfigurado durante meses e meses. Se não fosse o empenho de Jean, que havia movido céus e terras para encontrar o melhor cirurgião plástico e depois convencera o filho a fazer mais uma operação, Augustin teria ficado com uma horrível cicatriz causada pelo corte. Embora as coisas tenham melhorado depois, talvez o trauma psíquico continuasse. Talvez os olhares apiedados ou horrorizados das moças na universidade o houvessem marcado para sempre.

Quando ela falava com Jean sobre isso, ele dava de ombros e lembrava que o filho podia ser tudo menos um maricas. Original, podia ser, mas tinha a cabeça no lugar. E não ficava se olhando no espelho da manhã à noite, nem se preocupando além da conta com a aparência. Charlotte não concordava, mas não insistia, porque, no único dia em que o havia feito, querendo ter razão como sempre, Jean revelara, furioso, o fundo do seu pensamento, acusando esse "completo imbecil" do Lawrence de haver feito de propósito.

Charlotte achava o marido muito injusto. Na época, Lawrence era o melhor amigo de Augustin, eles eram inseparáveis e se entendiam às mil maravilhas. Ambos eram excelentes patinadores e causavam sensação na equipe universitária de hóquei. Que aberração perversa faria com que Lawrence desejasse fazer mal a Augustin? Se ele tinha ido todos os dias ao hospital, fora por amizade, e não para aliviar a consciência, como Jean insinuava. É claro que devia se sentir responsável, mas se tratava de um terrível acidente e nada mais. Charlotte não se deixara iludir pelo amor maternal e não havia procurado um culpado a qualquer preço. Gostava muito de Lawrence, achava-o brilhante, interessante e um belo rapaz. Por muito tempo, tivera esperanças de que, graças a ele, Augustin continuasse seus estudos de Direito, apesar dos maus resultados. "Tome Lawrence como modelo!", repetia ela para estimulá-lo. Porém, Augustin só obtinha notas medíocres, aborrecia-se no curso, sonhava com uma vida de artista e se vestia como um mendigo. Quando ele abandonou a universidade para se inscrever na improvável oficina de criação literária, a decepção de Jean havia sido imensa. Ninguém o substituiria na fábrica, teria de *vendê-la*. Era de cortar o coração.

Ela entreabriu a janela para deixar entrar o delicioso ar de primavera. Jean não havia vendido barato o negócio da família; ao contrário, negociara muito bem. Eles estavam longe de passar necessidade e podiam ter uma aposentadoria sem preocupações. Augustin escolhera outra profissão, e daí? Sentia-se orgulhosa todas as vezes que via os livros do filho ou que lia um artigo a respeito dele nas colunas de literatura.

Depois de um último olhar em volta, Charlotte fechou a porta devagar e se apressou a voltar para a cozinha.

— A sua mãe preparou um menu de gala — avisou Jean. — Espero que esteja morrendo de fome!

Ele tinha ido buscar no aeroporto um Augustin meio zonzo pelas treze horas de viagem e, ao chegar em casa, o levara diretamente para o seu escritório para lhe oferecer um conhaque como revigorante.

— Então, gostou da British Airways?

— De Paris, fizemos uma escala em Londres, mas depois o voo foi direto. Prefiro isso a parar em Montreal, e o preço é mais barato.

— Se não morasse na França, não seria obrigado a ficar arruinado para vir ver os seus velhos pais! Por que não gosta de fazer escala em Montreal?

— Porque tenho a impressão de ter chegado, não compreendo por que não posso sair do aeroporto.

Jean esboçou um sorriso. Sabia que o filho continuava muito ligado ao seu país e, sobretudo, à cidade onde nascera, onde passara a infância e a juventude.

— Ainda tem o apartamento conjugado?

— Tenho, claro. Eu o mantenho por causa dos amigos, por causa dos meus hábitos... e, em Paris, não neva no inverno, eu sinto saudades. Em segundo lugar, também tenho meu editor quebequense e a minha tradutora para os Estados Unidos, que é uma mulher muito engraçada. Ela se apaixonou por Max, o meu comissário, que agora você conhece.

Eles trocaram um olhar brincalhão, depois Jean admitiu, de bom grado:

— Está certo, talvez eu devesse tê-lo lido antes. Fiquei agradavelmente surpreso, já lhe disse, não é a... literatura de segunda que eu imaginava.

Augustin o encarou por alguns instantes antes de murmurar:
— Obrigado.

Entre todas as boas razões para manter o apartamento conjugado, ele não havia mencionado Lawrence, o que intrigou Jean.

— E o seu amigo, o desertor de casamento — não conseguiu deixar de perguntar —, você ainda esquia com ele nos Laurentides?

— Não este ano — admitiu Augustin. — Com essa história de casamento abortado...

Pela primeira vez, depois de muito tempo, ele não fora passar alguns dias com Lawrence em Mont-Tremblant. Nada de passeios em motos de neve ou em trenós puxados por cães, nada de loucas descidas de esqui pelas pistas que entravam na floresta.

— Imagine que Anaba, que devia se casar com ele, é uma moça verdadeiramente adorável.

— Voltou a vê-la na França?

— Que remédio! Lawrence mandou as coisas dela para a minha casa, pois não sabia onde ela estava.

— Mas você sabia?

— Por uma série de circunstâncias. Ela esqueceu o celular no *Hilton Bonaventure*. Em resumo, conheci o pai dela, a irmã...

O rosto de Augustin assumiu uma expressão sonhadora e ele sufocou um suspiro.

— Gostaria muito de apresentá-la a você.

— Quem? *Anaba*?

Entre perplexo e reprovador, Jean pôs as mãos na cintura e olhou o filho de alto a baixo.

— Mas, afinal, Augustin, aonde quer chegar?

— Na verdade, convidei as duas, ela e a irmã, Stéphanie, para virem comigo. Só que é uma longa viagem, custa caro, e, com certeza, Anaba não se sentiria bem em pisar outra vez no Canadá.

Agora, Jean o considerava com os olhos arregalados.

— Será que está querendo me dizer que você...?

Não, ele não podia acreditar que Augustin quisesse a moça que Lawrence havia rejeitado. Consolar corações partidos seria a sua nova mania? Quando era criança, ele trazia todos os cães abandonados e os gatos perdidos para casa.

— Estou apaixonado — declarou Augustin, olhando fixamente para o pai.

Uma declaração incrível para um rapaz tão discreto quanto ele a respeito de seus sentimentos. A mãe sempre tivera de lhe arrancar confidências e nunca havia conseguido muitos detalhes. A única coisa evidente era que ele havia passado por rompimentos dolorosos.

— Ouça, isso é ridículo. Digamos que o que sente seja compaixão.

Augustin parecia não compreender e olhava para o pai com um ar interrogativo e desconfiado.

— Compaixão? Não, certamente não. Eu estou... embevecido.

— Essa moça é tão bonita assim? — arriscou Jean.

— Não é uma *moça*, papai, é uma mulher. Sim, eu a acho muito bonita.

— Perfeito! Você tem trinta e cinco anos e pode fazer o que quiser da vida, não tenho nada com isso. Aliás, nunca tive, você dispensou a minha opinião em muitas coisas. A respeito do seu amigo Lawrence, o tão brilhante e tão simpático Lawrence, você também não me escutou. Acontece que esse cara não queria o seu bem. Ele queria apenas que você lhe servisse de coadjuvante. Num certo momento, apesar de tudo, você deve tê-lo incomodado, ele...

— Não vai voltar à velha história, vai?

— Você a esqueceu? — perguntou Jean, num tom áspero.

— Foi um *acidente*, papai.

— Cada cabeça, uma sentença! Mas, de qualquer forma, não posso sentir prazer ao ver você catar os restos dele.

— Os restos dele? Do que está falando?

— Da sua paixão por essa Anaba!

— Anaba?

Augustin ficou observando o pai estupefato, logo depois caiu na gargalhada.

— Decididamente, foi um mal-entendido. Como pôde imaginar uma coisa assim? Vamos, não faça essa cara, não se trata de Anaba, e sim da irmã, Stéphanie.

Subitamente mais calmo, primeiro Jean ficou em silêncio e depois acabou resmungando:

— Oh, sinto muito... Stéphanie, você disse? E, então, está apaixonado? Bom... parabéns.

— É muito cedo para isso, ela ainda não sabe.

— Mas, então, por quê...

— Por que contei para você? Porque eu *precisava* falar com alguém, a tal ponto que o meu coração está transbordando! E o meu pai me pareceu ser a pessoa mais indicada.

Emocionado, Jean se aproximou e tirou o copo das mãos dele.

— Você é um rapaz estranho, mas eu gostei disso. Agora, acho que o jantar está pronto e não pretendemos fazer a sua mãe esperar.

— Não conte para ela, por enquanto — pediu Augustin, levantando-se.

— Oh, não contarei, mesmo! Se ela souber que está apaixonado, isso passará a ser o único assunto, de manhã até a noite.

Jean empurrou Augustin para fora do escritório, muito contente com a conversa que tiveram. Pela primeira vez, o filho o tomara por confidente. Era um dia memorável.

Anaba fechou a cortina. Não conseguia dormir e, embora a soubesse de cor, leu mais uma vez a longa carta de Lawrence. Mesmo que se recusasse a acreditar nas declarações de amor, estava abalada com algumas frases de desespero. Ele havia escrito que se odiava por ter estragado tudo, por tê-la feito sofrer, por se haver comportado tão covardemente. Estava sendo bem punido, pois afirmava pensar nela dia e noite, não conseguia mais trabalhar, estava a ponto de ser despedido do escritório de advocacia.

Lawrence? Era difícil admitir que um homem tão brilhante, tão seguro de si, pudesse ser posto de lado em sua profissão. Mas, afinal, quem sabe estivesse sofrendo de verdade? Ele havia amado Anaba, disso ela não duvidava, e afirmava ainda amá-la como louco. Perguntava, com muita humildade e sem parecer acreditar nisso, se não podiam retomar a sua história no ponto em que ele a interrompera bruscamente.

Ela não pretendia responder. Teria sido melhor jogar aquela carta fora ou queimá-la em vez de relê-la sem parar. Porém, tanto as palavras quanto as lembranças tinham certo poder. Ainda mais porque Anaba estava desanimada com a perspectiva de ter de recomeçar tudo com outro homem. Aprender a se conhecer, a confiar um no outro, a construir projetos... Depois de ter pensado seriamente, com honestidade e alegria, em mudar de país para formar sua família, atualmente deveria limitar-se aos encontros titubeantes, aos primeiros passos incertos. Uma vez que havia decidido aceitar os convites, ela se entediava nos *tête-à-tête* com quase desconhecidos que não imaginava, nem por um segundo, serem capazes de substituir Lawrence. Na antevéspera, ela se vira tomando a "última bebida" na casa de um homem que só a agradava ligeiramente e depois fora para a cama dele. Não havia acontecido muita coisa, pois ela se desmanchara em lágrimas assim que ele começou a acariciá-la. Delicado, o homem compreendeu que de nada adiantaria prosseguir e, depois de se vestirem, haviam terminado a bebida na sala, sem conseguir conversar.

Sentada na cama de pernas cruzadas, Anaba espalhou à sua volta as folhas da carta. Moderno, Lawrence só gostava de e-mails ou de sms e deve ter penado para escrever à mão uma carta tão longa. Ela o imaginava rodando como um leão na jaula em seu dúplex, passando de um andar para outro, com a testa marcada por um vinco preocupado, sabendo muito bem que Anaba não poderia perdoá-lo.

E seria mesmo totalmente impossível? Se pusesse de lado a tristeza e o amor-próprio, desejaria mesmo esquecê-lo para sempre? Sem a visita dele e a carta de tons dilacerantes, nem faria a si mesma essa pergunta. Agora, tinha dúvidas. Não havia uma grande virtude no perdão? Mas também uma grande facilidade. Como crianças, apagamos tudo e recomeçamos a partida? Não.

Ela teve vontade de acordar Stéphanie, de se sentar à beira de sua cama e lhe abrir o coração. O que devia fazer com a mão estendida de Lawrence? Ignorá-la ou refletir? Provavelmente Stéphanie seria categórica e mandaria que não pensasse mais nele, nem mesmo em sonhos. Não se pode colar um vaso quebrado.

Ela fez um maço com as folhas empilhadas. Depois de uma última hesitação, rasgou. Esse gesto simbólico deixou-a aliviada, mesmo que não comportasse nada de definitivo.

Michelle passeava a mão de unhas compridas na parte de baixo das costas de Lawrence. Ela não sabia mais o que pensar a respeito dele. Por instinto, adivinhava que estava com problemas no trabalho, pois nunca poderia sonhar em pedir *demissão* de um escritório de advocacia tão importante. O que lhe estaria escondendo? Teria cometido alguma bobagem imperdoável em algum processo? Não, ele não, impossível.

Lawrence parecia adormecido, mas estremecia quando ela passava a unha com doçura nos lugares sensíveis. Era um bom amante, às vezes um pouco convencido demais de suas proezas, porém ela não desgostava dessa arrogância, que era parte integrante de sua personalidade. Por várias vezes, querendo testar seu estado de espírito, ela havia mencionado a possibilidade de sair de Ottawa e vir se instalar em Montreal. Encontraria trabalho facilmente, era boa no seu ramo. E, principalmente, já estava cansada dos percursos de carro; levava, no mínimo, uma hora e meia entre as duas cidades pela autoestrada 417.

— Está dormindo?

— Não.

— Ruminando as suas preocupações?

— Sim.

As respostas lacônicas traíam seu mau humor. Com uma mão de perita, ela lhe massageou a nuca, ambos os ombros, até sentir que ele relaxava, então desceu mais e o acariciou entre as coxas.

— Pare — resmungou ele, com a cara ainda enfiada no travesseiro.

— Droga, Lawrence, você não está nada agradável no momento!

Ele virou a cabeça para olhá-la. Olhos azuis gelados, sem expressão, traços endurecidos por uma raiva muda. Decididamente, ele era um homem muito bonito, sedutor, excitante, e ela estava feliz por tê-lo recuperado. Quando ele se envolvera com Anaba, Michelle havia pensado que bastaria um pouco de paciência para que se cansasse dela, mas, com o anúncio do casamento, se arrependeu de não ter lutado mais. Destinado a uma bela carreira, proprietário de um dúplex de sonhos no centro de Montreal, dotado de um físico de galã: por que deixara escapar uma ave tão rara? Com um pouco de esforço, poderia ter vencido facilmente a *indiazinha*. Por sorte, as coisas se resolveram por si e, agora, era Michelle quem estava na cama de Lawrence. Porém, alguma coisa havia mudado.

Ela suspirou e retirou a mão. Se fosse se tornar rabugento, se começasse a preferir entrega de pizzas em domicílio a bons restaurantes, se se esquecesse de lhe dar presentes e de reembolsá-la quando ela lhe adiantava o dinheiro, ele perderia o atrativo.

— Qual é o *dress code* para o grande jantar do seu escritório?

— Não sei se estou com vontade de ir — resmungou ele.

— Não seja burro, não pode dispensá-lo. Mas, se for exigido vestido longo e bordado, tenho de percorrer as lojas com você.

— Comigo? Por quê? Desde quando precisa da minha opinião para se vestir?

— Eu só quero que me dê de presente uma bela roupa, com a lingerie combinando...

Se pensava em animá-lo, ela se desiludiu na mesma hora.

— Não vamos fazer compras juntos, tenho outras preocupações! Vou sair desse escritório idiota, não posso jogar grana fora no momento.

— Tem outra coisa em vista para querer sair desse "escritório idiota", que é um dos melhores da cidade? — perguntou ela, friamente.

— Talvez... eu trabalhe por conta própria.

Ela teve a certeza de que ele mentia. Ser freelancer no campo da advocacia empresarial não era realista.

— Portanto, terei de encontrar um local — continuou ele. — Será preciso equipá-lo, em resumo, despesas a perder de vista, e eu estou meio duro.

— Você?

— Sabe quanto tudo isso custa?

Com um gesto circular, ele mostrou o quarto em volta deles. O dúplex deveria, de fato, sair caro com as despesas de condomínio e o pagamento do empréstimo, mas, afinal, ele ganhava muito bem; onde estava o problema?

— E toda essa história de casamento. Uma fortuna esbanjada à toa!

— Ao menos — perguntou ela com um sorriso cínico —, recuperou o anel? Se está falido, ele lhe daria uns bons trocados!

— Não, ora...

— Por que não? Com que direito Anaba ficaria com ele? Com certeza não deve usá-lo, portanto não serve para nada. E eu sei quanto vale um belo diamante. Toda essa mina de dinheiro jogada no fundo de uma gaveta, reconheça que é uma pena.

Ele pareceu refletir um pouco, antes de dar de ombros.

— Se quer bancar o grande senhor, Lawrence, então não se queixe!

O momento de carinho havia passado, eles não fariam amor naquela manhã.

— Vou tomar um banho — decidiu ela.

Ela se levantou, escultural, mediu-o com arrogância e saiu do quarto. Perplexo, Lawrence a olhou se afastar, sem vê-la realmente. Estava com problemas até o pescoço e não tinha a menor vontade de se divertir. Puxando os lençóis para cima, ele fechou os olhos. O domingo prometia ser bem lúgubre, para que se apressar?

"Não creio que aqui, entre nós, seja o seu lugar." Essas palavras do *big boss* estavam atravessadas na sua garganta. Ele não o despedira, mas fazia com que compreendesse que se tornara indesejável. Se não quisesse viver num inferno, deveria ir embora por si mesmo. Por desafio — e porque não tinha nada para fazer —, havia passado horas no escritório retocando o seu CV. Pensava em enviá-lo aos melhores escritórios da cidade, mas o que aconteceria quando, com um simples telefonema, pedissem referências ao seu atual empregador?

Quanto às finanças, a situação também se tornava dramática. Como previra, seus pais não puderam tirá-lo do buraco. Pela primeira vez, o pai havia até reclamado energicamente. Depois de sangrarem até a última gota para pagar os estudos brilhantíssimos do filho, como ele poderia precisar de dinheiro? Não estava trabalhando? Resignado, Lawrence havia hipotecado o dúplex. Uma armadilha que poderia se fechar a qualquer momento, e ele não ignorava isso.

Ele se esticou e, com os braços em cruz, se pôs a pensar a respeito do anel. Pedir a Anaba que o devolvesse era inconcebível. Antes disso, esperava uma resposta à longa carta. Existia uma única chance de que ela o fizesse? Ele morria de vontade de revê-la e de tomá-la nos braços. Apertá-la contra ele, respirá-la, sentir que ela se entregava. A *sua* Anaba, a sua gazela, que se maravilhava com tanta facilidade. Ao menos ela não pedia nada e, sobretudo, não lhe pedia que comprasse vestidos longos e lingeries sensuais! Certo, ele se arruinara com o anel que continuava a pagar, mas havia sido um presente que ninguém o obrigara a dar. Bom, sim, as formalidades. Toda mulher esperava receber um anel como prova de amor no momento do pedido de casamento e, no fundo, ele havia demorado para dar um a ela. Mas, quando se decidira, não havia economizado! Na joalheria, dissera a si mesmo que seria um investimento. Acontece que, agora, o anel estava na França, sem dúvida no fundo de uma gaveta, como Michelle havia afirmado. Se Anaba não o aproveitasse... Pois, mesmo vendido em caso de necessidade, a pedra tinha muito valor. E se ela houvesse se encarregado de vendê-lo pessoalmente? Ela ou a desgraçada da irmã, que parecia ter contas a acertar com os homens.

Lawrence ouviu o secador de cabelos de Michelle no banheiro. Ela sairia de lá depois de uma boa meia hora, com um *brushing* sofisticado e já começaria a se perguntar aonde ir almoçar. A não ser que ela quisesse cozinhar em casa. Suas alusões a uma eventual instalação na casa dele o gelavam. Ele não tinha o que fazer com Michelle, queria Anaba. Sua pequena *squaw*, que deixava o cabelo curto molhado ao sair do chuveiro.

Porra, devia existir um meio de reconquistá-la! Por que ela não respondia à sua carta? Ele nunca fizera tanto esforço, tudo para conseguir essa reconciliação. A viagem a Andelys no carro alugado havia sido uma epopeia e ter sido expulso, uma maldita humilhação. Com tudo isso, ele havia negligenciado o processo francês, fornecendo argumentos aos que queriam a sua pele no escritório. De alguma forma, havia afundado a si mesmo por amor. Primeiro, havia se arruinado, depois afundado. Não era suficiente para dobrar Anaba?

Pouco acostumado a que resistissem a ele — principalmente uma mulher —, ele era capaz de se obstinar até o delírio. Até que ela cedesse, que voltasse para ele. E, então, talvez pudesse retomar o curso de sua vida do ponto em que havia parado na manhã do casamento, porque, até aquele momento, tudo ia bem para ele. Aliás, era espantoso constatar o quanto tudo havia se deteriorado depois. Anaba seria sua sorte, sua boa estrela, seu amuleto? Ao desistir dela, covardemente, havia estragado bem mais do que uma história de amor, simplesmente todo o seu destino?

A imagem de Augustin ao lado de Anaba aflorou de novo, mas ele a expulsou com raiva. Impotente, a milhares de quilômetros, na verdade, também não dispunha de recursos para comprar uma passagem de avião. A distância complicava tudo, tornava o problema insolúvel.

O barulho do secador de cabelos acabou e ele pôs o travesseiro na cara. Com certeza, Michelle tinha montes de vestidos longos nos armários em Ottawa, encontraria algum para o jantar... desde que eles fossem! Não lhe deram nenhuma indireta para não comparecer, mas, sem dúvida, sua presença não era desejada. O que fazer? Teria alguma coisa a perder? Não comparecer poderia parecer uma última provocação que o fritaria definitivamente, mas se fosse para se ver isolado na cabeceira da mesa passaria por um coitado aos olhos de Michelle.

Bolas, será que tinha tanta vontade de prolongar a sua aventura? É verdade que ela era decorativa, boa de cama e, às vezes, divertida, mas, ficando com ela para resguardar a sua imagem de conquistador, encorajava ilusões que a tornariam cada vez mais exigente.

— Aonde está pensando em me levar para almoçar?

Tirando o travesseiro da cara, ele a viu de pé, na ponta da cama, especialmente sexy num tailleur de saia muito curta.

Queria realmente ser um homem sozinho?

Stéphanie terminara a sua avaliação e chegara o momento delicado: ela devia dar um número. Sabia, por experiência própria, que os vendedores sempre superestimavam seus bens. Desconhecimento do mercado, ligação sentimental a um móvel de família ou simples vaidade; as razões eram diversas e a decepção, quase sistemática.

— Bom — disse ela num tom encorajador —, esse é um belo móvel! Essas cômodas Luís XV de madeira lavrada continuam a ser muito apreciadas; infelizmente, a sua está meio destruída. A nogueira, apesar de ser uma madeira resistente, está machucada em alguns lugares, veja, aqui e ali. Nada irrecuperável, no entanto...

Ela parou e deu a impressão de refletir, antes de dizer:

— Posso lhe oferecer quinhentos euros.

Como previa, recebeu uma careta desapontada. A senhora, bem idosa, com quem tratava, não parecia passar necessidades, bastava ver a casa elegante e o tamanho das joias. Mas nunca se sabe e não se pode acreditar nas aparências. As joias podiam ser falsas e a casa estar hipotecada.

— Não posso lhe oferecer mais — murmurou Stéphanie.

A oferta era honesta, ela não costumava enrolar os clientes. Comprar, restaurar e depois expor exigia um investimento, imobilizado por tempo indeterminado. Num móvel como aquele, a margem de lucro seria de trinta a quarenta por cento, o que era razoável.

— Aceito — decidiu a senhora, repentinamente.

Stéphanie devia ter lhe inspirado confiança, pois ela pontuou a anuência com um sorriso.

— Está vazia — acrescentou ela. — Pode levá-la agora. O meu neto vai ajudá-la a carregar.

O rapaz alto, que permanecera no canto da sala, não havia aberto a boca durante a transação. Seria por ele que a cômoda estava sendo vendida? Para lhe dar um laptop ou um celular de última geração? Stéphanie adorava imaginar a vida das pessoas em cujas casas entrava pela primeira vez. Em poucos minutos, arquitetava uma história que combinava com o cenário e que, mesmo que fosse falsa, a fazia sonhar.

Ajudada pelo rapaz, ela pôs a cômoda na caminhonete, voltou para pagar à velha senhora e se despediu. Estava numa cidadezinha linda, a uns quinze quilômetros de Andelys, e dirigiu devagar no caminho de volta. Com um cigarro nos lábios e os vidros abaixados, estava de excelente humor. O fim do mês de maio estava magnífico, com uma profusão de flores selvagens na beira das estradas, um céu com pequenas nuvens arredondadas e pássaros que se divertiam. Porém, apesar de toda essa alegria, Stéphanie tinha a impressão de haver esquecido alguma coisa. Ou melhor, de buscar alguma coisa sem saber o que era. Uma espécie de febre a havia assaltado, estimulante e irritante.

Ela pôs a cabeça para trabalhar, tentando encontrar o que lhe faltava. Os negócios iam bem e a cada ano o balanço era melhor. Anaba parecia gostar do seu ateliê no fundo do jardim, onde fazia um trabalho notável e recomeçava a sair, aceitava convites, voltara a ser vaidosa. A coabitação não trouxera o menor problema e ambas estavam satisfeitas. Então, seria apenas a idade que preocupava Stéphanie? Aos quarenta e dois anos, não tinha nenhum problema de saúde, a silhueta continuava impecável e os homens sorriam para ela espontaneamente. O cabelo grisalho lhe dava um charme estranho e ela sabia maquiar os olhos para fazer sobressair o azul intenso. Contudo, será que queria agradar? De qualquer forma, depois de algum tempo começara a levar longos minutos para escolher a roupa de manhã. Havia trocado o perfume, evitava as batatas fritas e as *pâtisseries*.

— Veja só!

A constatação a fez rir. Pondo os detalhes insignificantes lado a lado, eles podiam ser reveladores. No entanto, por mais que se interrogasse, não via a quem ou a que os esforços eram destinados.

— É primavera, é isso...

Stéphanie apagou o cigarro no cinzeiro e abaixou o guarda-sol. Como a cômoda sacolejava um pouco na traseira, diminuiu ainda mais a velocidade. Já que Anaba cuidava da loja, podia passear um pouco e aproveitar o dia magnífico antes de voltar e se enfurnar no antiquário. Por que não fazer um desvio e ir visitar uma amiga que tinha um brechó não muito longe dali? Com um pequeno aperto no coração, ela se perguntou que tempo estaria fazendo em Vancouver. Uma viagem tão bonita, que gostaria tanto de fazer! Augustin havia prometido tirar muitas fotos e ela esperava que as mostrasse assim que chegasse. Aliás, ele pegaria o avião no dia seguinte e não tardaria muito a dar notícias.

Radiante com essa perspectiva, acionou o pisca-pisca e mudou o caminho.

— E não vai passar por Montreal? — insistiu Lawrence.

— Não, por Londres, eu já disse.

— Que pena, poderíamos nos ver...

Augustin trocou o telefone de mão, procurando o que dizer. Em outros tempos, *necessariamente* passaria por Montreal. Teria ido tomar umas cervejas com Lawrence, comeriam um sanduíche de carne defumada no *Schwartz* ou sentariam no terraço do *Boris Bistrot* para pedir um prato de batatas fritas na gordura de pato. Durante as estadas de Augustin, eles se encontravam diariamente, ao meio-dia ou no fim da tarde, com montanhas de coisas para contar um ao outro e uma alegre vontade de festejar.

— Tenho de terminar o livro, preciso voltar a Paris — justificou-se Augustin.

— Mas quando vai voltar?

Havia uma espécie de desespero, bem surpreendente, na voz de Lawrence.

— Não me diga que sente saudades — brincou Augustin. — O nosso último encontro não foi muito amigável...

Ao ver o nome de Lawrence aparecer no visor cinco minutos antes, hesitara em atender, mas, afinal, tinha tempo de sobra, uma vez que o pai o deixara no aeroporto com muita antecedência.

— Os amigos têm direito de brigar, isso não tem importância — decretou Lawrence.

— Você acha?

Apesar das reticências, Augustin sentia uma indefinível saudade da amizade que havia durado quinze anos e, atualmente, balançava. Não podia nem falar de Stéphanie para Lawrence, pois tudo o que se relacionava a Anaba, de perto ou de longe, parecia enraivecê-lo. Era o cúmulo.

— Nós nos veremos da próxima vez, cara. Com certeza, voltarei no fim do verão, a princípio; tenho de dar duas conferências sobre escrita e construção de romances policiais.

— Setembro? Está longe...

— Pois bem, dê a si mesmo o direito de uma pequena viagem a Paris!

Ele se amaldiçoou em seguida pela falta de jeito. A época em que Lawrence ia regularmente à França era a do início do seu idílio com Anaba.

— Não tenho vontade nem dinheiro.

— Está com problemas de grana? — surpreendeu-se Augustin.

— Não imagina quanto. Tive até de hipotecar o meu dúplex.

— Por quê? Você recebe um supersalário, não?

— Não mais. Eu queria contar tudo isso de viva voz.

— Mas, afinal, o que está acontecendo?

— O escritório está me empurrando porta afora. O *big boss* está de birra comigo e há meses não pego um processo lucrativo. Como, mesmo quando ganhava bem, eu já vivia muito acima das minhas posses, você pode imaginar...

Augustin não respondeu imediatamente. Lawrence era muito orgulhoso para pedir ajuda, mas será que esperava por isso? E como pôde se enfiar numa situação assim?

— As pessoas viram as costas a toda velocidade quando as coisas começam a ir mal — continuou Lawrence, ressentido. — Entreguei o meu CV para um headhunter, mas, por enquanto, não tenho nada em vista. Ficaria muito feliz em falar sobre isso com você, os amigos são raros.

— Sinto muito — disse Augustin, maquinalmente.

Sentia mesmo? Uma parte dele continuava ligada a Lawrence, a todas as lembranças da juventude, mas, há alguns anos, ele se distanciara. Ao fazer o balanço do que viveram juntos, ele via que, embora tenha sido totalmente devotado a Lawrence, a recíproca não era verdadeira. Fosse pelas suas dolorosas decepções sentimentais ou por sua autêntica angústia ao largar a carreira em Direito para escrever, só havia obtido de Lawrence comentários cínicos. Piadas, um tapinha nas costas, e Lawrence desviava a conversa de volta para ele.

— Está a fim de me ouvir? Talvez tenha vontade de me mandar passear.

— Não, vá em frente — suspirou Augustin.

— Pois bem, eu tinha pensado... Bom, não é fácil falar por telefone. Mas fique tranquilo, pois não vou pedir que me empreste dinheiro! Quero apenas propor uma negociação. Você compra o meu dúplex e, quando os meus negócios melhorarem, você se compromete a me vendê-lo.

— Não tenho recursos para isso, Lawrence.

— Peça um empréstimo. Você é sensato, vai pagar as prestações. Enquanto isso, eu liquidarei as minhas dívidas e poderei recomeçar com o pé direito. No momento, você paga dois aluguéis, um do conjugado em Montreal e outro do apartamento em Paris, isso é o que se chama jogar dinheiro pela janela. Investindo, você ficará bem. De qualquer forma, os preços dos imóveis estão subindo, você sairá ganhando.

Ele sabia se mostrar convincente. Augustin já havia passado muitas vezes por essa experiência. Mas, num negócio com Lawrence, sempre havia a possibilidade de sair perdendo.

— Se eu fosse comprar alguma coisa, cara, seria na França. E eu já disse, por enquanto não tenho situação financeira para isso.

— Ora, não me faça rir, Augustin! Você tem os seus pais por trás, o que nunca foi o meu caso.

O tom era rancoroso, como o esperado. Lawrence sempre fizera piadas ácidas a respeito dos Laramie. Na época, a casa grande ao pé do Mont-Royal o incomodava e, também, o que ele chamava de "pão-durismo" para com o filho. Quanto aos

Kendall, certamente não eram ricos, mas, em compensação, se sacrificavam pelo seu rebento.

— Graças a Deus, os meus pais não morreram e eu ainda não herdei nada — disse friamente Augustin. — E, enquanto estiverem vivos, não lhes pedirei nada.

Um anúncio nos alto-falantes o impediu de ouvir a resposta de Lawrence.

— Estão chamando para o embarque, tenho de desligar. Telefonarei esta semana, prometo!

Ele desligou, aliviado. Incapaz de decidir se queria ou não ajudar Lawrence, ao menos sabia que não seria com a compra do dúplex. Como não era o embarque do seu voo que havia sido chamado, ainda tinha algum tempo pela frente. Estava no nível 3, no saguão dos embarques internacionais, e assim que passasse pelos controles de segurança, teria acesso às lojas *duty free*. A sua ideia era levar alguma coisa para Stéphanie, mas o quê? Perfume era um presente muito pessoal. Em contrapartida, se encontrasse um porta-retrato digital, poderia copiar todas as fotos que havia tirado para ela.

Ele devia parecer perdido, pois um dos inúmeros voluntários que percorriam o aeroporto para ajudar as pessoas a se orientarem se aproximou dele. Augustin o tranquilizou com um sinal, achando graça na ideia de ser tomado por um turista perdido. Desde que vinha ver os pais em Vancouver, conhecia bem o local e não corria o risco de se perder. Ele fez uma última parada para tomar um café no bar *Elephant and Castle*, depois se dirigiu para a alfândega.

Elas colocaram às pressas o cartaz "fechado" na porta da loja, pularam na caminhonete e tomaram a direção de Paris a toda velocidade. A notícia no rádio do acidente aéreo inicialmente as deixara perplexas, depois horrorizadas. Elas haviam buscado notícias em todos os canais de TV. Tratava-se, realmente, de um avião proveniente do Canadá e, naquele dia, Augustin voltaria de lá.

Todos os números de telefone fornecidos para se obterem informações detalhadas estavam, evidentemente, saturados de chamadas e impossíveis de se ligar. Pelo que se sabia, o avião havia desaparecido repentinamente dos radares e caíra em alguma parte do Atlântico com 187 pessoas a bordo, entre passageiros e tripulantes.

Na autoestrada do Oeste, no bulevar periférico* e na autoestrada do Norte em direção a Roissy-Charles-de-Gaulle, Stéphanie dirigiu no limite da prudência. Estava convencida de que só conseguiria informações confiáveis no aeroporto, onde uma central de atendimento especial havia sido instalada, mas não tinha nenhuma ilusão: se Augustin houvesse pegado esse avião, estaria morto. A não ser por um improvável milagre, nunca havia sobreviventes nesse gênero de queda.

Os boletins informativos se sucediam no rádio, sem novidades. Falava-se de tragédia, de catástrofe, de ventos contrários e de falha técnica, mas, aparentemente, por enquanto, ninguém sabia nada, a não ser o número do voo, e Stéphanie ignorava o de Augustin. Na véspera, ele enviara um texto simpático e alegre, no qual propunha um almoço na segunda-feira seguinte, dia em que a loja fechava, pois estava levando "um monte de coisas".

Nem por um segundo, no trajeto para Roissy, Stéphanie se interrogou sobre as razões da angústia que lhe dava um nó

---

* O bulevar periférico é uma via de alta velocidade que circunda a cidade de Paris. (N.T.)

na garganta. É claro que Augustin se tornara um amigo, mas ela só o conhecia há três meses. Um primeiro encontro de dois minutos no *Hilton Bonaventure* na véspera do casamento, depois na abominável manhã em frente ao Palácio de Justiça, aonde ele havia chegado sozinho com uma verdadeira cara de enterro. Ela se lembrava de ter dado socos no sobretudo que ele usava em cima do fraque, que não serviria para nada. O sotaque canadense, os olhos verdes, a cicatriz que lhe deformava o rosto quando ele sorria: ela não havia prestado atenção em nada, mas se lembrava de tudo.

No saguão de desembarque, evidentemente, reinava uma verdadeira balbúrdia. No meio do trânsito habitual de passageiros, pessoas desorientadas iam de um lugar para o outro para tentar saber mais, mulheres choravam, anúncios contraditórios se multiplicavam nos alto-falantes. Stéphanie e Anaba se separaram para maior eficiência, porém, depois de meia hora, não haviam conseguido saber grande coisa. Tratava-se mesmo de um avião proveniente do Canadá, mas a lista dos passageiros ainda não estava disponível.

— Ninguém vai nos dizer nada, Stéph! Não somos da família.

— É só passarmos por parentes. Primas ou qualquer outra coisa. Não sei a que horas decolaria o avião dele, onde faria escala e qual a companhia. Só tenho certeza do dia, e isso lhe dá uma boa chance.

Ela esfregava e torcia as mãos sem parar, num estado de nervosismo que Anaba raramente tinha visto nela.

— Augustin é tão gentil, tão admirável, seria muito injusto! Oh, droga, por que eles deixam as pessoas na ignorância? Já imaginou quem tem filhos ou parentes no avião? Que tortura! E quando penso que você pegou tantas vezes o avião para Montreal no ano passado me dá um frio na espinha...

Pegando a irmã pelo ombro, Stéphanie a apertou contra ela.

— Anaba — sussurrou —, eu nunca me recuperaria se lhe acontecesse alguma coisa.

Imóveis no meio da multidão, elas se sentiam assustadas, tristes, perdidas e, também, um pouco egoístas por se alegrarem de estar vivas. Stéphanie foi a primeira a sair andando, arrastando Anaba para o quadro de chegadas que já haviam consultado dez vezes. Enquanto uma delas o examinava, a outra ligava mais uma vez para o número do celular de Augustin.

— Vamos pensar que ele não estava necessariamente no acidente — decretou firmemente Anaba. — Ele não responde, mas isso não quer dizer nada. Pode estar noutro avião neste momento ou então já chegou e não se lembrou de ligar o telefone. Quantos voos provenientes do Canadá ainda são esperados?

— Tem um que deve chegar de Montreal às dezoito e dez.

— Qual o portão? Pelo sim, pelo não, vamos lá, depois voltamos para ver se as autoridades decidiram liberar a lista de passageiros.

Cortando a multidão para atravessar de volta o saguão de desembarque, que formigava de gente, Anaba sugeriu ligar para Lawrence.

— Ele conhece os hábitos de Augustin, é o seu melhor amigo! Deve saber de que companhias ele gosta, quais horários prefere, isso já nos fornecerá alguns elementos.

Stéphanie hesitou, dividida entre o imperioso desejo de saber alguma coisa e a irritação diante da ideia de que a irmã pudesse pedir ajuda a Lawrence.

— É meio-dia em Montreal — insistiu Anaba. — Não vou incomodá-lo.

— Estou pouco ligando se o incomodar! — enraiveceu-se Stéphanie. — Se ele ouviu a notícia e se ainda é o melhor amigo de Augustin, suponho que também esteja morto de preocupação. Espere um segundo, vou tentar uma última vez...

Selecionando o número de Augustin sem muita convicção, ela ficou ouvindo distraída os toques de chamada e se assustou ao escutar, de repente, a voz com o sotaque bem reconhecível:

— Alô?

— Augustin? — gaguejou, incrédula.

— Stéphanie, que boa surpresa!

Sob o olhar estupefato de Anaba, ela começou a gritar:

— Onde você está, porra?

— Errr... em Roissy. Estou esperando as malas.

— Onde?

— Desci do voo da British Airways que acabou de chegar de Londres.

— Londres? Por que Londres?

— Fiz escala em Londres. Trocamos de avião.

— Oh, meu Deus... Não saia daí!

— De onde? — perguntou ele, num tom espantado. — Da esteira rolante?

— Não, saia daí, vamos esperá-lo na porta de vidro!

Ela fechou o celular, olhou para Anaba como se ainda não conseguisse acreditar, depois soltou um grito de alegria que fez várias pessoas se virarem.

— Ele está vivo, está aqui! Já se deu conta?

Cinco minutos depois, elas caíram nos braços de Augustin, que nunca esperava uma recepção como aquela. Os três falavam ao mesmo tempo, e elas lhe contaram o acidente aéreo do qual ele nada sabia quando ele quis entender o motivo da presença delas no aeroporto. Atordoado com a notícia, ele levou algum tempo para entender a situação.

— O avião caiu no mar? — repetiu ele, várias vezes.

— Ele havia saído de Montreal hoje de manhã e estávamos convencidas de que você havia feito escala lá.

— Não, é mais barato e mais rápido passar por Londres na volta de Vancouver. Mas eu teria ido a Montreal se precisasse ver o meu agente ou se... Enfim, não fui até lá.

— Francamente — afirmou Stéphanie —, você nos deu um susto dos diabos.

Augustin parecia muito abalado, mas conseguiu esboçar um pequeno sorriso.

— Ao menos, agora, você e eu nos tratamos com menos cerimônia — disse ele a Stéphanie.

— Na aflição... — murmurou ela.

— É bem melhor assim! No Canadá tratamos as pessoas com mais intimidade. Eu achava difícil toda essa cerimônia.

Ele lançou um olhar ao redor para a agitação que só aumentava no saguão de desembarque.

— Já se sabe o nome das pessoas que estavam a bordo? — perguntou ele, com a voz rouca.

— Até o momento, as autoridades não quiseram dizer nada — respondeu Anaba. — Suponho que estejam verificando. Acha que poderia conhecer alguém que...

Ela não concluiu a frase e Augustin sacudiu a cabeça.

— Tenho bons amigos em Montreal. Vou ligar para todos eles, cruzando os dedos, mas farei isso bem tarde, por volta de uma da manhã, quando serão sete horas lá e as pessoas já terão voltado do trabalho. Não quero imaginar o pior ouvindo o telefone tocar em vão.

— Vamos levá-lo a Paris — decidiu Stéphanie.

— Ah, se evitarem que eu pegue um táxi, eu as convido para jantar! Há pequenos restaurantes muito simpáticos na ilha de Saint-Louis e eu estou morto de fome. Eu não devia pensar em comer, mas isso não vai mudar nada o destino das infelizes vítimas.

— Você não é obrigado a nos convidar só porque o levamos para casa — resmungou Stéphanie. — Fica no nosso caminho, de qualquer jeito.

— Atravessar Paris numa sexta-feira à noite não é brincadeira — replicou ele. — Ora, eu faço questão. Vamos jantar juntos, falaremos de outras coisas.

Ele sentiu que, de repente, Stéphanie se sentia menos à vontade. Depois de se jogar nos braços dele dez minutos antes, de um modo que o deixara perplexo, agora parecia mais distante, quase constrangida por ter sido tão expansiva.

— Boa ideia — cortou Anaba, pegando Augustin pela mão. — Também estou com fome, as emoções fazem um buraco no estômago.

Augustin pôs a sacola de viagem no ombro e estendeu a outra mão para Stéphanie.

— Vamos, meninas — disse ele, gentilmente.

Desprezando a mão estendida, Stéphanie partiu na frente para a saída.

 *Oito*

—Não, você não faz nada de bom há muito tempo, absolutamente nada. Eu lhe dei uma última chance com o processo francês, mas você fez um trabalho nas coxas, e se trata de um negócio grande. Aqui, você conhece a regra: ou os colaboradores são eficientes ou vão embora. Vá embora de livre e espontânea vontade antes que eu o ponha porta afora, o que, inevitavelmente, seria muito prejudicial para o resto da sua carreira.

Com 4 maxilares cerrados, Lawrence enfrentava a cena que temia há semanas. A dois dias do famoso grande jantar do escritório, o *big boss* o convocara às nove horas da manhã. Humilhação suprema: em vez de recebê-lo na sua sala, saiu para falar com ele no corredor. Obrigando Lawrence a segui-lo, começou a andar como se tivesse coisas mais importantes a fazer em outro lugar e muito pouco tempo para dedicar à conversa. Pior ainda: como as portas das salas sempre permaneciam abertas, qualquer um podia ouvir o julgamento pouco lisonjeiro que ele fazia de Lawrence, num tom irritado.

— Embora tenha acreditado em você quando o contratei, depois fiquei muito decepcionado. O começo do seu trajeto foi brilhante, reconheço de bom grado, mas, depois, puff, você se apagou como uma vela. Onde está o seu talento? Desapareceu no fundo do poço! Agora, só tem seus belos terninhos sob medida para enganar, o que não basta na nossa profissão, muito pelo contrário. Atualmente, você ocupa o lugar de alguém que vai atuar muito melhor do que você. Tenho uma sociedade para tocar e uma reputação a manter, não posso me sobrecarregar com colaboradores medíocres.

Ofendido, furioso, Lawrence parou para dizer:

— Isso é papo furado! Fiz com que ganhasse muito dinheiro, mas, de repente, você passou a ter horror de mim só porque não me casei. Absurdo!

O patrão se virou e o mediu dos pés à cabeça.

— A sua vida particular não me diz respeito. No entanto, já que fez alusão a ela, na verdade, faltaram a você coragem, elegância e moral.

— Sei que viveu a mesma desventura e que por esse motivo...

— *Desventura*? Ora, chame as coisas pelo nome certo! O nome exato é prevaricação. Se um homem da lei não cumpre os compromissos assumidos, é, também, uma vergonha. Escolha o qualificativo que preferir.

O tom de voz aumentava e Lawrence compreendeu que seria melhor se calar. Se continuasse, esse homem se tornaria um inimigo implacável. Mesmo que, no futuro, não fosse mais o seu patrão, ele continuaria a ser temido, respeitado e acatado por todos na profissão. Em poucas frases bem-escolhidas, poderia dissuadir qualquer colega a contratar Lawrence.

— Bom, vou juntar as minhas coisas — conseguiu articular.

— Quanto mais cedo, melhor.

Sem nenhuma outra frase de adeus, o *big boss* se afastou em grandes passadas, deixando Lawrence totalmente desamparado. Ele não se lembrava de alguma vez lhe haverem falado com tanto desprezo. Um ano antes, ele estava entre os queridinhos do escritório. No tradicional jantar de gala, Anaba havia conquistado todo mundo, inclusive o patrão. Muito bem-colocados na mesa, haviam passado uma noite excelente. Naquela ocasião, Lawrence achava normal ser paparicado; aliás, sempre o havia sido por todos. Que maldita degringolada sem paraquedas, em poucos meses!

Ele deu meia-volta e foi até o fim do corredor, com os olhos plantados no carpete. Não queria ver os colegas, que, sem dúvida, estariam com caras convenientes à situação. A última coisa de que precisava era de falsa compaixão e ninguém teria o prazer de lhe dizer: "Coitado de você, cara, ele foi duro, não?"

Sem hesitar, ele abriu a porta de um armário onde sabia poder encontrar caixas de papelão. Pegou uma e foi para o reduto que lhe servia de escritório há pouco tempo. Jogou suas coisas de qualquer jeito na caixa, entre elas um belo reloginho de parede que Anaba lhe dera, uma camisa e uma gravata suplementar, canetas e a sua agenda. Deixou seus cartões de visita com o logo do escritório, hesitou, mas optou por largar todos os processos, sem exceção. Com a caixa de papelão embaixo do braço, foi para os elevadores. Os corredores pareciam desertos, pela primeira vez silenciosos, e não zumbindo de atividade. Os comentários e as zombarias só ocorreriam depois da sua partida, mas, então, não cessariam!

Ao sair do prédio, não pôde deixar de pensar nas imagens da crise bancária, quando muitos diretores deixaram prédios de escritórios luxuosos com uma caixa de papelão debaixo do braço, como ele. E se viram desempregados, como ele, agora.

A diferença era que o escritório não havia falido e ele era o único responsável pelo que lhe acontecia.

Ele optou por voltar para casa a pé para se acalmar. A caixa de papelão estorvava, mas estava pouco ligando, precisava respirar. Aquele não era o pior dia da sua vida? Exceto o do casamento malogrado, obviamente. Malogrado por culpa sua, mais uma vez.

Assim que chegou em casa, foi pegar uma cerveja na geladeira. Não tinha o hábito de tomar cerveja às dez da manhã, mas, paciência, tomar um café o transformaria numa pilha elétrica. Na sala, o indicador luminoso da secretária eletrônica piscava e ele ouviu as mensagens, resignado a ter outras más notícias. A primeira era da sua mãe, preocupada com ele. Vejam só! E a segunda era de Michelle, querendo saber se ele estava a par do acidente aéreo. Seria preciso ser surdo e cego para ignorá-lo: todas as mídias só falavam nisso, e o país estava praticamente de luto.

— Espero que Augustin não esteja nesse avião — concluiu Michelle, com voz indiferente. — Ligue para mim!

Lawrence sabia que não. Augustin não havia feito escala em Montreal. Pena — não pelo acidente, é óbvio —, mas, frente a frente, talvez o houvesse convencido. Mais uma notícia desagradável: a recusa de Augustin que no passado sempre o ajudara.

Michelle havia deixado uma segunda mensagem às nove e meia, anunciando que iria a Montreal naquele mesmo dia.

— Poderíamos nos encontrar no *Altitude* hoje à noite e beber um coquetel no terraço. Como é ao lado do seu escritório, mesmo que saia tarde...

Voz sensual para terminar, ela já tinha alguma ideia na cabeça e fazia questão de que ele soubesse. Mas ele, de jeito nenhum. Realmente, não! Quando Michelle compreenderia que não estava apaixonado por ela? Ainda esperava mudar para o apartamento dele para arrulhar naquele dúplex que seria vendido em pouco tempo? De qualquer modo, não havia mais escritório, não havia mais trabalho que acabava tarde, não havia mais dinheiro para gastar em bares de luxo como o *Altitude*, empoleirado no último andar da torre Ville-Marie. Assim que descobrisse a situação exata de Lawrence, ela sairia em disparada e boa viagem.

A última mensagem era do headhunter a quem havia entregado o seu cv. Segundo ele, uma possibilidade estava surgindo. Ainda era muito cedo para falar, mas as coisas caminhavam bem.

Numa fração de segundo, Lawrence se sentiu bem melhor. Por que havia duvidado de si mesmo? Por causa de um *big boss* rabugento que não se recuperava por ter sido abandonado há dez anos por uma jovem sem escrúpulos? Seu discurso de má-fé a respeito do talento de Lawrence, que, supostamente, havia desaparecido no fundo do poço, era grotesco. Sim, em Paris, e pela primeira vez em sua carreira, Lawrence não havia correspondido, mas esse *único* erro não fazia dele um mau advogado. O passado falava por ele, com excelentes notas em todos os exames, felicitações calorosas do júri na entrega do seu diploma e, depois, os sucessos profissionais. É claro que encontraria trabalho, um bom lugar num grande escritório, onde mostraria facilmente sua capacidade e voltaria a ganhar dinheiro.

Sereno, ele jogou o resto da cerveja na pia. Quando tudo voltasse a ficar em ordem, o único espinho — mas descomunal! — que continuaria no seu pé era Anaba. Na conversa ao telefone com Augustin, estava muito preocupado em lhe pedir ajuda e não tivera tempo de abordar esse assunto.

Anaba... Quando deixaria de pensar nela?

"Quando a houver recuperado. Reconquistado. Quando ela for minha de novo."

Nesse dia, retomaria tudo do ponto em que havia começado a degringolar e recriaria sua própria história. Não devia mais ter dúvidas, era feito para ganhar.

Nas nuvens, Stéphanie andava em volta do seu último achado. Ela sempre gostara do estilo art déco, pelas linhas simples e formas retas, inspiradas na pintura cubista. O contrário do estilo "curvos" da art nouveau, que ela detestava. Ela passou a mão no móvel, quase contrariada por ter de vendê-lo. Mas não podia ficar com ele: antes de tudo, era comerciante. Recuando alguns passos, observou o detalhe da mesinha octogonal, apoiada não em pés, mas numa base. O tampo de madeira de bordo, tingido de vermelho, azul e cinza, era uma verdadeira maravilha.

Stéphanie quase foi chamar Anaba, mas, como ela estava trabalhando no ateliê, na restauração da pintura em madeira, seria melhor não incomodá-la. Com um último olhar satisfeito, ela se certificou de que a mesa estava num bom lugar, visível pelas janelas que davam para a rua. Que preço poderia cobrar por ela? Voltando a se sentar na secretária onde mantinha a contabilidade da loja, pegou uma etiqueta, mas hesitou, com a caneta no ar. Stéphanie não estava concentrada nos números. Há alguns dias pensava na maneira como se comportara em Roissy. Primeiro a angústia despropositada que a havia precipitado para a estrada, os gritos e os gestos quando soubera que Augustin estava vivo e o modo como o abraçara, jogando-se em cima dele. Pura histeria! Agora sentia vergonha e se perguntava o que o pobre Augustin havia deduzido de tudo isso. Para ela, só havia uma conclusão, luminosa no fim das contas: estava ridiculamente apaixonada. E, sem essa tragédia, teria continuado a ocultar a verdade, recusando-se a enxergar o que era evidente.

Estar apaixonada podia ser agradável, desde que não caísse no ridículo. Augustin era mais moço do que ela e, sem dúvida, conhecia um monte de moças bonitas, prontas a cair nos seus braços, e seria muito embaraçoso, até mesmo decepcionante, se a *simpática e velha* Stéphanie perdesse o controle diante dele.

Enquanto acreditava que estava atraído por Anaba, não olhara para ele de verdade. Agora, só via seus olhos verdes e o estranho sorriso deformado que lhe dava tanto charme. Como se mostrava muito discreto em relação à sua vida privada, não sabia se ele tinha uma namorada, mas não pensava em se candidatar. Em geral, aos trinta e cinco anos um homem queria formar uma família e, aos quarenta e dois, Stéphanie já havia desistido disso. Os dois casamentos fracassados lhe haviam tirado as ilusões e lhe deram o gosto da independência; satisfazia-se com breves ligações sem histórias. Apaixonar-se não estava previsto no seu programa e, principalmente, por um homem com a idade de Augustin.

O carrilhão a assustou e ela se virou para a porta.

— Olá! Parece que a assustei!

— Eu estava mergulhada num... err, catálogo.

Jean-Philippe Garnier, o cliente que mandara restaurar o magnífico biombo de cinco folhas, lhe dirigiu um sorriso caloroso. Em seguida, a sua atenção foi atraída pela mesa octogonal, da qual ele se aproximou.

— Que joia art déco! Realmente, você tem coisas muito bonitas. Se eu fosse rico, compraria a metade da sua loja!

— Só a metade?

— A minha casa já está lotada. Na verdade, passei para ver Anaba. Ela não está?

— Está trabalhando no ateliê.

A decepção que se desenhou no rosto de Jean-Philippe divertiu secretamente Stéphanie.

— Vou chamá-la — decidiu ela.

— Não, não a incomode. Ligarei para ela, tenho o número do celular. Eu queria confiar-lhe um quadro, verei isso com ela.

Ele poderia muito bem ter telefonado antes, mas, sem dúvida, optou por um encontro. Stéphanie anuiu com um sinal de cabeça e ficou olhando Jean-Philippe sair; em seguida, foi ao encontro de Anaba.

— O seu fiel admirador acabou de sair daqui! — anunciou ela, empurrando a porta do ateliê.

— Quem? Jean-Philippe?

— Bingo. Ele não quis interromper seu trabalho, mas pareceu frustrado.

O antigo alpendre se tornara um lugar agradável. Amplo, luminoso, arejado, graças a uma larga janela corrediça com vidros duplos, tinha o aspecto de um verdadeiro ateliê de artista. Num canto, estavam armazenados alguns móveis e quadros em ordem, no outro, uma pia de arenito permitia que Anaba limpasse as ferramentas. Uma parede inteira era guarnecida de resistentes prateleiras de metal e, no meio do ateliê, tronava um longa mesa apoiadas em cavaletes, com uma banqueta de rodinhas.

— Esse cara é gentil — disse Anaba, com voz sonhadora. — E não é rancoroso. Da última vez, eu o fiz passar uma péssima noite, depois de ele me oferecer um jantar muito bom.

— Pensa em revê-lo... em particular?
— Talvez. Ainda não sei. Na verdade, sim.
Elas começaram a rir, totalmente cúmplices.
— Perfeito. Saia, divirta-se, aproveite sua juventude e sua sorte de ser tão bonita.
— Acima de tudo, quero me distrair para não ceder à vontade de responder às cartas de Lawrence.
Stéphanie a encarou, espantada.
— Sério?
— Não, não é *sério*, só um pouco. Algumas noites, quando penso no ano passado, eu tenho... saudades do belo sonho. Mas, por outro lado, eu me sinto... muito bem aqui. Acho que estou conseguindo pôr a cabeça para fora d'água.
— Então, aspire profundamente o ar e esqueça definitivamente seu falso príncipe encantado.
— Você não gostava dele.
— Eu tinha razão, não?
— Podemos dizer que sim. Numa das cartas de Lawrence, havia uma alusão ao anel. Ele queria saber se eu o usava como lembrança dos tempos felizes ou se o havia posto de quarentena.
— Isso não é da conta dele! O anel não passa de um reles consolo pelo que Lawrence ousou fazer a você e o anel é seu. Ele que não se preocupe mais com o anel e... que não pense em pedi-lo de volta.
— Está exagerando. Lawrence nunca foi mesquinho.
— Vindo dele, nada mais me surpreende.
Anaba destampou um frasco com cuidado e, no mesmo instante, soltou-se um forte odor de terebintina.
— Estava me esquecendo de contar que Augustin telefonou enquanto você se arrastava pelos sótãos da região. Ele nos espera

na segunda-feira para almoçar e aproveitou para convidar papai, que ele acha genial.

— Ah... Com certeza por causa dos livros.

— Não parece entusiasmada.

O olhar perscrutador de Anaba deixou Stéphanie sem jeito.

— Tenho certeza de que você gosta de Augustin — insistiu a irmã. — E até que gosta muito dele.

— Não diga besteiras. Eu o acho muito gentil, mas, para mim, é um garoto.

— Um garoto aos trinta e cinco anos?

— Você entendeu.

— Não entendi, não. Vocês ficariam bem juntos. Ele não é só gentil. É fantástico.

— Pare, já chega! Por que, de repente, quer me casar?

— Casar, certamente não, mas o que a impede de tentar uma aventura?

— Não com um homem mais novo do que eu. Não cheguei a esse ponto.

— Ih, está muito convencional... Não parece você.

— Não é uma questão de convenção, é bom-senso.

— Mas o amor está pouco ligando para o bom-senso!

Anaba caiu numa gargalhada despreocupada à qual Stéphanie acabou aderindo.

— Bom, vou deixá-la trabalhar e preparar o almoço.

Ela saiu antes que Anaba pudesse acrescentar alguma coisa. "Tentar uma aventura" era uma ideia sedutora e, com qualquer outro, Stéphanie não hesitaria um instante. Mas a atração que sentia por Augustin a assustava. Ele não era o tipo de homem que tinha ligações levianas, ela podia apostar. Stéphanie percebia que tinha profundidade, sensibilidade, honestidade e respeito

De esperança e de promessa

pelo próximo, qualidades às quais se prenderia imediatamente. Acontece que, mesmo admitindo que fosse do gosto dele, o que era pouco provável mas não totalmente impossível, uma relação entre eles estaria votada ao fracasso, pois os anos a atingiriam inexoravelmente. Stéphanie não era mais jovem e, quanto a isso, não havia o que fazer. E, depois, ela sabia que, se seus dois casamentos haviam fracassado, fora justamente porque, antes, não refletira o bastante. Jogar-se de cabeça acreditando piamente que o amor resolve tudo é não querer enxergar. Se Augustin tivesse dez anos a mais, tudo seria mais simples, mas, raramente, as coisas da vida são sincronizadas. E não menos importante: ela não se via recomeçando uma grande história de paixão, dessas que fatalmente partem o coração e viram a vida de cabeça para baixo. A experiência devia servir para se preservar ou então não havia aprendido nada.

Para arejar a cabeça, ela decidiu experimentar uma receita. Léotie, que havia sido uma madrasta adorável, cozinhava muito bem com ingredientes simples. Caprichosa, ela escrevera cada uma das maneiras de preparo em fichas, mas era Roland quem as guardava, com ciúmes. De memória, Stéphanie podia tentar fazer costeletas de porco *charcutières*, com o que ela dispunha na geladeira. Ao pegar o vidro de pepino em conserva e os tomates, ela se perguntou o que Augustin serviria no almoço da segunda-feira. O que a levou diretamente à pergunta seguinte: o que usar? Mesmo que não quisesse seduzir, queria estar bem. Erguendo a manga da blusa, examinou cuidadosamente a cicatriz com uma careta. Quanto tempo ainda levaria para que a horrível marca desaparecesse? Enquanto isso, as mangas curtas estavam fora de cogitação.

— Por quê? — resmungou, entre dentes. — O que isso pode mudar?

Augustin nunca pudera esconder a sua e, desde os vinte anos, enfrentara o mundo com ela.

— Vou usar o vestido azul, ele me cai muito bem!

Ela pôs a frigideira no fogão com tanta força que nem notou a presença de Anaba, que, de uma das portas-janelas da varanda, a observava com os olhos arregalados.

O dia primeiro de junho caiu numa segunda-feira e fazia um tempo magnífico em Paris. Febricitante, Augustin verificou a mesa mais uma vez. Por não ter muita louça, como um bom celibatário, comprara pratos e copos caríssimos naquela manhã. Na volta, havia pegado a sua encomenda na loja de comidas prontas.

O apartamento, bem-arrumado pela primeira vez, realmente não era feito para receber, mas ele fizera o melhor possível. As janelas abertas para o Sena o inundavam de luz e, assim, não se via que os vidros precisavam de uma limpeza. Augustin trabalhava ao sabor de sua inspiração e não queria que uma faxineira viesse distraí-lo no momento errado. Consequentemente, ele mesmo se encarregava da limpeza, que fazia pensando na próxima investigação de seu comissário Max Delavigne. E, desde que havia levantado, sem parar um minuto, só pensava em Stéphanie. No julgamento que faria do cenário em que ele vivia. No conforto das cadeiras, no menu, no vinho que ia abrir, em alguns dos belos objetos, nos quais, talvez, ela prestasse atenção. Futilidades que o impediam de se fazer novamente a mesma pergunta lancinante: haveria perdido sua chance em Roissy? Quando Stéphanie se jogara em cima dele parecendo uma pessoa afogada que havia divisado uma boia salva-vidas, por que ficara sem ação como um palerma? Porque não podia acreditar que ela estivesse no aeroporto e não entendia nada do que ela dizia. Cinco minutos depois, ela já se distanciara, e o instante mágico havia passado. Porém, ele tinha visto muito bem que ela havia ficado louca de preocupação, pensando que ele estivesse no maldito avião. Apenas por amizade? Fosse o que fosse, no segundo em que seus corpos estiveram abraçados, ele recebera um verdadeiro choque elétrico. Essa mulher lhe provocava um efeito dos diabos.

Augustin ouviu um barulho na escada e soube que os convidados haviam chegado. Perguntou-se se devia abrir a porta ou esperar, até que a campainha o tirou da indecisão. Anaba foi a primeira a entrar, exibindo uma garrafa de champanhe e rindo ao ver o pai e a irmã sem fôlego.

— Cinco andares, é de matar — praguejou Roland. — A mim, por causa da idade, e, a Stéphanie, porque ela fuma... Ah, mas valeu a pena, meu Deus, como o seu apartamento é bonito!

Ele pareceu seduzido pelos cômodos enfileirados, pelas manchas de sol no piso de carvalho e pela vista magnífica da ponte de La Tournelle.

— Você está linda — disse Augustin a Stéphanie.

Não havia encontrado nada mais original para dizer e se odiou na mesma hora por essa banalidade. No entanto, ela estava *realmente* linda no vestido azul com uma fenda lateral.

— O champanhe não está gelado — anunciou Anaba, enfiando a garrafa nas mãos dele.

— De qualquer jeito, você o sacudiu na escada — observou Roland. — Ele esguicharia na nossa cara se tentássemos abrir agora.

— Não se preocupem, tenho um na geladeira. Vou buscá-lo enquanto se instalam.

Roland se dirigiu para as prateleiras de livros de carvalho branco, feitas sob medida para a sala de visita.

— Espero que o conteúdo valha o continente — disse ele, inclinando a cabeça para ler os títulos.

Achando graça, Augustin desapareceu na cozinha. Era uma peça pequena e estava atravancada com as travessas de comida pronta. Ele acendeu o forno e pôs o filé-mignon de vitela com cogumelos silvestres para aquecer. De entrada, serviria *tartare* de salmão sobre rúcula. Teria escolhido bem e não seria um menu muito sofisticado? Ninguém jamais acreditaria que ele havia feito tudo isso sozinho.

— Quer uma ajuda? — ofereceu Anaba. — O seu apartamento é encantador e compreendo por que se sente bem aqui. Lawrence me disse que você morava em quartos de empregada numa água-furtada e eu não conseguia imaginar nada assim.

— Na época, os donos dos palacetes alojavam os empregados no último andar. Muito depois, quando tudo foi separado em apartamentos, um espertinho comprou esses quartos e os juntou. O aluguel é uma loucura, mas estou apaixonado por este lugar. Quando me falta inspiração, olho o Sena correr. À noite, vejo os *bateaux-mouches* passarem iluminados, é fantástico!

Ele lhe entregou a bandeja com quatro taças de cristal, maldizendo a si mesmo por ter comprado só quatro. Se uma delas quebrasse, ficaria com cara de tacho.

— Por falar em Lawrence — acrescentou —, ele pôs o dúplex à venda.

Como ela havia sido a primeira a mencioná-lo, talvez desejasse saber notícias dele sem ter coragem de perguntar.

— À venda? Ele o adora!

— É, mas acho que está com problemas financeiros, no emprego. Em resumo, as coisas não vão muito bem.

— Oh...

Ela meditou em suas palavras antes de dizer:

— Isso não me deixa feliz.

Anaba seria apenas altruísta ou ainda sentia alguma coisa por ele? Lawrence havia cometido um erro irreparável na manhã do casamento, mas isso não fazia dele um monstro.

Eles voltaram para a sala de visitas, onde Roland continuava a examinar os títulos dos livros e Stéphanie estava numa das janelas.

— Muitos autores contemporâneos — resmungou Roland.

— Felizmente, há o diário de Jules Renard, Proust... e quase tudo de Giono. É um dos seus favoritos?

— Uma revelação de juventude nunca esquecida.

— E ali, é a estante canadense?

— Quebequense. É uma literatura bem recente, mesmo que tenhamos o nosso poeta maldito, Émille Nelligan. O seu *Romance du vin** é totalmente baudelairiano! Depois apareceram romances sobre a região, que falam do mundo rural, da família e de temas patrióticos... Hoje em dia, a produção se diversificou e há uma centena de boas editoras que publicam seis mil títulos por ano. As tiragens são meio limitadas, evidentemente.

— Está se referindo aos francófonos?

— Estou, porque, para eles, é preciso se diferenciar e fazer resistência à assimilação.

— E você?

— Para mim, é mais fácil, o gênero policial é universal. Paradoxalmente, primeiro fiz sucesso na França, o Quebec veio em seguida. E, agora, almejo o mercado anglo-saxão, obviamente!

---

* Romance do vinho.

Augustin começou a rir para demonstrar que não queria mais falar de si mesmo ou dos seus livros. Depois de servir o champanhe, fez um brinde olhando diretamente nos olhos de Stéphanie.

— Aos seus amores, bela mulher.

Um pouco surpresa com o brinde, ela lhe dirigiu um olhar constrangido.

— Aos seus.

— Talvez estejamos bebendo à mesma coisa... — disse ele bem baixo, para ser ouvido só por ela.

E, logo em seguida, temendo ter avançado demais, Augustin foi para a cozinha. O molho do filé-mignon de vitela já estava engrossando e ele desligou o forno, apavorado. Em vez de dizer besteiras, seria melhor vigiar o almoço. Pegando os *tartares* de salmão na geladeira, levou-os para a mesa, dois a dois.

— Aqui está, podemos nos sentar!

Anaba se instalou ao lado dele e Stéphanie na frente.

— Papai, largue esses livros e junte-se a nós — sugeriu Anaba.

Com uma mímica de desculpas, Roland se reuniu a eles.

— Se eu tivesse uma varinha mágica, também gostaria de morar na ilha de Saint-Louis — disse ele, indicando as janelas.

— Tem uma casa em Paris, é muito melhor.

— Você a conhece? — estranhou Roland. — No entanto, não me lembro de...

— Não, na verdade não me deixou entrar!

Ambos riram a essa referência. Em alguns meses, Augustin havia conquistado a família Rivière, mas o que queria agora era bem mais difícil de conseguir.

O almoço transcorreu sem incidentes, num ambiente descontraído, e o filé de vitela estava comestível, embora um pouco seco. Depois da sobremesa, Augustin não aceitou que o ajudassem a tirar a mesa e, em vez disso, propôs um passeio pelos cais da ilha.

— Faço esse passeio quase todas as tardes e nunca me canso! Às vezes, digo a mim mesmo que deveria comprar um cachorro que me desse o pretexto de descer três vezes por dia. Mas, com as viagens ao Canadá, infelizmente isso é impossível.

No hall do prédio, ele abriu a grande porta, afastando-se para deixar Stéphanie e Roland passarem, mas segurou Anaba por um instante.

— Eu queria dizer duas ou três coisas à sua irmã — cochichou ele.

Anaba lhe deu uma olhada intrigada antes de concordar, sem dizer nada, e depois foi dar o braço ao pai. Como eles andavam dois a dois, Stéphanie se viu ao lado de Augustin.

— O almoço estava delicioso — apressou-se ela a dizer.

— Não fui que fiz, acho que os três perceberam.

Com o canto do olho, Augustin viu que ela havia posto a bolsa a tiracolo para disfarçar um pouco a cicatriz, apesar dos braços nus.

— Eu queria lhe pedir um favor — emendou ele.

— De que tipo?

— Ah, você não está facilitando as coisas! Digamos, do tipo... pessoal.

— Está bem, é claro, vá em frente. Você quer alguma coisa que notou na loja e que não pode comprar?

Estupefato, ele negou com a cabeça.

— Não! Bom, sim, eu queria tudo...

— E eu vi na sua casa a que ponto você aprecia móveis e objetos.

— Tenho poucos.

— Mas foram muito bem-escolhidos. Não achei que fosse tão esteta.

— Cresci num belo ambiente. Depois do meu período de revolta de um pseudomoderno amarelo na minha primeira residência, voltei a valores mais autênticos.

Atrás de Anaba e de Roland, eles desceram a escada que levava à beira do Sena. Ao longo da margem, grandes árvores proporcionavam um bem-vindo frescor. Eles diminuíram o passo, e Stéphanie parou, encostando-se ao muro de pedra para ficar de frente para o rio.

— Eu me pergunto quanto tempo é preciso para que um pequeno galho, que flutua diante das suas janelas, chegue em frente às minhas em Andelys.

Augustin começou a rir, encantado com a ideia.

— Depende da velocidade da corrente, mas podemos tentar a experiência. Vamos fazer uma minijangada com um mastro e uma pequena vela, visível de longe. Eu a ponho na água numa tarde e, a partir do dia seguinte de manhã, você fica à espreita do seu quarto com binóculos. Quando ela, finalmente, passar, você para o cronômetro.

Stéphanie virou a cabeça para ele e deu um sorriso luminoso que o fez se derreter completamente.

— Espere — murmurou ele —, tem uma aranha passeando no seu cabelo...

Ela se assustou e, em seguida, fechou os olhos com uma careta, enquanto Augustin expulsava o inseto com um peteleco.

— Já se foi. Você tem medo de *bibittes*?

— Como você os chama? — riu ela.

— *Bibittes*, os bichinhos que rastejam e que voam... Ouça, o que eu queria perguntar é se você aceitaria que eu a convidasse uma noite para jantar, só nós dois.

Augustin se esforçara para dizer isso e esperou a resposta olhando para os pés.

— Só nós dois... — repetiu ela, lentamente.

Ele respirou fundo e ergueu os olhos para ela.

— Gosto de você, Stéphanie.

A uns vinte metros, Roland e Anaba se haviam virado e os observavam. Augustin lhes deu as costas, para ver só Stéphanie.

— Já faz um tempo que penso nisso. Quero dizer, que penso em você. Eu a acho muito bonita e, se pudéssemos nos conhecer melhor, tenho a certeza de que... isso me faria muito feliz. Mas não se sinta obrigada a aceitar, se me achar inconveniente, vou compreender. Talvez você tenha algum rapaz importante no momento.

— Um *rapaz* não, Augustin. Seria um homem, obrigatoriamente. Sabe que tenho quarenta e dois anos?

— E daí?

— Daí... Nada. Realmente, num convite para jantar isso não tem importância. Você não está me pedindo em casamento.

— Oh, você gostaria? Podemos dar um jeito.

Ele tentou brincar, mas não era isso o que queria.

— Não ponha essa história de idade entre nós. É uma idiotice — murmurou ele.

— Negar a evidência também é. Se você e eu começarmos alguma coisa, isso nos impedirá em algum momento.

Ela fixou o olhar no de Augustin e concluiu:

— Você é alguém a quem nos prendemos rapidamente.

— Trata-se de um elogio? De uma abertura? Vamos, Stéphanie, me dê uma chance.

Como ela negava com a cabeça, obstinada, ele fez o que desejava fazer há cinco minutos; passou o braço em volta dos ombros dela e a puxou delicadamente.

— Por favor — sussurrou ele no seu ouvido. — Não sou muito hábil, não sei como convencê-la. Posso beijá-la?

— Não. Gosto muito de você para tentar a experiência.

— Ah... Seu pai e sua irmã ainda estão lá?

— Eles recomeçaram a andar, estão longe.

De repente, ela sorriu e ele aproveitou para pôr os lábios sobre os dela. Trocaram um beijo casto, mas ficaram tempo suficiente abraçados para compreender que isso os agradava, tanto a um quanto ao outro.

— A respeito do jantar — disse, finalmente, Augustin —, você aceita?

Em vez de responder, ela soltou um longo suspiro e se afastou.

Lawrence acordou suado, com o cabelo grudado na testa e batendo os dentes. O pesadelo demorou a se dissipar enquanto ele continuava prostrado, os braços apertados em volta dos joelhos. Nas brumas do sonho mau, ele viu o corpo de Anaba flutuando nas águas do Saint-Laurent. Ela usava um vestido de noiva coberto de lama e de algas, estava com os olhos fechados e os lábios, azuis. Uma visão de horror total. Por que ainda sonhava com ela? Por que a imaginava morta? Seria porque a havia "matado"?

— Anaba...

Esse nome, *que volta da luta*, o cativara desde o primeiro dia. Pequeno guerreiro de grandes olhos escuros que se maravilhavam com tanta facilidade. Como havia gostado de todos os momentos passados com ela! Esperá-la no aeroporto Montreal-Trudeau, com um buquê de flores nas mãos, para vê-la sorrir assim que o percebia. Encontrá-la em Roissy, num jeans preto colante que a fazia parecer ainda mais miúda. Vê-la acordar de manhã, espreguiçando-se como um gato. Pegar na mão dela por cima da toalha num jantar à luz de velas. Ouvi-la gemer baixinho quando faziam amor, acariciar sua pele cor de mel e acetinada, procurar traços do perfume no seu pescoço.

E ele havia desistido de tudo isso! Havia transformado essa jovem transbordante de amor numa mulher hostil. Ele a havia pisoteado, literalmente, ao abandoná-la em frente ao Palácio de Justiça em seu vestido de noiva.

"Você não sairá dessa numa boa!", prevenira Augustin. Na fuga para Ottawa naquela manhã, ele não se libertara, e sim se condenara. Aliás, desde então, só tivera problemas. Quanto aos remorsos, estava convencido de que saberia lidar com eles, mas e as saudades? Sentia saudades de Anaba com uma tristeza crescente e, evidentemente, Michelle não poderia substituí-la.

Michelle o havia escutado e aconselhado — muito mal. No papel de confidente, de pseudoamiga, ela dera um jeito de recuperá-lo. Fizera um mau negócio, em suma, pois o que gostava nele estava desaparecendo. Ele não era mais o jovem e brilhante advogado ávido de diversão. Perdera a despreocupação e o emprego no escritório de advocacia, ao mesmo tempo. Perdera o salário, em breve, o dúplex. Perdera o gosto de jogar dinheiro pela janela em lugares da moda. Perdera, sobretudo, a vontade de fazer amor sem amar.

Ele se levantou, sacudido por tremores, percebeu que a camiseta estava encharcada e foi para o chuveiro. Na véspera, tarde da noite, recebera um telefonema irritado do headhunter. "Que tipo de praga lhe rogaram, doutor Kendall? Todas as vezes que estou prestes a lhe arranjar uma colocação em algum lugar, acabam me dizendo que, afinal, não será possível. A recusa sempre começa por: 'depois de pedir informações.' Isso significa que o seu ex-empregador fala mal de você. Nessas condições, não tenho certeza de conseguir alguma coisa."

Eles haviam discutido por um tempo as possibilidades de Lawrence. Todos os grandes escritórios de advocacia empresarial da cidade se comunicavam entre si, portanto talvez fosse preciso cogitar num lugar fora de Montreal. Por que não Toronto? Não, Lawrence não queria nem pensar nisso. Voltar de cabeça baixa para a cidade onde havia nascido, onde ainda viviam seus pais e que ele fizera questão de deixar, não era concebível para ele. Vancouver? Menos ainda. Já que tinha de abandonar Montreal, seria melhor partir para longe. O headhunter lhe sugeriu se voltar para o exterior. Nova York seria uma boa escolha. Ou a Europa. Mas haveria o problema de validação do diploma e do direito de exercer a profissão. No entanto, com sua bagagem profissional, Lawrence podia postular em todas as carreiras do ramo jurídico, por exemplo, junto aos grandes bancos, onde os salários eram muito atraentes.

Lawrence ficara tão desanimado com essa conversa que tomara três vodcas seguidas. Depois disso, como ficar surpreso por ter tido pesadelos?

Ao sair do chuveiro, foi preparar um café. O corretor imobiliário deveria chegar às dez horas para tirar fotos e medidas. Como não queria ver o seu dúplex ser confiscado pelos credores, ele se resignara em colocá-lo à venda. O que, legitimamente, esperava conseguir com a venda lhe permitiria pagar o empréstimo, liquidar a hipoteca e pagar todas as dívidas pessoais. Depois disso, não lhe restaria grande coisa. Talvez devesse pensar seriamente em sair do país. Aos trinta e cinco anos, era possível recomeçar em outro lugar, bastava digerir o fracasso e virar a página. Um fracasso doloroso, pois tudo o que construíra desde que entrara para a universidade havia ido por água abaixo.

Quando estava na terceira xícara de café e a dor de cabeça começava a desaparecer, o telefone tocou. Ele hesitou em atender para não receber uma má notícia suplementar, mas acabou por se resignar e atendeu com um gesto fatalista.

— Não me diga que o estou tirando da cama! — disse Augustin. — São nove horas aí, não?

— Os desempregados têm direito a dormir até tarde, cara! E tomei um porre ontem à noite.

— Fez a ronda dos bares?

— Não, eu me embebedei em casa. Que, em breve, não será mais a minha casa. Estou esperando o corretor imobiliário.

— É por isso que estou ligando. Não posso comprar, como já disse, mas, se não souber para onde ir quando vender, eu lhe empresto o meu apartamento de bom grado. O porteiro tem um jogo de chaves e eu o avisei que talvez passasse para pegá-las e até que mudaria para lá por um tempo. E se tiver móveis e caixas para guardar, há um bom porão.

— Oh...

— O seu dúplex tem tudo para agradar e pode ser comprado em vinte e quatro horas! Se quiser desocupá-lo rápido para receber a grana, ao menos terá onde cair morto. O apartamento não é grande, mas é bem-localizado.

Contra a vontade, Lawrence se sentiu comovido com esse oferecimento, que não havia solicitado. Quer dizer que Augustin pensava nele? Achara-o evasivo ao telefone da última vez e imaginava que acabaria se aborrecendo seriamente com ele, mais dia menos dia.

— Augustin — disse com voz premente —, tenho uma pergunta a fazer. Existe alguma coisa entre Anaba e você?

— Uma verdadeira pergunta idiota.

— Por que faz disso um mistério? Tenho o direito de saber!

— Você não tem mais nenhum direito sobre Anaba. Ainda a ama?

Com a impressão de ter um buraco no estômago, Lawrence demorou para responder.

— Sim, eu ainda a amo muito e isso está acabando com a minha vida.

O silêncio de Augustin foi tão longo que deu para pensar que ele havia desligado ou que a ligação havia sido cortada. Finalmente, ele elevou a voz carregada de uma entonação meio zombeteira:

— E se estivesse apenas enciumado? Conheço você, Lawrence, os seus brinquedos são só seus. O pensamento de que algum outro possa cobiçá-los...

— Não devia me acusar, você é meu amigo! Neste momento, pode crer, eu os conto nos dedos de uma mão. Até Michelle vai dar o fora.

— Michelle? Você voltou com essa piranha? Só posso estar sonhando! Não dá para acreditar muito em você quando se diz um homem desesperado.

— Não amo Michelle, nunca a amei.

— Está apenas se divertindo, é isso?

— Pode ser. Somos dois adultos conscientes que gostam de transar. Isso não é crime.

— Como pode ter certeza de que não está ligada a você, de que ela não faz planos? Deve ter ficado contente por você ter ido chorar no colo dela! Quando decidiu se casar com Anaba, ela ficou morta de inveja. Com o seu ar de mulher emancipada, ela sempre quis agarrá-lo.

— De qualquer forma, não mais. Só os ganhadores a fazem fantasiar e eu estou no campo dos perdedores.

Um novo silêncio se eternizou, depois Augustin constatou:
— Ah, chegou a esse ponto...
— Não estou pedindo que chore por mim, apenas que responda à minha pergunta a respeito de Anaba.
— Devia perguntar a ela, Lawrence. Não quero falar por ela nem contar o que quer que seja a seu respeito.
— Sempre leal, hein? Cavalheiresco com as damas! Isso não serviu para muita coisa...
— Muito amável.
— Ouça, não vamos brigar todo o tempo. Quanto ao apartamento, é realmente gentil em me oferecer, obrigado. Vem a Montreal antes do mês de setembro?
— Se eu der um pulo aí nesse meio-tempo, terá de se livrar da sua loura e dormiremos na mesma cama.
— Espero ter encontrado uma solução daqui até lá.
— É o que lhe desejo. Precisa de mais alguma coisa?
— Preciso, mas não sei se terá boa vontade.
— Desembuche.
— Quando vir Anaba, pois sei que a vê, diga a ela que a amo e que aguardo um sinal da parte dela.
— Não conte com isso. Algo mais?
— Sim. Ligue de novo, teria prazer em ouvi-lo.

Lawrence desligou contra a vontade e ficou refletindo sobre o telefonema por muito tempo. Pela primeira vez, em quinze anos, avaliou sua amizade com Augustin. Nunca pensara nela seriamente. Somos amigos, divertimo-nos juntos, olhávamos as moças tomando cerveja, patinávamos nos lagos gelados. Com tapas nas costas e brincadeiras cínicas, mantivemos a cumplicidade. Demos risadas, ajudamo-nos. Augustin o ajudara várias vezes sem nunca pedir nada em troca. Disponível, alegre, eficiente, um amigo muito *prático*. Tolerante também, pois não ficara com raiva por causa do maldito ferimento com os patins, cuja marca ele carregava. E, no entanto... Não, Lawrence preferia não pensar nisso agora. Tinha de se apressar e se vestir, o corretor imobiliário chegaria a qualquer momento. Tomara que a venda seja rápida! Agora que tinha um lugar para onde ir, estava com pressa de liquidar as dívidas. Teria forças para recomeçar, não havia perdido suas ambições, e o ex-patrão não conseguira cortar suas asas. Quando houvesse recuperado uma situação profissional interessante, poderia se lançar na reconquista de Anaba.

Assobiando alegremente, vestiu uma camisa branca e um terno azul-marinho. Nada de gravata naquela manhã; melhor assim, estava livre dessa obrigação por enquanto. Uma olhada no espelho do closet o tranquilizou quanto ao seu aspecto, continuava elegante, sedutor. Um perdedor, ele? Claro que não. Por que dissera isso a Augustin? Para comovê-lo? Insidiosamente, a relação deles havia mudado. Lawrence sentia muito bem que não tinha o mesmo poder sobre o amigo. Quando optara por morar em Paris, ele já se havia distanciado. E depois da abominável manhã do casamento, Augustin lhe escapara totalmente e a relação de forças se invertera. Mas daí a imaginar Anaba se consolando com ele... Impensável. Sua maneira de ver era errada, estava estupidamente enciumado; nesse ponto, Augustin estava certo. Porém, algum dia, Anaba olharia em volta. Um homem acabaria por agradá-la e talvez esse homem desejasse filhos, não tivesse medo de se tornar pai, com uma caminhonete para a família e um cachorro no gramado.

"Antes que isso aconteça... Tenho de chegar primeiro!"

Deveria pensar numa colocação na Europa, como o headhunter pretendia? Falava francês perfeitamente, inclusive o jargão jurídico e sem o menor sotaque. Poderia pensar na Suíça, na Bélgica ou em Paris.

A campainha da porta o desviou de seus pensamentos, mas ele sabia que acabara de divisar uma solução.

Stéphanie não queria ir a um lugar longe da sua casa e havia marcado encontro com Augustin no *Mistral*, um pequeno restaurante de especialidades provençais, situado a cem metros de sua loja, na rua que ia dar na igreja Saint-Sauveur. O lugar era charmoso, comia-se bem e, se alguma coisa desse errado no jantar, voltaria rapidamente para casa.

Depois de uma salada de verduras com *tapenade*,* seguida de filé de salmonete com arroz selvagem, Stéphanie e Augustin, finalmente, começaram a se descontrair um pouco. Embora o começo da refeição tenha sido meio difícil, agora eles falavam livremente, enquanto terminavam a garrafa de rosé.

— Os meus maridos? Não tenho nada de especial para contar sobre eles, não se cospe no prato em que se comeu. Para resumir os casos o mais honestamente possível, o primeiro queria que eu fosse a sua escrava, demonstrava um ciúme e um autoritarismo que eu não aguentei. O segundo me decepcionou, não via nada além do próprio umbigo e era muito... pequeno de cabeça. Talvez eu não tenha sido feita para o casamento ou, então, não tive discernimento. Quando somos jovens, o amor nos deixa cegos; mais tarde, não há desculpas.

---

* Pasta de origem provençal. Embora possam ser usados outros ingredientes, é basicamente feita de azeitonas pretas, anchovas ou atum, alcaparras, azeite de oliva e suco de limão. (N.T.)

— Você se tornou indiferente? — perguntou ele, sorrindo.

— Estou um pouco decepcionada com tudo isso. A paixão, a vida a dois, o devotamento ao outro, a ilusão de que vamos envelhecer juntos. Na sua opinião, quais são os *verdadeiros* sentimentos das pessoas que comemoram trinta, quarenta anos de casamento? Hábito? Afeto? Irritação?

— Não sei. Não tenho muita experiência, mas tenho certeza de que o amor pode durar. Desde que se mantenha o fogo aceso. E, também, desde que se tenha encontrado a pessoa certa.

— Isso, sim. Não escolher o primeiro que lhe agrada um pouco. Não ter pressa e refletir.

— Nós não vamos ter pressa, você e eu?

— Augustin...

— Refletir também é não dizer não imediatamente.

Ela começou a rir, desarmada com a insistência.

— E você, por que não se casou? Não me diga que nunca se apaixonou!

— Oh, já! Eis uma coisa que conheço. Já estive meio apaixonado, muito apaixonado e profundamente apaixonado. Amor platônico e devorador na faculdade, ligação desastrosa com uma moça muito boa, mas que não era para mim, e um grande fracasso com uma mulher que, no fim das contas, não me amava. Também não tive discernimento. Agora, aos trinta e cinco anos, espero ter mais.

Concordando com a cabeça, ela o olhou um momento em silêncio, depois estendeu a mão e tocou na cicatriz.

— De onde vem a cicatriz? — perguntou, com voz hesitante.

— Patinando. Um acidente infeliz. Uma brincadeira idiota com Lawrence e um bando de amigos. Porém, nós dois éramos os mais rápidos. Quando se é um bom jogador de hóquei, garanto que sabemos correr! Eu estava na frente, caí ao perder o equilíbrio na curva e Lawrence não pôde evitar passar por cima de mim.

Como ele não parecia constrangido ao falar sobre isso, Stéphanie quis saber mais detalhes.

— Um simples patins pode fazer isso?

— A lâmina é de aço. E, no meu caso, o horrível patins foi substituído por um mau cirurgião. Depois, o meu pai encontrou um bom, mas que não pôde consertar tudo. Lawrence se odiou por isso. Acontece que ele não podia fazer nada. Quando nos divertíamos no lago, não usávamos proteção, nada de capacete. Aos vinte anos, não se tem noção do perigo.

— Você lamenta?

— Não! Tive uma juventude fantástica e era normal correr riscos, bancar o louco. E, depois, sabe...

Ele pôs a mão sobre a de Stéphanie, procurando as palavras para concluir.

— Essa pequena marca no rosto me deu complexos no início, é verdade. Por muitos meses, ficou feia de se ver, assustava as pessoas. Para sorrir, eu fazia uma careta horrível. Contudo, ela afastou de mim as garotas que não valiam a pena. Havia as que claramente fugiam, as que olhavam para outro lado e as que queriam me consolar de qualquer jeito. Bom, elas não corriam atrás de mim às dúzias!

— Só pelos seus olhos, elas poderiam fazê-lo. Eles são verde-laguna, como diria Anaba.

— Anaba disse isso? Ela é gentil.

— Será que escrever livros foi um refúgio para você? Uma maneira de se esconder?

— Não, de jeito nenhum. Sempre tive vontade de escrever histórias. E, começando pela televisão, eu não tinha nenhuma chance de me esconder, pois éramos muitos trabalhando nos mesmos projetos. Nos Estados Unidos, vários roteiristas se juntam para escrever um seriado.

— Você morou lá algum tempo?

— Dois anos em Los Angeles, mas não gostava do ambiente. E você, Stéphanie, viajou?

— Muito pouco. Eu não tinha recursos e raramente uma oportunidade. Estava ocupada em me encontrar, isso tomou o meu tempo! Experimentei diferentes aspectos do comércio porque eu gostava de vender, gostava do contato com o público. Depois do meu segundo divórcio, eu queria ter um negócio só meu, mas não podia montá-lo em Paris, onde tudo é muito caro. Ao me instalar aqui, fiz uma aposta arriscada e comi o pão que o diabo amassou nos dois primeiros anos. Mas eu estava feliz em viver por conta própria e também por estar praticamente no campo. Gosto de pegar o carro ao raiar do dia e sair para procurar um objeto raro numa feira onde tem de tudo, num povoado perdido. Adoro conhecer pessoas, entrar nas suas casas para avaliar um móvel ou esquadrinhar o sótão. Eu me divirto, faço amigos, tenho uma vida boa.

— A presença de Anaba não atrapalhou?

— Não — disse ela, rindo —, não sou selvagem a esse ponto. Posso morar com alguém! E, depois, Anaba é a minha irmãzinha, sempre tive um fraco por ela. Desde que ela nasceu, eu me senti responsável por ela, como se já previsse a morte da sua mãe.

— Léotie, a índia?

— Uma mulher fantástica. Para mim, foi uma madrasta de ouro e a esposa ideal para o meu pai. Ele vivia bem ao lado dela. E, é claro, ela era louca pela sua Anaba, mas me tratou da mesma maneira, como se eu fosse a sua filha mais velha. No entanto, entrar numa família em que há uma adolescente não é fácil.

— E a sua mãe?

— Doce, apagada. Não tenho grandes lembranças dela, ficou doente quando eu ainda era criança. Um câncer a levou quando eu tinha dez anos. Coitado do papai! Ficou sozinho comigo, carinhoso e desajeitado. Morávamos num pequeno apartamento, eu me entediava um pouco e, depois, tudo aconteceu de repente: ele conheceu Léotie, comprou aquela casa esquisita e Anaba nasceu. Vivi tudo isso com prazer e excitação, não tinha mais tempo de me aborrecer. Bem mais tarde, quando eu já havia saído de casa para viver a minha própria vida e Léotie foi atropelada pelo caminhão, achei isso muito injusto, muito cruel! Papai se viu outra vez sozinho com uma adolescente, buscando fazer o melhor possível. Eu tentei estar presente o mais frequentemente possível, cercar Anaba com toda a minha afeição. Por isso, morar com ela atualmente não me traz nenhuma problema, ao contrário. Eu a trouxe de Montreal num estado de desespero profundo. Uma bofetada como a que ela levou naquele dia dói nos ouvidos por muito tempo. Mas ela vai se recuperar, já recomeçou a sair.

— Ah, é?

Ele parecia surpreso e não hesitou mais do que um segundo para continuar:

— Acha que ela vai conseguir esquecer Lawrence?

— É o que espero!

— Pois ele se arrepende diariamente.

— É normal.

— O que eu quero dizer é que ele não deixou de amá-la.

Ela não respondeu imediatamente, tentando ser imparcial apesar de sua aversão por Lawrence.

— Pode ser, mas... Supondo que eles se reconciliem algum dia, hipótese pouco provável, não desejo isso, mas fazendo a suposição, como confiar num cara que foi capaz de deixá-la plantada porque estava com medo? Que é capaz de passar por cima de você para fugir mais depressa?

Augustin ficou em silêncio por alguns instantes, depois murmurou:

— Não quero tomar a defesa dele. No entanto, acho que todo mundo tem o direito de errar. Ele perdeu a cabeça na manhã do casamento, concordo, e foi um momento de desvario que você julga imperdoável. Mas o perdão é uma coisa boa que nos reconcilia com os outros e com nós mesmos.

— Muito bem, Anaba pode perdoá-lo, mas sem voltar com ele.

— E se, apesar de tudo, Lawrence for o homem da vida dela?

— Está bancando o advogado do diabo?

— Ele não é o diabo. Na verdade, procuro adverti-la de que... de que não me parece que Anaba tenha se desligado dele. Ela se trai pela maneira como fala e como faz perguntas sobre ele, sem querer demonstrar. Quanto a ele, nem falo, só pensa nela.

— Ai, que merda...

Ele caiu numa gargalhada alegre, espontânea e pegou outra vez a mão de Stéphanie.

— Não se preocupe com eles. É comigo que está passando a noite. Quer que eu peça mais vinho?

Ela deu uma olhada na sala do restaurante, que, agora, estava deserta.

— Somos os últimos clientes, vamos deixar que eles durmam.

Eles se levantaram e Augustin pagou a conta antes de perguntar:

— Que tal um pequeno passeio à beira da água?

Ela concordou, repentinamente nervosa. O momento delicado não tardaria a chegar. Propor a Augustin a fórmula explícita da "última bebida" a tentava. A longa conversa que tiveram havia consolidado sua opinião de que aquele homem era bom. E todas as vezes que olhara para ele naquela noite pudera constatar que ele a agradava imensamente. Deveria ceder à atração que sentia, como mulher livre que era, ou, ao contrário, parar aquela história por ali antes que assumisse muita importância? Se começasse a amá-lo, sabendo que não havia um futuro possível para eles, estaria se condenando a sofrer.

Então, quando andavam de mãos dadas ao longo do Sena, Augustin parou subitamente e puxou-a para ele. A maneira como a beijou, brutalmente, foi totalmente inesperada. Apertados um contra o outro, prolongaram o beijo ávido com um prazer mútuo. Quando, finalmente, ele a soltou, ambos estavam sem fôlego.

— Posso levá-la a um hotel? — perguntou ele, com voz ofegante.

— Por que hotel? O meu quarto fica a dois passos daqui!

Ela se sentia loucamente alegre, cheia de desejo, pronta para tudo, e as consequências que se danassem.

— Mas Anaba...

— E daí? Ela não tem doze anos e não é freira! Não vejo nenhuma razão para esconder que o levo para a minha casa.

A noite havia caído muito tempo antes e estava escuro à beira da água, mas Stéphanie distinguiu o sorriso esquisito de Augustin, que, para ela, se tornara irresistível.

Mais ou menos na mesma hora, Anaba estava na cama de Jean-Philippe Garnier. Dessa vez ela não havia chorado e se obrigara a seguir as regras do jogo. Mas fazer amor com outro homem que não Lawrence não era excitante nem satisfatório e, como não havia atingido o prazer, simulara-o. Aparentemente, Jean-Philippe não percebera ou, então, preferira se calar.

Pela janela totalmente aberta, o doce ar da noite entrava livremente. Anaba empurrou o lençol com um suspiro e foi para o banheiro tomar um banho. Jean-Philippe havia posto toalhas de banho bem dobradas numa banqueta, sem dúvida para ela, o que a comoveu. Para ser assim, tão previdente, será que pensava começar uma grande aventura com ela? No entanto, Anaba não deixaria a ambiguidade se instalar entre eles. Por ora, não sabia exatamente o que queria. Ter um amante era passagem obrigatória para esquecer Lawrence. Para tirá-lo do seu coração, do seu corpo.

Ela voltou para o quarto no momento em que Jean-Philippe entrava pela outra porta, segurando uma bandeja.

— Aqui estão uns petiscos para tapear a fome!

As fatias de pão torrado, o pote de *rillettes** de pato e os dois copos de vinho branco pareceram uma excelente ideia para Anaba. Decididamente, aquele homem fazia o possível para que ela se sentisse bem.

— A minha noite está sendo fantástica — disse ele, entregando-lhe um copo. — Você é a mulher mais bonita que conheço...

Um cumprimento que não pedia nenhuma resposta. Ela se limitou a sorrir, tentando se lembrar do que Lawrence dissera na primeira noite. Maravilhada, plenamente saciada, já muito apaixonada, ela havia dormido encostada nele com a sensação de, enfim, ter encontrado o homem que a tornaria feliz. A continuação

---

* Espécie de patê enformado, feito com carne bem picadinha, no caso, de pato. (N.T.)

havia sido um encantamento. Encontros românticos, momentos excepcionais que sempre acabavam muito rápido, noites em que se amavam até o amanhecer. Lawrence não aguentava ficar longe dela, ia constantemente a Paris ou, então, ela ia encontrá-lo em Montreal. Cinco mil e quinhentos quilômetros os separavam, isso não podia continuar e ele lhe havia proposto casamento.

— ... e eu tinha realmente um quadro para lhe confiar, não era um pretexto.

Voltando à realidade, ela olhou para Jean-Philippe.

— Claro. Um quadro.

— Não estava me escutando?

— Sinto muito.

— Pensava nele?

Ela lhe havia contado sucintamente o humilhante fracasso do qual se recuperava com dificuldade. Compadecido e discreto, ele não voltara a tocar no assunto.

— Ouça, Anaba, eu compreendo. É muito recente, imagino que ainda deve doer.

Na verdade, certamente não compreendia nada, mas a gentileza dele a desarmava.

— Prefiro evitar o assunto — confessou ela. — Por favor, me dê mais uma dessas torradas. E o seu quadro é de que época? Um óleo?

— Não, um pastel.

— Ah, é mais delicado...

— Assinado Vuillard.

— Uau! Está danificado?

— Ficou muito tempo num porão.

— No momento estou lustrando a restauração de uma pintura em madeira, mas posso cuidar do seu pastel em seguida.

Ela terminou o copo de vinho branco enquanto ele a devorava com um olhar apaixonado.

— Gostaria de dormir aqui? Posso acompanhá-la se preferir, mas, caso queira ficar, será bem-vinda. De verdade.

Seria a prova suprema. Dormir e acordar ao lado de um homem que não fosse Lawrence.

— Tudo bem — disse ela, resoluta —, já é meio tarde para voltar para a casa de Stéphanie.

Ele abaixou a cabeça, mas não com rapidez suficiente para dissimular a expressão radiante.

Nove

— Você podia ter me contado. Acho isso escandaloso!

Louca de raiva, Michelle andava de um lado para o outro no meio das malas. O apartamento conjugado de Augustin, já lotado de livros, parecia prestes a explodir.

— Os compradores queriam se mudar logo e eu não tenho a menor vontade de me demorar. Eles fixaram o preço e eu concordei.

— E você vai morar *aqui*? Quanto tempo?

Ela olhou em volta, consternada. No entanto, mesmo em desordem, o lugar era muito charmoso. A cozinha, independente e com uma janela, era suficientemente ampla para comportar uma mesa e quatro cadeiras. Na peça principal, a cama repleta de grandes almofadas fazia as vezes de sofá. Embutida na parede, no meio das prateleiras, havia uma tela plana e, no chão, se estendia um maravilhoso tapete de Kairuan, bem colorido.

— Augustin tem bom gosto — constatou Lawrence. — Há uma boa atmosfera aqui.

Situado no Bulevar Maisonneuve, a dois passos da place des Arts, o apartamento conjugado tinha tudo para agradar a um solteiro.

— Ora, Lawrence, admita! Você não está acostumado a viver em lugares apertados, vai sufocar. Está fazendo penitência ou o quê? Você não era obrigado a vender com urgência, poderia ter feito um acordo com o banco ou pedir ajuda aos seus pais.

Dando de ombros, ele nem respondeu. Por que lhe explicar que o banco o imprensara na parede e que seus pais não tinham dinheiro para lhe emprestar? No fim das contas, só Augustin o ajudara, ao menos tinha um teto.

— Você vai encontrar um bom lugar com um simples estalar de dedos — previu ela. — Não vejo onde está o problema.

Lawrence a encarou, meio surpreso por ela não haver percebido nada, não haver entendido nada.

— Bom, preciso desfazer as malas e dar vários telefonemas.

Ela se empertigou toda, pôs as mãos na cintura e o fulminou com o olhar.

— O que isso significa? Quer que eu vá embora?

— Já que você julga que aqui não há lugar para dois... — disse ele com uma risadinha.

— Cuidado, Lawrence, *muito* cuidado. Você não está sendo nem um pouco engraçado no momento. Vou acabar me cansando.

— Ai, droga, deixe-me em paz! — explodiu ele. — Para você, tudo é questão de grana e de aparências, acontece que, atualmente, a minha música é outra. Não percebeu? E não poderia lhe dar atenção porque tenho outras prioridades.

Lawrence viu que ela empalidecia, atingida por suas palavras. Estava acostumada a que os homens ficassem aos seus pés e, aparentemente, não suportava ser tratada com tanta impertinência.

— Acho que você está muito... nervoso. A mudança deve tê-lo perturbado, é normal. Mas não gosto que me falem nesse tom.

Ela havia falado num tom de brincadeira para não dramatizar a cena. Ao contrário do que ele havia pensado, Michelle não parecia prestes a agarrar qualquer pretexto para deixá-lo, portanto ele teria de tomar a iniciativa da ruptura. Maldita tarefa!

— Michelle, creio que você e eu não moramos mais no mesmo planeta. Não posso lhe dar nada do que espera. Estou no fundo do poço e você acha que se trata apenas de uma pequena dificuldade passageira, que em oito dias tudo será como antes. Pois bem, não! Não vou encontrar um emprego em Montreal porque não é aqui que estou procurando.

No último momento, por orgulho, ele não pôde confessar que estava queimado na profissão.

— Aqui não? — repetiu ela, incrédula. — Onde, então?

— Na Europa. Na Suíça ou na França.

Ela pareceu atordoada com a notícia e levou alguns instantes para reagir.

— Vejam só! Na França, como por acaso. Para ficar perto de Augustin? Não, você está pouco ligando para Augustin! Está obcecado por Anaba, não é? Se não pode respirar sem ela, não devia tê-la largado. Ah, Anaba, essa coisinha que fazia um ar de minininha frágil ao arregalar os olhos à maneira de: "Eu vi o Papai Noel!" E pensar que isso convence os homens...

— Prefiro os modelos pequenos às grandes nadadoras — replicou ele, maliciosamente.

Ela o havia irritado ao atacar Anaba, e Lawrence estava prestes a lhe dizer uma meia dúzia de verdades. É verdade que ela era bonita com os longos cabelos louros e o olhar glacial, mas ele a achava alta demais e de ombros muito largos. Mesmo que, algumas vezes, tenha se sentido orgulhoso pelo fato de os homens se voltarem quando ela passava, atualmente a julgava chamativa demais, maquiada demais, afetada demais, e não sentia nenhuma vaidade em sair de braços dados com ela. Ela o aborrecia com as suas exigências, com a ambição feroz, com a conversa fútil.

— Você se torna maldoso sempre que Anaba está envolvida — murmurou ela.

O queixo de Michelle tremia, a habitual arrogância se havia dissipado, mesmo assim continuou em voz baixa:

— Se ainda a ama, vai sofrer à toa, pois a perdeu. Nenhuma mulher digna do nome pode perdoar o que você fez. Ela nunca mais voltará para você.

— O que sabe sobre isso?

— Seria preciso ser idiota ou gostar de ser pisada! Não queria mais se casar com ela, não se esqueça, você ficou com um medo horrível.

— Agora não estou mais. Se fosse para repetir, não faria essa besteira, pode acreditar.

— Mas o que ela tem a mais do que as outras, no fim das contas? O que o subjuga? O fato de ela ser uma pequena parisiense enfeitiçada pelo Canadá? Uma lambisgoia prestes a desmaiar diante de uma bela paisagem? Você a deixava embasbacada, ela se extasiava e você adorava isso! Quanto a mim, eu não o admiro tanto, sinto-me em pé de igualdade com você, não sou sua fã como essa coitada! Mas eu o empurraria para cima, poderíamos fazer grandes coisas juntos.

— Não faço a menor questão que fiquemos juntos, Michelle.

Pronto, ele dissera, sentia-se aliviado.

— Quer parar por aqui? — perguntou ela com voz embargada. — Eu o amo, Lawrence, eu o amo de verdade.

Ela se derreteu em lágrimas e foi obrigada a se apoiar com uma mão na estante. Aparentemente, não estava representando, estava realmente abalada. Augustin havia previsto que ela se prenderia a ele apesar de sua pose de mulher livre, e Lawrence imaginava que ela fosse incapaz de amar.

— Nós não fizemos nenhuma promessa — justificou-se ele. — Lembre-se de que decidimos nos divertir sem nenhum compromisso.

— Eu não queria assustá-lo! Um cagão feito você tem de ser poupado, não?

Voltando a ser agressiva, ela avançou para cima dele.

— O seu pretenso melhor amigo mora em Paris, Anaba voltou para Paris, você vai se mandar para Paris e me deixar aqui. Largou um emprego de ouro e vai largar uma mulher de ouro, mesmo que seja pretensão da minha parte dizer isso. Está jogando tudo para o alto por uma miragem. Vai quebrar a cara na França, porque ninguém o espera por lá, nem, sobretudo, sua pseudo-squaw, que não está nem aí pra você. Quanto a Augustin, desde que começou a sacaneá-lo, ele já deve ter encontrado outros amigos.

— "Pretenso", "pseudo", então só você é sincera, só você é legítima? Não me faça rir! Da última vez, Michelle, nós nos separamos em bons termos. Eu lhe disse que estava apaixonado e você aceitou como se não se importasse. O que eu deveria concluir?

— Eu fiz das tripas coração. *Sempre* gostei de você. Quando voltou para mim, achei que tinha desistido de se casar com essa moça porque, no último momento, havia percebido que...

Ela não terminou, sacudiu a cabeça e mordeu os lábios. Lawrence olhava para o outro lado, esperando que a tempestade passasse. A raiva ou as lágrimas o deixavam indiferente. Estava com pressa para que ela fosse logo embora. Uma vez sozinho, poderia pôr os pensamentos em ordem e começar a se organizar.

— Lawrence, se eu passar pela porta, você nunca mais me era. Compreendeu?

— Compreendi.

Mas ela não desistia, não se resolvia a partir.

— Quando se arrepender, será tarde demais. Você sempre se arrepende depois! Conhecemos um ao outro de cor, nós nos gostamos, nos entendemos bem na cama. Temos a mesma idade e a mesma ambição social. Sei que você me deseja e que eu o divirto, então...

— Então, isso não é suficiente! Conheci outra coisa com Anaba e, independentemente do que você ache, preciso amar para ser feliz. Uma lista de razões positivas não faz o meu coração bater, não posso fazer nada quanto a isso. Certamente, você é uma mulher fantástica, mas não é a mulher que eu quero. Talvez eu devesse tê-la feito compreender isso antes, sinto muito.

— Muito bem, jogue tudo para o alto, não tenho mais nada com isso.

Dessa vez, ela deu alguns passos e pegou a bolsa. Quando chegou à porta, Michelle se virou e o encarou com um olhar duro.

— Você é um cara medíocre, Lawrence, um cara bem medíocre, sem fibra. Eu me enganei a seu respeito porque você nos joga poeira nos olhos. Você só tem uma cara bonita, mas é um maldito covarde. Pode fugir para o fim do mundo, mas vai continuar a ser o mesmo e não será nada fácil!

A porta bateu violentamente e, por fim, tudo ficou em silêncio. Lawrence deixou escapar um longo suspiro exasperado antes de abrir as malas. Primeiro, teria de pendurar os ternos e as camisas, mesmo que tivesse de amontoar um pouco as roupas de Augustin. Michelle havia derramado o seu veneno, mas, realmente, não conseguira atingi-lo. Em toda a sua vida, só havia sido covarde numa certa manhã e ainda pagava caro por isso. Quanto ao resto, sabia que era corajoso. Podia ser injusto, cínico, arrivista, egoísta, mas, certamente, fibra era o que não lhe faltava. Aliás, estava prestes a mergulhar no desconhecido e a pôr toda a sua vida em jogo sem a menor apreensão.

Depois de arrumar suas coisas, instalou o laptop na mesa de centro e se sentou no tapete. Antes de tudo, precisava ligar para o headhunter, que havia conseguido duas opções para ele, uma em Genebra e outra em Paris. A primeira era uma grande companhia de seguros e a segunda, um importante grupo da área bancária. Os contatos haviam sido feitos, e os primeiros e-mails, trocados. Aparentemente, dessa vez o seu ex-chefe não o havia destruído. O seu anátema parecia parar nas fronteiras do Canadá, ali terminavam sua vingança e perseguição a Lawrence.

Sem Anaba, a tentação dos Estados Unidos teria sido a mais forte, mas a dúvida nem existia: Lawrence queria a França acima de tudo. Se conseguisse ser contratado por esse grupo, estaria preparado para reatar, aos poucos, o fio de uma história com Anaba. E mudar para Paris unicamente para ficar mais perto dela seria uma verdadeira prova de amor. Será que ela resistiria? Ele nada sabia do atual estado de espírito de Anaba, mas tinha visto muito bem, na noite em que fora a Andelys, que ainda não se desligara dele. Se nada houvesse acontecido nesse meio-tempo...

Pegando o telefone, ele selecionou um número. Por ora, deveria consagrar toda a sua energia aos negócios, a sua salvação dependia disso.

— Pronto — disse Anaba, virando para Stéphanie a pintura em madeira.

Muda de surpresa, a irmã examinou detalhadamente a obra durante quase um minuto, antes de conseguir dizer de um só fôlego:

— É prodigioso... Comprei uma paisagem simpática por uma ninharia e você me descobre um rosto de Cristo sublime!

— Pintado há muito tempo por um artista talentoso. Creio que vale a pena mandar avaliá-lo, agora que foi restaurado.

— Conhece algum perito verdadeiramente digno de confiança?

— Posso encontrar um, ainda tenho alguns relacionamentos. Nem todo mundo me esqueceu no período de um ano!

Elas trocaram um sorriso cúmplice e, em seguida, Stéphanie olhou novamente a pintura.

— Você realizou um trabalho incrível, Anaba.

— Precisei usar de minúcia e paciência. Mas quem pintou por cima do Cristo só queria escondê-lo, e não destruí-lo, e o fez com muita habilidade. Não posso prejulgar o valor exato dessa pintura, pois não está assinada. Primeiro será preciso datá-la, em seguida, o melhor seria pôr à venda num leilão do que aqui. De qualquer forma, você terá um lucro enorme.

— Eu não. Nós! Você é parte essencial do negócio. Sem você, Jesus continuaria sob a floresta e eu não conseguiria muita coisa por ele.

— Esse tipo de surpresa é uma das alegrias da minha profissão — declarou Anaba, considerando, por sua vez, a pintura, com um olhar enternecido.

Em seguida, ela dirigiu a atenção para a irmã.

— Quanto tempo vou ter de esperar antes que me conte a sua noite com Augustin?

— Primeiro você.

— Passei uns momentos agradáveis. Nada de transcendental, mas Jean-Philippe é um homem muito gentil.

— Gentil? Nada mais do que isso?
— Atencioso e culto.
— E o que mais? Vamos, bolas!
— Ele é bem hábil. Mas eu não estava muito a fim. Tentei não demonstrar, mas não sei se consegui enganá-lo. Pronto, agora é a sua vez.
— Pois bem...

Com o olhar vago, Stéphanie mostrou uma expressão enternecida que se eternizou.

— Estou morrendo de curiosidade! — protestou Anaba.

— Se quer saber, no que me diz respeito, estou totalmente a fim! Augustin é fantástico em todos os pontos de vista. Eu daria a minha alma para que ele tivesse dez anos a mais.

— Isso não tem importância.

— Desde que seja uma aventura passageira. Para uma noite ou mesmo um verão, esses sete anos não contam, mas para um história mais comprida... Estou apaixonada por ele e, se ficarmos juntos por algum tempo, logo ficarei *muito* apaixonada. Eu o acho comovente, interessante, totalmente irresistível. É uma pessoa que sabe escutar, que faz as perguntas certas e que também aceita se entregar. Não é machão nem vaidoso, tem senso de humor, sensibilidade e noção de valores. Seu leve sotaque e suas expressões me divertem, a cicatriz lhe dá um charme suplementar, na cama ele é doce e um bom amante. Está vendo aonde cheguei? Tudo nele me agrada, estou embevecida, não tenho mais nenhum discernimento.

Anaba caiu na gargalhada e se precipitou para a irmã.

— Nunca a vi assim! Nem com seus maridos você ficou tão entusiasmada, pode acreditar. Quando fala de Augustin, você fica transfigurada. Por que estragar a sua sorte com a essa história ridícula de idade? Ainda é muito cedo para vocês falarem de casamento e de filhos, então não se esconda por trás desse pretexto. Viva a sua *aventura*, veja aonde ela leva!

— Direto para o paredão. Você acabou de dizer, eu já perdi a cabeça. Mesmo que tudo corra bem entre nós, algum dia terei de deixá-lo partir para que ele possa fundar uma família. Você está falando de perspectiva!

— Ele quer uma família? Um monte de pequenos Augustins e Augustines? Você não sabe. Sem dúvida, ele também não. Não se deve fazer um planejamento da vida, é difícil mantê-lo. Ora bolas, Stéph, um pouco de coragem! Ainda está procurando o homem ideal, com a idade certa, o perfil certo?

— Não estava procurando homem nenhum, já tive a minha dose. Augustin é uma casualidade, um...

— Presente. É esse o nome. E, mesmo que tudo acabe algum dia, agarre a felicidade que está passando. Nunca nos arrependemos de termos sido felizes. Se eu precisasse voltar no tempo, e recomeçar tudo com Lawrence, mesmo sabendo como iria terminar, eu o faria!

— Só que você é jovem e sem muita experiência. Quanto a mim, não quero mais sofrer.

O tom despreocupado do início da conversa havia desaparecido. Os olhares delas se cruzaram e, em seguida, Stéphanie deu de ombros.

— Bom, quem viver verá! Não sei o que vou fazer, mas não penso em recusar um novo encontro com Augustin, seria muito...

— Frustrante?

— Honestamente, sim.

O celular de Anaba começou a tocar e, quando ela olhou o visor, pareceu hesitar. Finalmente, atendeu, mas saiu da loja. Stéphanie viu que ela andava de um lado para o outro na calçada, com a sobrancelha franzida e o telefone colado na orelha.

Certamente não era Jean-Philippe que provocava uma expressão tão concentrada, tão séria. Lawrence? Quando deixaria de persegui-la com suas cartas e telefonemas? Esperava realmente que ela lhe desse uma segunda chance?

Stéphanie se virou e seus olhos pousaram novamente na pintura restaurada por Anaba. Um trabalho fantástico que demonstrava todo o talento da irmã. No Canadá, se o casamento houvesse se realizado, será que ela teria oportunidade de exercer a profissão? Provavelmente não e sua formação na escola de Belas-Artes teria sido inútil e, depois, perdida. Mas não era esse o destino de inúmeras mulheres: nunca fazer uso de seus estudos? Ter filhos e criá-los também era uma vocação. No primeiro casamento, Stéphanie havia parado com todos os anticoncepcionais, mas não engravidara. No segundo, nem mesmo tentara.

Anaba entrou com o celular na mão e o rosto transtornado.

— Era Lawrence — anunciou. — Ele teve muitos problemas nos últimos tempos, virá a Paris na próxima semana a trabalho e gostaria de almoçar comigo. Não sei se tenho vontade de encontrá-lo.

Stéphanie se absteve de qualquer comentário. Ao ver a cara da irmã, seria melhor se calar.

— O que faria no meu lugar? — insistiu Anaba.

— Não estou no seu lugar, querida. Reflita e faça o que manda o seu coração, mas se preserve.

Ela se felicitou interiormente por ter sido comedida. Criticar Lawrence ou lembrar o que ele fizera de nada adiantaria, Anaba já sabia de tudo isso.

— Eu me sinto muito perturbada e digo a mim mesma que sou uma idiota por não bater o telefone na cara dele. Mas

Lawrence parecia tão desamparado que fiquei com pena. Como vê, ele ainda mexe comigo, é assustador. Daí a me jogar na boca do lobo...

Com ar sonhador, ela atravessou a loja acariciando na passagem, distraidamente, um frágil copo da Boêmia.

— Vou voltar ao trabalho — murmurou antes de sair.

Anaba se esquecera de pegar a pintura em madeira. Stéphanie a embrulhou com cuidado em papel Kraft, depois em plástico bolha e decidiu levá-la para o seu quarto, onde ficaria bem guardada até encontrar um perito.

— É preciso que uma de nós mantenha a cabeça em cima dos ombros — resmungou, bem contrariada.

Augustin andava em círculos. Dez vezes se sentara diante do computador, mas, decididamente, não conseguira se interessar pelo pobre Max Delavigne, que, no entanto, estava em péssima situação diante de três bandidos bem armados.

Augustin só tinha Stéphanie na cabeça. Montes de pensamentos contraditórios o assaltavam, deixando-o ora exaltado, ora desanimado. Como continuar esse começo de história? Não queria assustar Stéphanie, mas já estava muito apaixonado por ela! Tudo o que pudesse dizer sobre a diferença de idade lhe parecia absurdo. No entanto, teria de dar respostas coerentes às dúvidas que ela levantava.

Sete anos, uma diferença insignificante, mas que iria causar problemas. Entre outros, como a sua mãe reagiria ao conhecer Stéphanie e compreender que, provavelmente, não poderia esperar por netos? A decepção dela seria visível e, necessariamente, Stéphanie perceberia.

Apoiado no parapeito de uma janela, ele fechou os olhos. Imaginar um encontro com os pais, em Vancouver, o deixava atordoado. No entanto, apesar do amor e do respeito que sentia por eles, era livre para conduzir a própria vida como desejasse. E Stéphanie era a mulher com quem havia sonhado. Bonita, independente, realizada e serena. Tinha, também, muita ternura a oferecer e dava provas disso com Anaba e Roland; também o demonstrara ao fazer amor. Ela se havia entregado sem reservas nem pudor a Augustin, manifestando com uma alegria voluptuosa o apetite pela vida. Era a mulher ideal para ele e os sete malditos anos de diferença que fossem para o diabo!

Ele voltou a se sentar em frente ao computador, tentou se concentrar, mas, em vez de tirar Max da emboscada em que havia caído, recomeçou a sonhar. Como apresentar e propor um próximo encontro? Aonde poderia levar Stéphanie para passar uma noite divertida?

O celular vibrou e começou a se deslocar sozinho em cima da mesa, como um caranguejo.

— Malditos objetos! — resmungou ele, antes de atender.

Era Gilbert, seu agente do Canadá, que nem lhe deu tempo de dizer olá.

— É seu, queridinho, é seu!

— O quê, Gilbert?

— O prêmio Saint-Pacôme de romance policial!* Será entregue no início do outono, com um cheque de três mil dólares. Está contente? Além do mais, como um toque final, tenho ouvido boatos saídos do Ministério da Cultura e das

---

* Prêmio concedido anualmente pela Sociedade de Romance Policial de Saint-Pacôme à obra que se tenha destacado em certos critérios preestabelecidos. Os autores têm de ser cidadãos canadenses e os romances, escritos originalmente em francês. (N.T.)

Comunicações que falam de você. O júri se reuniu na primavera e você é muito citado. Se ganhar o prêmio Athanase-David,* vai receber dez vezes mais, terá trinta mil dólares! É, também, a mais alta distinção do governo do Quebec em literatura.

— Por que eu, Deus do céu?

— Pelo conjunto da sua obra — respondeu Gilbert com ênfase.

— Parece piada.

— Nada disso, bolas! Em todo caso, graças a todas essas boas notícias, estou negociando com um editor de Nova York. Acho que vamos conseguir, Augustin. Vamos entrar no mercado anglo-saxão. E, se der certo, você bem que podia me convidar para comer um linguado com lagosta no *La Mère Michel*!

— Vão manter a nossa tradutora? Essa deve ser uma condição do contrato.

— Porra, acho que não! Não tem nada mais a dizer?

— A tradução faz uma grande diferença, Gilbert.

— Traduza você mesmo em vez de me encher.

— Ainda não sei de que livro se trata, você se esqueceu de me dizer.

— *No fim do cais*. É o melhor. Por isso é melhor começar por ele.

— O melhor será o que estou escrevendo. Imagine que Max se apaixona e pela primeira vez tem sorte, tudo corre bem para ele.

— Você está louco ou o quê? Pode trocar tudo imediatamente. O comissário Delavigne é obrigatoriamente infeliz no amor!

— O autor sou eu, Gilbert.

---

* Prêmio concedido a um escritor pelo conjunto da sua obra. (N.T.)

— Tudo bem, tudo bem, já sei... Aposto que é você quem está apaixonado! Pois bem, fique de fora, não misture Max com suas pieguices! Acabei de lhe dizer que recebeu o Saint-Pacôme e você não diz nem obrigado. Acho que você pirou de vez.

— Eu devia agradecer a você?

— Sou seu agente, sua babá, seu treinador, seu anjo da guarda. Tudo o que acontece de bom na sua carreira profissional resulta dos meus esforços constantes para colocá-lo em tudo o que é lugar. Você *tem* de ser agradecido. Devia até mandar fazer uma estátua para mim em vez de ficar arrulhando com... Como se chama a feliz eleita?

— Stéphanie.

— Que seja, Stéphanie! Uma parisiense?

— Nascida em Paris, mas mora na Normandia.

— Bem folclórico! Ao menos é loura, a sua loura?

A expressão "loura", que se aplicava a todas as namoradas no Quebec, fez Augustin pensar nos cabelos grisalhos que Stéphanie usava sem o menor complexo; ele sentiu um arroubo de emoção.

— Ela é fantástica, ficará encantado quando a conhecer — disse ele, alegremente.

— Em pouco tempo, se a trouxer com você, pois terá de vir aqui antes do mês de setembro. Não só para assinar os contratos que eu me mato para descolar, mas, sobretudo, porque quero organizar um monte de coisas com a imprensa. Já está na hora de falarem de você por aí afora.

— Deixe-me, primeiro, terminar o meu manuscrito.

— Dê-me uma data.

— Não, voltaremos a nos falar.

Irritado com a pouca docilidade do seu autor, Gilbert desligou, o que fez Augustin sorrir. Logo depois, ele se perguntou se conseguiria convencer Stéphanie a acompanhá-lo a Montreal. Queria que ela pudesse ver a cidade sob uma luz diferente daquele dia do terrível casamento malogrado em pleno inverno. Já morria de vontade de lhe mostrar um monte de lugares e, por associação de ideias, compreendeu o que Lawrence devia ter sentido ao bancar o mentor para Anaba. Em seguida, outro pensamento imediatamente surgiu: o seu apartamento estava ocupado. Que horror! Não podia pôr Lawrence para fora depois de, espontaneamente, lhe oferecer hospitalidade. Então, o que fazer? Um hotel? Afinal, também seria bom: já que iria oferecer a viagem a Stéphanie, que fosse das mais agradáveis. Porém, será que ela teria a curiosidade de dar uma olhada no pequeno apartamento de Augustin? No entanto, estava fora de cogitação que ela se encontrasse com Lawrence.

— Que quebra-cabeça...

Talvez Stéphanie não aceitasse acompanhá-lo tão longe. A aventura deles estava apenas começando, era muito recente. Com um gesto decidido, ele salvou e fechou o arquivo "Max". Era mais urgente encontrar na Internet um bom endereço de restaurante para propor uma saída. Seria o pretexto de sua ligação, pois queria ouvi-la e lhe dizer palavras de ternura.

Lawrence releu três vezes consecutivas o e-mail e ergueu os braços em sinal de vitória. A viagem era com "com todas as despesas pagas", ou seja, as passagens de avião e duas noites num excelente hotel parisiense. Seus futuros chefes se comportavam como príncipes, isso era um bom sinal! E, também, o resultado de várias horas passadas no computador e no telefone. Ele, realmente, fizera de tudo para seduzir seus interlocutores, mostrando-se tão brilhante quanto sabia ser em matéria de direito.

— Eu mereço esse emprego e vou consegui-lo!

O salário e as vantagens eram consequências, e seria preciso que ele fosse convincente quando estivesse diante dos responsáveis. E se, por felicidade, assinasse o contrato...

Na verdade, seria um salto no escuro, pois nunca vivera no exterior. De qualquer maneira, no momento, não podia esperar um emprego equivalente em Montreal. Nem mesmo um emprego! Então, se tinha de sair do Canadá para pôr a sua carreira nos trilhos, que fosse em Paris. Certamente, Augustin lhe daria uma mão para as inúmeras formalidades da instalação. O posto deveria ser ocupado a partir de 1º de setembro, portanto teria dois meses para se organizar.

Enquanto isso, voaria dali a dois dias para a França. E Anaba ainda não havia aceitado almoçar com ele. Droga, só passaria lá quarenta e oito horas, como convencê-la? Dessa vez, estava fora de cogitação uma viagem até Andelys num carro alugado; não teria tempo para isso e, sobretudo, não tinha a intenção de se afundar profissionalmente uma segunda vez devido aos seus problemas afetivos. Porém, Anaba poderia, com apenas uma hora de trem, encontrá-lo no centro de Paris. Se ela lhe desse essa chance, ele a pegaria. Atualmente, o seu estado de espírito não era o de um perdedor, havia recuperado toda a sua combatividade. Deveria ligar novamente para ela, insistir, argumentar, mandar flores? No telefone, apesar de sua reserva, ela se mostrara menos hostil, menos definitiva. Às declarações desesperadas de amor, ela não rebatera com nenhuma risadinha amarga. E ela havia caído das nuvens com sua ardente pergunta a respeito de Augustin. No entanto, havia reconhecido que o via com frequência. Por que, então?

Não, devia deixar de lado essa probabilidade. Augustin e Anaba, isso não combinava. Augustin não era o seu *rival*. Aliás, nunca fora, talvez raramente! Na universidade, as meninas diziam que ele tinha olhos magníficos e que possuía um charme louco. Depois do acidente, essas qualidades já contavam menos.

Ah, tinha de pensar nisso bem agora? Nos últimos tempos, e muito contra a sua vontade, a lembrança do infeliz ferimento com patins voltava para atormentá-lo. Durante meses, depois do acidente, conseguira manter a pergunta em suspenso. Depois, acabara admitindo, no recôndito da sua memória, que por um curto instante tivera a *tentação* de não se desviar de Augustin. Essa ínfima hesitação havia sido suficiente para que não pudesse mais parar. Evidentemente, ele havia afirmado o contrário e todo mundo acreditara nele, Augustin em primeiro lugar. Ou melhor, nem todo mundo, pois Jean Laramie havia rebatido sua versão do acidente com um "Para cima de mim, não!". Mas, naquele momento, ele estava muito preocupado com o filho e preferia encontrar um culpado a absolver um simples responsável. Mais tarde, considerado indesejável, Lawrence nunca mais fora convidado para a suntuosa casa vitoriana ao pé do Mont-Royal. Nem para Vancouver depois da mudança dos Laramie, anos depois. Jean conservava um rancor tenaz, e Augustin continuara amigo de Lawrence. Em tese, o seu melhor amigo. Na prática, também, pois haviam continuado a sair juntos, a consertar o mundo, a paquerar as moças. Para Augustin, inevitavelmente, as coisas não caminharam tão bem no que se referia à sedução, então ele fingia que preferia os grandes sentimentos à efemeridade de uma noite. Quem sabe, no fundo, era sincero com o seu excesso de romantismo? No entanto, precisara fugir dos olhares e, desprezando a proteção de Lawrence, que cuidava para que ninguém fizesse alusão à cicatriz, ele havia abandonado o direito para se inscrever numa oficina de criação literária. Mais uma boa razão para Jean Laramie espernear! Mas Augustin havia rapidamente harmonizado a situação ao trocar, pura e simplesmente, o Canadá pelos Estados Unidos. Uma decisão que lhe dera sorte e que permitira a Lawrence dizer a si mesmo, com toda a boa-fé, que sem o ferimento de patins Augustin nunca teria encontrado seu caminho. Portanto, decididamente, precisava parar de pensar nisso.

Emergindo de seu devaneio, ele imprimiu o e-mail. Depois pegou o telefone, respirou fundo e selecionou o número de Anaba.

Roland observou Stéphanie com curiosidade, depois deu um sorriso:

— Você parece em plena forma, minha querida, está resplandecente!

Eles haviam descido para a cozinha subterrânea da estranha casa, atrás de ar mais fresco. Do lado de fora, o calor do mês de junho era sufocante. Roland pegou duas latas de Perrier na geladeira, depois se instalou do outro lado da pequena mesa de teca vermelha.

— Não vou ficar muito tempo — avisou a filha —, mas, ao menos, tive o prazer de beijá-lo.

Ela havia deixado a pintura em madeira com o perito indicado por Anaba e já estava apressada em saber o resultado.

— A sua irmã toma conta da loja?

— Sim, ela não queria enfrentar os engarrafamentos parisienses. Nós cozinhamos na minha velha caminhonete sem ar-condicionado! E ela tem um bom número de pedidos de restauração. Sabe que na província os rumores caminham depressa. Na região, todo mundo sabe que ela trabalha muito bem. No início, os primeiros clientes chegaram por curiosidade, mas, agora, ela está adquirindo uma verdadeira reputação.

— E como ela vai, moralmente?

— Bem...

— E o que mais?

— Ela está alegre, tem saído, tem até um namorado.

— Fantástico!

— Não tenho tanta certeza, papai. Conheço Anaba a fundo e, na minha opinião, ela não está curada de Lawrence. Não posso omitir que ele não ajuda e a persegue com telefonemas e cartas.

— Que grande descaramento! Isso não a revolta?

— Sim, mas...

— Explique à sua irmã que ela está correndo perigo. Ela é jovem, pode se deixar dobrar, ceder às belas palavras. Você precisa trazê-la de volta à razão.

— Não, papai. Em primeiro lugar, Anaba tem vinte e oito anos, não é uma adolescente. Ela sabe o que faz e mesmo que erre, não podemos decidir por ela. Se ainda ama Lawrence, meus discursos nada mudarão. Ao contrário! De tanto falar mal dele, de acusá-lo, de satanizá-lo, incitamos Anaba a tomar a sua defesa.

Roland abaixou a cabeça e começou a brincar com a lata vazia. Depois de um momento, perguntou em tom resignado:

— Acredita que eles possam... se reconciliar?

— Não sei. Com o tempo, talvez.

— Seria horrível. Esse homem não é confiável! Se a sua irmã voltar para ele, viverá angustiada. Todas as vezes que ele sair pela porta, ela vai se perguntar se ele não vai desaparecer, para nunca mais voltar. Não compreendo por que você não é mais categórica com ela. Você é mais velha, Stéphanie, já viveu, compartilhe a sua experiência. E, já que vocês duas moram juntas, aproveite para lhe abrir os olhos. É o seu papel de...

Ele se interrompeu bruscamente, levantou a cabeça e cravou o olhar na filha.

— Desculpe — murmurou ele. — Minha pobre querida, eu falo todo o tempo de Anaba e nunca de você. Imagino que não tenha *só* a sua irmã na cabeça no momento.

— Exato.

— Sinto muito. Sou incorrigível. Sempre fui assim, não é?

— Ela era a pequena caçula, a filha de Léotie, você a paparicou um pouco. Mas tinha de fazê-lo, ela não tinha mais a mãe.

— Nem você!

— Tive uma madrasta perfeita. Sinceramente. Uma presença feminina muito terna até que eu saísse de casa. E Anaba ficou sozinha com você. Vocês eram dois náufragos, dois companheiros de miséria. E, depois, ela se parece tanto com Léotie...

Roland parecia totalmente desolado, como se, até então, não houvesse se conscientizado da sua preferência.

— Eu a amo, Stéphanie. Eu a amo e admiro a maneira como conduz a sua vida.

— Oh, eu cometi muitos erros!

— Assumidos. Você sempre soube recomeçar com o pé direito.

— Pois bem, veja só, no momento estou num impasse.

— Vai encontrar a saída, confio em você. Quer me falar a esse respeito?

Nem um nem outro tinham o hábito de fazer confidências. Como havia acabado de lembrar, Stéphanie recebera muita afeição de Léotie, a quem contava espontaneamente os seus pequenos segredos de adolescente, e não era para o pai que se voltava para relatar as dores do coração.

— Estou saindo com Augustin — confessou ela, com alguma relutância.

— Aí está uma boa notícia! Esse rapaz me agrada, e não é apenas porque ele gosta de livros.

— Ele tem tudo para agradar, concordo. Espontaneidade, sinceridade, honestidade...

— Então, onde está o problema?

— A idade dele, papai. É muito jovem para mim. Eu sou muito velha para ele.

Roland meditou na revelação da filha, antes de esboçar um sorriso.

— Vocês consideram que se trata de um obstáculo intransponível?

— Eu considero. Já imaginou o futuro? Alguns anos de felicidade e, depois, ele irá embora se casar com uma mulher capaz de lhe dar filhos. Ou, então, nos amaremos para sempre e seremos como dois frutos secos.

— Ao contrário do que você pensa, nem todo mundo sonha em ter filhos. Foi isso que fez Lawrence fugir!

— Ele não devia se sentir preparado, mas algum dia se sentirá. Augustin também, independentemente do que pense hoje em dia.

— Poderão adotar. Fazer a felicidade de uma criança destinada à miséria e à falta de amor é uma bela ação. Ouça, Stéphanie, *sempre* há uma solução em algum lugar. Quando se tem a sorte de encontrar a alma gêmea, a pessoa certa, vencemos todas as dificuldades. No dia em que encontrei Léotie, compreendi que era ela. Eu sabia que poderíamos viver duzentos anos de mãos dadas, sem nenhuma nuvem. O destino decidiu de outra maneira, mas éramos feitos um para o outro, feitos para compartilhar um amor durável.

— Vocês tiveram Anaba!

— Ela veio, foi melhor, dou graças a Deus por isso, mas, mesmo sem ela, nada teria absolutamente mudado. O que estou lhe dizendo é muito íntimo. Para um homem, o nascimento de um filho nunca tem tanta importância quanto o amor que ele dedica a uma mulher.

Stéphanie o analisou, um pouco surpresa de ouvi-lo confessar que havia preferido a esposa às filhas. Mas ele estava sendo sincero e apenas expunha a verdade em palavras.

— Veja que tipo de caminho você e Augustin vão seguir. Sempre haverá tempo para desistir.

— Será cada vez mais doloroso.

— Você sabe muito bem que isso faz parte da vida. Não querer amar por medo de sofrer seria um tanto... medíocre.

Não totalmente convencida, porém um pouco mais aliviada, Stéphanie se levantou e foi jogar as latas no lixo. Ao subir a escada atrás do pai, ela constatou que ele sofria para subir os degraus.

— Sente dor nos joelhos, papai?

— Nos joelhos, nos quadris, nos tornozelos... Reumatismo devido à idade!

— E o que disse o seu médico?

— Para isso, era preciso que eu fosse vê-lo.

— Marque uma consulta. Precisa se tratar e ficar em forma se quiser continuar aproveitando a sua casa. Quatro níveis, é como fazer esporte!

— Muito bom para o coração, é o que dizem, mas não tanto para as articulações. Já não subo muito até o segundo andar, nos seus antigos quartos.

— Você fez deles um anexo da sua biblioteca.

— Eu pus lá os volumes menos importantes. Aliás, vou fazer uma triagem para liberar mais espaço.

— Não se canse.

Ela fez a sugestão, mas não acreditava que fosse cumprida, pois sabia que o prazer do pai consistia em classificar e reclassificar seus livros. Ao menos ele não se entediava.

— Quer ir almoçar em Andelys na próxima segunda-feira?

— Preferia ir na outra. Nesta, tenho bridge marcado com antigos colegas.

Ele a acompanhou até a porta e a beijou mais afetuosamente do que de costume.

— Cuide-se, Stéphanie. Não se censure, aproveite a sua chance. E cumprimente Augustin por mim, realmente ele me é muito simpático.

Achando graça, ela entrou no carro que havia deixado no fim do beco. O ar estava tão sufocante no interior que ela abaixou todos os vidros. Se o tráfego não estivesse muito intenso, chegaria em casa por volta do meio-dia. Por um segundo, acalentou a ideia de fazer uma visita surpresa a Augustin, mas desistiu. Não estava de férias e não podia deixar a loja todo o tempo com a irmã. Todas as vezes que um cliente fazia tilintar o carrilhão, Anaba era obrigada a parar o trabalho e a sair do ateliê; certamente, era incômodo para ela.

Uma vez no bulevar periférico, ela pensou na conversa que tivera com o pai. Será que ele tentara tranquilizá-la, encorajá-la? Não, ele dizia sempre o que pensava, sem usar de subterfúgios. Portanto, ele privilegiava o amor, qualquer que fosse o preço a pagar. Será que ela faria o mesmo?

"Ele está se sentindo velho, com a vida ficando para trás. Não temos o mesmo ponto de vista."

Em breve, Roland faria setenta anos. Stéphanie se deu conta de que um dia ele não estaria mais ali, não haveria mais a casa esquisita no fundo do beco, onde compartilhavam momentos de ternura.

Seus cabelos esvoaçavam em todos os sentidos e ela subiu os vidros até a metade, entrando na autoestrada do Oeste. Ainda hesitava quanto à decisão a tomar. Interromper o caso com Augustin antes que fosse tarde demais ou mergulhar de cabeça? Ouvir o pai e a irmã ou seguir seu instinto?

"Eu tenho uma vida boa que demorei a construir, não quero pô-la em perigo. Também não quero fazer mal a Augustin, pois ele é um homem bom. O que acontecerá se algum dia ele se sentir preso e não ousar se soltar?

Por causa do suor, sua camiseta estava colada no encosto do banco. Se a pintura em madeira tivesse realmente valor, ela trocaria de carro. Atualmente, todos eles vinham equipados com ar-condicionado, e a sua velha caminhonete não aguentava mais. Mesmo em relação aos clientes, seria bom ter um veículo em melhor estado para buscar e entregar um móvel. Poderia mandar pintar uma inscrição do tipo: *Stéphanie Rivière, antiquário*. Ela não tinha dúvida: gostava da sua profissão, a sua vida lhe convinha, levantar de manhã era um prazer. Porém, cada vez mais, Augustin ocupava lugar na sua cabeça e no seu coração.

Quando saiu da autoestrada em Gaillon, sob um sol resplandecente, ainda não havia tomado uma decisão.

Ao sair do avião e depois de pegar a mala, Lawrence teve a surpresa de ver que Augustin o estava esperando. Imediatamente, teve medo de que fosse uma má notícia, medo de que Augustin estivesse lá para impedi-lo de ver Anaba. Pois ele havia arrancado, à força de muita adulação, a promessa de que ela viria ao menos tomar uma bebida com ele.

— Bem-vindo à França, cara! Está aqui para descolar um emprego?

— Estou pondo todas as minhas esperanças nisso. Faz algumas semanas que vivo momentos horríveis e não ficarei aborrecido de fazer tábula rasa desse passado. Tinha alguém para ver em Roissy?

— Ninguém além de você.

— Isso é tremendamente gentil!

A expressão quebequense usada deliberadamente por Lawrence fez Augustin sorrir, e ele sugeriu:

— Vamos tomar um táxi e papear um pouco. Em que hotel vai ficar hospedado?

— No *Pershing Hall*, bem perto dos Champs-Élysées.

— Muito bem, vamos.

Eles se dirigiram para a saída e entraram na fila do táxi.

— Não teve medo de entrar no avião? Depois da tragédia...

— Eu teria vindo a nado, se precisasse. Além do mais, sabe o que dizem, se não chegou a sua hora, não precisa ter medo de nada.

— Mas e se for a hora do piloto?

Eles trocaram um sorriso hesitante antes de entrar no Peugeot que havia parado na frente deles. Lawrence continuava a se interrogar sobre a presença de Augustin, mas não queria lhe fazer a pergunta diretamente.

— Terminou o seu manuscrito?

— Veja só, você se lembra?

— Que você escreve? Lembro. Também sei todos os títulos. E então?

— Ando distraído nos últimos tempos, mas devo terminar em breve.

— Vi pilhas dos seus livros nas livrarias de Montreal. As coisas vão bem para você, não?

— Gilbert é dedicado. A propósito, ganhei o Saint-Pacôme do romance policial.

— Parabéns!

— Obrigado, mas não é de mim que eu queria falar.

— Já sei. Anaba, é isso?

— Ela vai muito bem, tem até um novo namorado.

Lawrence teve a impressão de receber um balde de água fria no meio da cara.

— Pode ser mais claro? — pediu ele, com voz entrecortada.

— Pois bem, ela leva uma vida normal, está saindo, vê muita gente.

— O namorado em questão, quem é?

— Você não conhece. Não sou eu, pare de fazer tragédia.

— Ah...

— Sei que quer vê-la de qualquer maneira, que não consegue virar a página, sendo que foi você que fechou o livro com um golpe brusco! Mas você se deu conta de que, ao ficar no pé dela, a impede de ir em frente? Por que a persegue?

— Porque a amo. Eu deveria tê-lo escutado na manhã do casamento ou você deveria ter me arrastado pelos cabelos! Fiz a pior besteira da minha vida e me arrependo todos os dias. No momento, tento colar os cacos, ser perdoado. Por que você fica no meu caminho? Achei que estava de olho nela, eu me enganei, mas não consigo entender por que a protege tão ferozmente, nem por que quer colocá-la fora do meu alcance.

— Porque você já a fez sofrer muito e porque ela e eu nos tornamos amigos.

— Que tocante! Você é amigo dela e não é mais meu?

— Já lhe dei muitas provas de que continuo a ser seu amigo, Lawrence.

Uma repreensão um pouco ofensiva, mas que havia acertado na mosca.

— Tem razão. No momento moro na sua casa e hoje você veio a Roissy. Sinto muito, cara. Estou um pouco angustiado por causa do meu encontro com os banqueiros! Se conseguir o emprego que estou cobiçando, será...

Lawrence não teve tempo de dizer mais nada, pois o táxi havia parado em frente ao hotel *Pershing Hall*, na rua Pierre-Charron.

Depois de pagar a corrida, Lawrence pediu um recibo e pegou a mala.

— Posso lhe oferecer uma bebida? — propôs a Augustin.

— Não, vá tomar um banho e descanse da viagem. Tentaremos nos ver antes da sua partida.

— Ligarei assim que tiver novidades.

Ele não podia prometer nada a respeito de Anaba e não queria mais tocar no assunto. Enquanto Augustin se afastava na direção da avenida George V, ele o seguiu com os olhos, perplexo. Inegavelmente, ficara contente ao vê-lo no aeroporto. Mas seria pelo prazer de encontrar um amigo ou porque ia precisar dele se mudasse para a França? De qualquer forma, o conselho era bom, precisava tomar um banho, relaxar, comer alguma coisa e se preparar para o encontro. Pegando a mala, Lawrence atravessou a porta do hotel a passos firmes.

Dez

— Anaba foi jantar com Jean-Philippe, então achei que ficaríamos tão bem em casa quanto num restaurante. Como não sou boa cozinheira e não gosto de frescura, preparei uma massa gratinada.
— Eu adoro! Com muito queijo, muita farinha de rosca e muita manteiga?
Stéphanie caiu na gargalhada, concordando com a cabeça.
— Muito. E tiras de presunto.
— *Tiguidou.*
— O quê?
— Perfeito.
— Adoro essas expressões.
— Guardo muitas outras de reserva. Mas, se quiser um festival delas, tenho uma proposta a lhe fazer.
— Honesta?
— Você mesma vai julgar.
Augustin pegou a garrafa de chablis e o saca-rolhas que ela lhe entregou.
— Tenho de passar três ou quatro dias em Montreal.
— Quando?

Com uma satisfação que conseguiu dissimular, ele notou a expressão decepcionada de Stéphanie. Se ela não queria que ele se afastasse, mesmo por pouco tempo, era um bom sinal.

— Quanto antes, melhor. Preciso assinar algumas coisas, conversar com o meu agente, dar uma entrevista para o *Journal de Montreal* e outra para um jornal mensal *L'Actualité*.

— E tudo isso não pode ser feito por e-mail ou por telefone?

— É meio difícil. Mas, principalmente, pensei que... pois bem, se aceitasse ir comigo, seria uma pequena escapada de apaixonados!

— *Pequena* escapada, a cinco mil quilômetros daqui?

— Faço isso sempre e você já fez uma vez.

Ele se aproximou e a abraçou ternamente.

— Diga sim, querida, por favor. Sei que tem uma má recordação de Montreal, mas é uma cidade fantástica e vai lhe agradar, inevitavelmente.

— Augustin, não está falando sério. As passagens custam caro e...

— É a *minha* viagem, eu a convido. É claro que não vai poder fumar no avião, mas basta tomar um comprimido para dormir. Ao chegar, ficará deslumbrada. Você só viu o inverno e o hotel *Hilton*, mas, agora, o tempo lá está radiante e eu lhe mostrarei muitos lugares extraordinários. Gostaria tanto que tivesse outra imagem do meu país!

— Não posso viajar.

— Pode sim. É só pedir para Anaba substituí-la na loja e você também tem amigas prontas a dar uma mão, foi você mesma quem me disse. Vamos num domingo e voltamos numa sexta-feira. Quatro dias cheios. É só um pulinho.

— Num avião que pode cair?

— Ora, isso não acontece todos os dias. Lawrence aterrissou hoje sem problemas.

— Ah, é, Lawrence... Você o viu?

— Fui buscá-lo.

— Foi com esse tipo de conversa mole que ele conquistou Anaba. Mostrar o seu país, seguir as pegadas de Léotie, deixá-la deslumbrada com paisagens grandiosas!

— Stéphanie — protestou ele num tom de reprovação —, não estou com nenhuma "conversa mole". Tem a impressão de que a história se repete? Eu não sou Lawrence e ainda não falamos de casamento.

Subitamente mais calma, ela riu, como se ele houvesse dito uma boa piada.

— Desculpe, Augustin, mas o seu amigo me fez ver o lado negro da vida. Achei que ele havia acabado com Anaba, que ela nunca mais se recuperaria de um golpe desses ou voltaria a confiar em alguém. Bom, vamos esquecer isso, o gratinado está pronto.

Ele esperou que Stéphanie colocasse a travessa na mesa e se sentasse, para se instalar na frente dela. As portas escancaradas da varanda deixaram entrar duas mariposas que volteavam perto dos abajures.

— Quer que eu cace as *bibittes*? — propôs ele, sorrindo.

— Por favor. Eu devia instalar um mosquiteiro para as noites de verão como esta. Sei que sou idiota por ter medo de insetos na minha idade, mas...

— Pare de falar na sua idade ou vou falsificar meus documentos de identidade!

Ela o serviu enquanto ele expulsava as mariposas, batendo com o pano de prato e depois fechando a porta.

— A sua casa é uma pequena joia — avaliou ele —, especialmente esta cozinha.

— Depois que decidi destinar toda a parte térrea à loja, só me restou este aposento, então tive a ideia de fazer a varanda para ganhar espaço, ter luz e vista para o jardim. No último Natal, havia nevado e eu fiz um fogo dos diabos na lareira. Foi maravilhoso estar do lado de fora e do lado de dentro ao mesmo tempo, bem no calor.

— Você ficou sozinha no Natal? — perguntou ele, consternado.

— Não! Com todos os meus amigos solteiros e divorciados. E você?

— Com os meus pais, em Vancouver.

Ele havia terminado o prato e pediu um pouco mais do gratinado.

— Você come muito depressa — disse Stéphanie, achando graça.

— Sabe por quê? Estou com pressa de ir para o lugar de que mais gosto no mundo, ou seja, o seu quarto.

— Uma reflexão com enorme falta de romantismo.

— Oh, eu posso ser romântico! Quando era menino, eu sabia tocar bandolim; podia tentar fazer uma serenata para você, se me conseguir o instrumento.

— Por que bandolim?

— Porque o meu pai queria que eu aprendesse piano. E eu já gostava de contrariá-lo.

Apoiando o talher, ele se levantou e contornou a mesa.

— Vou ficar de joelhos para pedir que me acompanhe a Montreal.

Juntando o gesto à palavra, com um joelho no chão, ele segurou as mãos dela.

— Estou loucamente apaixonado por você, Stéphanie. Com certeza, existem maneiras melhores de dizer isso, mas temo que os meus antecessores tenham gasto todo o vocabulário e que você me ache muito banal.

— Não... Essa palavra não se aplica a você.

Inclinando-se para beijá-lo, ela se assustou ao ouvir alguém bater à porta.

— Oh, estou atrapalhando, sinto muito! — exclamou Anaba.

Augustin nem tentou se levantar e explicou, com um sorriso embevecido:

— Estou fazendo uma declaração de amor para a sua irmã.

— Ele quer me levar para Montreal por cinco dias — explicou Stéphanie.

— Vá! É tão bonito...

A reação espontânea comoveu Stéphanie e a tranquilizou. Anaba não se ressentia pelo fato de que a irmã pudesse seguir o mesmo caminho. Ela poderia considerar que tudo o que se referisse ao Canadá fosse a sua própria história, mas, aparentemente, isso não lhe ocorria.

— A sua noite foi boa? — quis saber Stéphanie.

— Não foi das piores. Jean-Philippe é gentil, compreensivo, mas não achou nada bom que eu vá tomar alguma coisa com Lawrence amanhã. Eu contei a ele por honestidade e estraguei o jantar.

— É normal que ele perca o apetite — brincou Stéphanie — se você lhe esfregou no nariz o fantasma do seu ex, o homem que lhe cortou o coração e que ameaça reaparecer!

As duas irmãs trocaram um olhar circunspecto. Anaba sabia das apreensões de Stéphanie e devia se sentir pouco à vontade.

— Mesmo assim, aceitei restaurar para ele um pastel de Vuillard. Vou colocá-lo no ateliê e subir para me deitar.

E ela desapareceu no jardim, fechando a porta da varanda atrás de si. Augustin permaneceu ali, sempre sorrindo.

— Caramba, um Vuillard! Você tem um alarme no ateliê?

— Não, mas o vidro é duplo e blindado, com uma boa fechadura.

Ele tirou a travessa quase vazia da mesa e voltou para se sentar na frente de Stéphanie.

— Anaba parece um pouco transtornada — aventou ele.

— Ela está com receio desse encontro de amanhã, mas o aceitou.

— E isso aborrece você?

— Tenho medo por ela. O que acha que pode resultar de bom?

— De bom para quem?

— Na minha opinião, para ninguém. Mas não quero ter razão a qualquer preço ou acabar com Lawrence. O meu único desejo é que Anaba seja feliz.

— Você não pode fazer a felicidade dela se ela não quiser.

— Tem razão, eu me limitarei a juntar os pedaços! Vai me dizer que tenho sentimentos muito maternais em relação a ela, mas, ao contrário do que pensa, não interfiro na vida dela, nunca fiz isso.

Eles se calaram, pois Anaba estava voltando com a chave do ateliê na mão.

— Dei duas voltas na chave e escondi o pastel no meio de umas coisas sem grande interesse. Ah, estão muito bonitinhos, os dois sentados e comportados!

Pegando o copo de chablis da irmã, Anaba tomou um gole.

— Descobri os seus pensamentos e enrubesci no seu lugar — brincou ela. — Bom, vou deixar os apaixonados.

Com as bochechas inchadas pela vontade de rir, Augustin conseguiu esperar que ela saísse.

— Adoro essa menina! — disse ele, caindo na gargalhada. Ele se levantou de novo e contornou a mesa.

— Mas a que eu prefiro, de longe, é você.

De pé, atrás de Stéphanie, ele a abraçou e a beijou delicadamente na nuca.

— Sonho com você todas as noites — sussurrou no ouvido dela. — Com a deliciosa mistura de tabaco e Chanel nº 5. Você é a minha única fantasia.

Introduzindo a mão pela abertura da sua blusa, Augustin tocou de leve na pele nua. Ela se virou para ficar de frente para ele e lhe ofereceu os lábios. Queria fazer amor, e esse desejo lhe dava uma alegria guerreira, fazia com que se sentisse viva. Abrindo ela mesma os botões de sua blusa, ofereceu-se às carícias, fechando os olhos de prazer.

Lawrence trocou de novo de gravata, depois se observou com um olhar crítico no espelho. Não, ficaria melhor sem gravata. O terno azul-noite e a camisa azul-céu eram de uma elegância perfeita. O que havia sido confirmado com o olhar aprovador do seu primeiro interlocutor na véspera. Naquela manhã, para enfrentar três representantes do conselho administrativo, ele havia preferido o terno cinza-claro, uma camisa branca e uma gravata cor de rubi. Calmo, conciso, havia respondido facilmente a todas as perguntas, antes de se lançar num enfático discurso prudentemente preparado. E, duas horas depois de haver entrado na imensa sala de reunião, ele soube que a partida estava ganha. Para mostrar sua satisfação, os altos funcionários do banco o convidaram para almoçar, o que não estava previsto na programação original. Grande restaurante, conversa solta em francês e em inglês. Lawrence se mostrara sóbrio, aceitando apenas um copo de vinho e um fino gourmet ao fazer comentários de um conhecedor sobre os sabores dos pratos. Um percurso sem erros. No momento de se despedirem, o mais importante deles dissera, com um sorriso cordial:

— Bem, acho que vamos trabalhar juntos, doutor Kendall!

Radiante, Lawrence havia retornado ao hotel a pé, aspirando o ar quente das ruas de Paris. Agora, restava a outra parte do programa: Anaba.

Ele se aproximou um pouco mais do espelho e se examinou detalhadamente. Depois de uma curta sesta, havia tomado outro banho e feito novamente a barba. Ainda seria o mesmo que havia seduzido Anaba um ano antes? Teria envelhecido, perdido a sua segurança ou o seu carisma? De qualquer jeito, nunca havia preparado tanto e temido tanto um encontro com uma mulher! Que deveria ter sido sua...

— Pobre idiota — disse para o espelho.

Contudo, ele se achava bem e não podia deixar de se sentir satisfeito consigo mesmo. Primeiro, porque tinha um físico sedutor, ele o constatara no espelho, depois porque se mostrara brilhante desde que chegara a Paris. Acabara de quebrar a maldição que o havia perseguido nos últimos meses e, finalmente, ia poder começar uma nova vida. Só faltava reconquistar Anaba para fechar o círculo.

Ele só tinha dez minutos para ir até o bar, por isso decidiu descer imediatamente. Uma vez que ela concordara em vir, sem dúvida passando por cima do conselho do pobre Augustin, seu *amigo*, não devia fazê-la esperar de jeito nenhum!

Quando entrou no *lounge* do hotel, um extraordinário bar para se tomar champanhe, ele teve a boa surpresa de ver que Anaba já havia chegado. Observou-a um instante de longe, enquanto ela analisava as cortinas vermelhas com contas de

De esperança e de promessa 277

vidro de Murano. Sentada de perfil, pernas cruzadas, ela usava um curto spencer branco em cima de uma camiseta em V, preta. Um jeans colante, também preto, sandálias de salto alto, nenhuma joia, nenhum sinal de maquiagem, mas um corte de cabelo muito bem-feito. Ele a achou realmente bonita, mais atraente do que Michelle e muito menos chamativa. Era mais inteligente também e, portanto, mais difícil de manobrar.

Ele parou diante da mesa e esperou que ela levantasse os olhos.

— Eu queria chegar antes de você.

— Não está atrasado — ela o fez notar, com um sorriso forçado.

— Já pediu alguma coisa?

— Ainda não.

— Olhe as garrafas de champanhe em cima do bar e escolha a sua preferida.

Quando Anaba virou a cabeça, Lawrence examinou as mãos dela e constatou que não usava o anel de noivado. Lembrar-se do dia em que a presenteara, no *Beaver Club*, deixou-o constrangido Seu juramento de amor eterno havia sido rapidamente quebrado, ele não era mais confiável. Mas o que ela teria feito da joia? Guardado, vendido?

Ela optou por um Roederer, e ele, por um Ruinart, fazendo o pedido.

— Você está muito bonita.

— Obrigada.

O encontro começava mal: o tom era muito distante, muito formal.

— Estou muito emocionado — confessou ele, abaixando a voz. — Depois da minha triste visita a Andelys, não passou um dia sem que eu pensasse em você.

Ela descruzou as pernas, evitando olhá-lo.

— Para ser honesto — continuou ele —, o arrependimento me sufoca, o remorso me asfixia. Eu me recrimino, não estou em paz. Como posso apagar o que fiz? Imaginei todos os argumentos possíveis, mas nenhum deles é válido. Sei que não vai me perdoar por ter tido medo de me casar com você. Mesmo assim, eu a amo desesperadamente e tê-la perdido me faz amá-la ainda mais.

Por azar, o garçom escolheu esse momento para trazer as taças. Interrompido em seu arroubo, Lawrence aproveitou para tirar o telefone do bolso e o pôs em cima da mesa.

— Estou esperando uma mensagem muito importante — explicou ele. — Eu lhe disse que viria a negócios. Acontece que é um negócio que me interessa muito, o negócio da minha vida! Eu me candidatei a um emprego em Paris. As entrevistas ocorreram ontem e hoje, e acho que foram positivas. Para mim, trabalhar na França é o único meio de me aproximar de você.

Anaba franziu as sobrancelhas, muito atenta, até que ele continuasse:

— Não sei se vai me dar uma chance de fazer com que esqueça o que aconteceu, mas, a milhares de quilômetros daqui, eu não teria mesmo nenhuma possibilidade. Então, decidi tentar o tudo ou nada, mesmo que fosse para mudar completamente de vida. Considere isso como uma prova de amor, Anaba. Quero estar onde você estiver e respirar o mesmo ar.

Pronto, ele havia conseguido apresentar as coisas da melhor maneira possível. Agora, ela o olhava intensamente, com os grandes olhos fixos nele.

— Você fez isso? — indagou ela.

— Acho que estou contratado. Se assim for, começarei no dia primeiro de setembro e terei o verão para me organizar, encontrar um apartamento e liquidar tudo em Montreal. A propósito, vendi o meu dúplex.

— Augustin me disse.

— Ah, o querido Augustin! Ele me censura por persegui-la. Você lhe conta tudo?

— Ele é um sujeito formidável. Estou realmente feliz por Stéphanie.

Atônito, ele a olhou, tentando compreender.

— Stéphanie? — repetiu. — A sua irmã e Augustin? Meu Deus, não acredito! Mas... ele é mais moço do que ela, não é?

— E daí?

— Nada.

Na verdade, um monte de comentários mordazes lhe veio à cabeça, mas ele preferiu se calar. Não estava ali para discutir a vida amorosa de Augustin e suas escolhas malucas, mesmo que a notícia o deixasse perplexo.

— E, por pouco, não fiquei com ciúmes dele — reconheceu ele. — Eu achava que ele sabia muito sobre você e ficava com raiva porque podia vê-la quando quisesse. Porém, ao menos, ele me contava como você ia.

— Eu vou bem — afirmou ela, friamente.

Seria a observação a respeito da diferença de idade entre Augustin e Stéphanie que a fazia se distanciar novamente? Lawrence mudou de assunto imediatamente.

— Soube que você tem clientes, algumas encomendas.

— Tenho, as coisas vão andando. Estou contente por voltar a trabalhar.

— Também soube que... Ah, não sei como dizer, mas está me queimando a língua!

— O quê?

— Não me leve a mal. Você tem um namorado?

Foi a vez de Anaba se surpreender e achar o querido amigo Augustin tagarela demais.

— Estou saindo com alguém sim — disse ela, sem abaixar os olhos.

— Odeio essa ideia.

— Paciência!

Ele se inclinou, pegou a mão dela. Quando Anaba quis retirá-la, ele apertou delicadamente, mas com firmeza.

— Por favor... Olhe para mim e diga que não me ama mais.

Ela era muito franca, muito íntegra para mentir, e ele apostava nisso.

— Não pude riscá-lo por completo de minha vida, como eu queria — suspirou ela. — Nem todas as boas recordações aceitaram desaparecer.

— Oh, não! Eu as faço desfilar uma a uma antes de dormir e isso só serve para me dar insônia. Não imagina o número de noites em claro que devo a você. Mas só consigo pensar em você e na detestável manhã em que estraguei tudo. Anaba, no fundo do seu coração ainda existe algum espaço para mim? Um minúsculo lampejo de esperança me bastaria.

— Lawrence...

O nome e nada mais, pronunciado à francesa, como era o seu costume. Depois de um silêncio, ela acrescentou:

— Vai realmente morar em Paris?

Uma perspectiva que parecia abrir os horizontes para ela.

— Vou morar onde você estiver. Se mudar de país eu a seguirei.

Ela havia abandonado a mão dele, uma primeira vitória.

— Esse... namorado que você tem, é importante?

De esperança e de promessa

— Ainda não.
Segundo passo no longo caminho para reconquistá-la.
— Você dormiu com ele?
— Por acaso eu pergunto com quem você dorme?
— Com ninguém! Não quero saber de mulheres a não ser você. Não compreende que estou desesperado há meses?

O telefone dele começou a vibrar entre as duas taças de champanhe, e o ícone de uma mensagem apareceu no visor. Voltando imediatamente às preocupações profissionais, Lawrence apertou na tecla "exibir". Nos dois segundos seguintes, ele percebeu, horrorizado, que havia cometido uma asneira monumental. A mensagem não era dos banqueiros, e sim da louca da Michelle, e a tela exibia uma mensagem aterradora. Espontaneamente e porque Lawrence fizera referência à importância da mensagem que esperava, Anaba dirigiu os olhos para o celular.

— *Não consigo ficar sem você* — leu ela em voz alta. — *Eu o amo, volte para mim.*

Essas duas frases foram como uma condenação, e Lawrence não teve tempo de procurar uma resposta adequada, uma explicação qualquer; Anaba já estava de pé. Sem nenhuma palavra de despedida, ela se dirigiu para a saída do bar. Em pânico, Lawrence quis segui-la, mas foi interrompido pelo garçom, que lhe perguntou o número do quarto. Quando saiu na calçada da rua Pierre-Charron, ele a viu andando rápido, como se quisesse estabelecer a maior distância possível entre os dois. Ele acelerou para alcançá-la, gritando o nome dela. Anaba se virou, seus olhares se cruzaram e, em seguida, ela desceu da calçada para atravessar a rua.

Lawrence viu o furgão que vinha rápido e Anaba que hesitava. Sem ter noção do que fazia, sem tomar uma decisão consciente, ele agiu por reflexo. Com dois pulos, chegou perto dela, agarrou-a pela cintura, puxou-a para trás e a girou para que ficasse fora do alcance do veículo. O motorista buzinou furiosamente, ouviu-se um alto ruído de freios, e o retrovisor lateral do furgão bateu com força no ombro de Lawrence. Ele havia sentido o ar quente do motor passar rente a ele.

— A moça está doida! Ela quer morrer?

Parando dez metros à frente, o motorista xingava com a cabeça para fora da janela. Os passantes que haviam acompanhado a cena se amontoaram ao longo da calçada. Com o braço em volta de Anaba, o ombro dolorido, Lawrence respirava rápido, o coração disparado. Apoiada nele, Anaba tremia dos pés à cabeça.

— A minha mãe — soluçou ela —, a minha mãe morreu assim...

— Eu sei, querida, eu sei.

Eles estavam de pé na sarjeta, indiferentes às buzinadas furiosas dos carros parados. Finalmente o furgão arrancou, liberando a rua.

— Não esqueci um único detalhe da sua vida — disse Lawrence. — A sua vida é o que me importa.

Ela ainda estava agarrada a ele, ainda em choque, e, naquele momento, ambos haviam esquecido a mensagem de Michelle. Lawrence foi o primeiro a se lembrar, num acesso de raiva. Ele fez Anaba subir na calçada.

— Essa mulher — gaguejou ele —, esse texto imbecil, não tenho nada a ver com isso.

Ele não encontrou mais nada para dizer, porém isso não era suficiente.

— Parabéns pelo reflexo! — proferiu um homem ao passar, com o polegar levantado.

— Não vamos ficar aqui, Anaba. Venha, tenho muitas coisas a lhe dizer.

Erguendo-a para fazê-la andar, ele voltou para o hotel.

Augustin passou muito tempo no seu médico, que também era um bom amigo, fazendo perguntas e tomando notas. Ao voltar para casa, ele pôde terminar o capítulo em que Max Delavigne, gravemente ferido num tiroteio no telhado, jazia no hospital entre a vida e a morte. Valendo-se dos detalhes técnicos fornecidos pelo médico, ele se lançou em diálogos detalhados que tornavam a cena bem autêntica.

Depois de trabalhar sem parar, e satisfeito com o resultado, ele se deu conta de que estava morto de fome, pois havia se esquecido de almoçar. Na cozinha, preparou e devorou um sanduíche de presunto de Bayonne,* cheio de pepino em conserva e mostarda, regado com um copo de muscadet.** Eram quase dezenove horas, portanto onze horas da manhã em Vancouver, e ele podia ligar para o pai. Provavelmente a mãe deveria ter saído para ir ao supermercado.

Ele digitou o número e só precisou esperar dois toques antes de ouvir a voz grave de Jean Laramie.

— Está tomando o seu café, papai?

— Estou, o terceiro, na minha espreguiçadeira embaixo do bordo. Aqui o tempo está divino! Como vai você, meu filho?

— Tão bem que precisava falar com você sobre isso.

---

* Presunto cru fabricado na cidade de Bayonne. (N.T.)
** Vinho branco e seco, produzido em algumas regiões do vale do Loire. (N.T.)

— Ora, ora... E, por acaso, você telefona no momento em que tem certeza de que a sua mãe não vai atender!

— Isso mesmo.

— E você vai *tão bem* que não preciso me preocupar com a continuação da conversa? Pois bem, perfeito, pode falar calmamente.

— Vocês não devem ir a Montreal agora em julho?

— Exatamente. Ainda tenho duas ou três coisinhas a resolver por lá e a sua mãe sempre fica feliz em voltar, sobretudo no verão!

— Já fez as reservas?

— Em breve cuidarei disso. Como sempre, Charlotte quer ficar no *Renaissance*, porque as janelas dos quartos dão para o Parque Mont-Royal. E eu gosto muito do bar, então dessa vez estamos de acordo.

— Você tem de se submeter a uma data específica?

— Seja mais explícito.

— Eu também vou a Montreal por uma curta semana. Se as nossas viagens pudessem coincidir, gostaria de lhes apresentar...

— Stéphanie?

— Você se lembra do nome dela?

— Pela primeira vez você me contou um segredo, acha que eu ia esquecer?

— Espero convencê-la a me acompanhar. Ela quase disse sim e eu já comprei as passagens.

— Muito bem, diga-me a data.

— De oito a treze.

— Anotado. Podemos dar um jeito.

O que, saindo da boca de Jean, significava que tudo seria organizado em detalhes naquele mesmo dia.

— Bom — continuou Augustin —, agora tenho outra coisa a lhe dizer.

— Para querer falar comigo em vez de dar a boa notícia saída do forno para a sua mãe, imagino, realmente, que há *outra coisa*.

— Não sei como você imagina Stéphanie, mas ela fatalmente não vai corresponder...

— Por quê? Ela tem um terceiro olho no meio da testa?

— Não, mas não é uma jovem no sentido literal da palavra.

— Será que é um rapaz, com um nome enganador?

— Estou falando sério, papai. Stéphanie tem quarenta e dois anos.

— Oh...

Houve um silêncio eloquente que Augustin respeitou.

— Mas que idade tem a irmã dela, Anaba?

— Vinte e oito. Elas têm quatorze anos de diferença e são apenas meias-irmãs.

Jean ficou novamente em silêncio antes de resmungar:

— Por que você nunca faz nada como todo mundo?

— Eu ajo de acordo com o meu coração. Agora, se isso for um problema, é melhor evitar o encontro. Nós nos veremos em outra ocasião e eu não deixarei de gostar de vocês.

— A política da avestruz, que consiste em enfiar a cabeça na areia para não ver a realidade, sempre me exasperou. Stéphanie tem quarenta e dois anos, pronto! Quarenta e dois não quer dizer que ela seja a decana da humanidade. Diga-me, pretende que a Stéphanie permaneça muito tempo na sua vida?

— Eu farei de tudo para que isso aconteça e mais ainda.

— Então, vamos ter de aprender a lidar com isso. A sua mãe vai desmaiar, mas eu a reanimarei. Acho que um copo-d'água é melhor do que um tapa no rosto. O copo-d'água já é arriscado, conhece o temperamento dela. Bom, mesmo assim, tenho de acrescentar que você é um filho muito... desconcertante. Acredite.

— Você sempre me censurou por isso.

— Verdade? Quanta lucidez!

Jean deu uma risada meio forçada. Ele brincava, mas devia estar preocupado, e Augustin tentou tirá-lo do embaraço.

— Acha que é viável, papai? Eu não gostaria que mamãe assumisse o seu ar de desdém para medir Stéphanie e lhe perguntar a data de nascimento.

— Sabe muito bem que ela não fará isso. Mas ficará decepcionada, não há nada que você possa fazer. Faz muito tempo que ela pensa em ser avó e já se via fazendo outra vez aquelas coisas de mamadeira e passando noites em claro. Para mim, isso não vai fazer falta, para ela vai. No entanto, ela é a sua mãe, é louca por você e acabará por perdoá-lo, já que sempre o fez apesar dos meus protestos. Ouça, querido, vou contar a ela a nossa conversinha e, se as coisas correrem mal, ligarei para você. Porém, na minha opinião, a curiosidade vai vencer. Caso isso aconteça, farei as reservas de oito a treze no *Renaissance*. Está bom assim?

— Barra limpa. Eu não esperava tanto. Está muito contrariado?

— Só um pouco. No entanto, vindo de você, nada mais me surpreende.

E ele começou a rir, dessa vez mais espontaneamente.

— Vamos, Gus, não vá gastar todo o seu dinheiro em telefonemas. Eu cuido de tudo e o mantenho a par.

Comovido com o uso do diminutivo, que o pai não empregava há muito tempo, Augustin lhe mandou um beijo e desligou.

Por alguns minutos, ele ficou com o olhar vago, tentando visualizar o encontro dos pais com Stéphanie. Ele se sentia ansioso e excitado ao mesmo tempo, surpreso com essa necessidade de falar sobre ela, de levá-la consigo, de apresentá-la a todo mundo e de nunca mais deixá-la. Numa noite de verão como aquela, não estar com ela era uma tortura. Sempre fora tão extremado no amor? Não. Lembrava-se muito bem de todas as histórias que vivera, dos entusiasmos e das tristezas, mas nada se parecia com o que vivenciava no momento. Um sentimento denso, profundo, já tão sólido e que lhe dava vontade de sair voando!

Ele se inclinou para trás na sua velha cadeira de rodinhas e fechou os olhos. Depois, repassou o filme da cena que não o levara a adivinhar nada, não o levara a pressentir nada. Stéphanie emergindo da limusine alugada e andando na direção dele. A sua fúria, os punhos socando seu sobretudo, a voz desesperada que gritava: "Homens desgraçados de merda!"

Maldita coroa... Foi isso o que havia pensado a respeito dela. Mas como poderia prever o que viria depois? Com um sorriso nos lábios, concluiu que, pela primeira vez, Lawrence realmente lhe dera um belo presente, mesmo sem querer e sem saber.

Como o excesso de emoções lhe provocara uma crise de lágrimas, Anaba chorou por um longo tempo, com a cabeça entre as mãos e o corpo sacudido por soluços convulsivos. Depois que se acalmou, ela se trancou no banheiro. Lawrence aproveitou para tirar a camisa e dar uma olhada no ombro. Um grande hematoma se havia formado, mas ele conseguia mexer o braço, não havia quebrado nada. Em seguida, ele pediu dois conhaques no quarto, com uma bandeja de *petits-fours*. Quando

Anaba voltou para o quarto, eles se olharam, olhos nos olhos, depois brindaram e tomaram um gole da bebida.

Instalados na saleta do canto do quarto, sentados frente a frente, Lawrence explicou quem era Michelle e por que ela enviara aquela mensagem. Sabendo bem que estava na pior das situações, tentou se ater à verdade, ao menos em relação ao essencial. Sua covarde fuga para Ottawa, Michelle no papel de boa amiga pronta a aconselhar e a consolar, a ligação retomada aos tropeços, até que ele rompesse definitivamente, incapaz de esquecer Anaba e, enfim, sua decisão de vir para a França encontrá-la.

— Passei uns meses terríveis. É cruel, mas Michelle foi um último recurso, uma presença que não me deixava enlouquecer de tanto pensar em você. Eu não tinha coragem de ficar sozinho, mas as coisas não ficavam melhores quando ela estava por perto. Eu já a havia trocado por você há dois anos e fiz exatamente a mesma coisa há duas semanas.

— Como quer que eu acredite em você?

— Porque é a verdade. Fui muito paquerador na juventude, nunca escondi isso de você, mas mudei depois que a encontrei. Não sou *mais* um conquistador, isso já não me interessa. Não tentei substituí-la, não teria essa força, porém Michelle estava lá, ela queria uma revanche, rejubilava-se com o malogro do nosso casamento e, como eu estava muito por baixo, ela se aproveitou. Certamente, eu representava uma presa ideal, o cara que não sabia onde estava, que havia estragado tudo e que estava desesperado... Ela me trazia algum alívio e eu continuava sem rumo. Também fazia um péssimo trabalho no escritório. Sem dúvida, inconscientemente, eu queria destruir tudo na minha vida. Quando vendi o dúplex, nem mesmo fiquei triste! Eu apagava partes inteiras da minha existência, mas não podia apagar o meu erro com você. Augustin foi simpático, me estendeu a mão ao emprestar o apartamento até eu encontrar um trabalho na França. Foi lá que eu vi Michelle pela última vez. Tenho a certeza de ter sido bem claro com ela, mas Michelle não é o tipo de mulher que aceita ser rejeitada. Ela não consegue nem conceber que não caiamos aos seus pés! Não acredito, nem por um segundo, que ela esteja infeliz porque não a amo. A ferida dela é por orgulho e eu estou pouco ligando para isso. O texto que ela enviou há pouco foi um tiro pelas costas.

Enquanto ele falava, Anaba comeu dois ou três *petits-fours*. Limpando os dedos num guardanapo de papel, ela olhou para o relógio.

— Perdi o meu trem.

— Quer jantar aqui? — perguntou ele, cheio de esperança. — O restaurante do hotel fica num pátio interno, de frente para um assombroso jardim vertical.

— Não, eu voltaria para casa muito tarde.

— Pode dormir aqui. Você ficou muito abalada há pouco.

— Eu tive medo — admitiu ela. — Por pouco, o sujeito não me atropelou!

— Você não olhou para atravessar.

— Você estava me perseguindo! Meu Deus, ele podia ter passado por cima de mim e eu... Sabe, depois da morte horrível da minha mãe, sonhei com isso durante meses. Um pesadelo recorrente, com o caminhão que a pegava, que a arrastava e com o seu corpo desconjuntado... Eu não vi o acidente, eu o imaginava, eu o inventava todas as noites. E, há pouco, o furgão me deixou aterrorizada. Se não fosse por você, eu teria ficado paralisada. Mas ele bateu em você, não?

— Ligeiramente. Só fiquei com uma mancha roxa, nada de heroico.

— Foi sim — disse ela, encarando-o. — Foi bonito me tirar da frente das rodas. E, depois, você disse alguma coisa como...

Ela hesitou buscando as palavras exatas, e ele murmurou no lugar dela:

— A sua vida é o que me importa.

— Gostaria que fosse verdade.

— Pode me considerar a pessoa mais desprezível do mundo se quiser, mas não estou mentindo! Na rua, quando estava apoiada em mim, nada mais contava. Nada mais! A ideia de perdê-la me leva à beira do abismo. E o pior de tudo isso, o pior...

Lawrence se levantou e se afastou dela. Encostando-se numa parede, ele pôs as mãos nos bolsos.

— O pior é que você ainda me ama, Anaba. Eu sinto isso, eu sei. Mas, provavelmente, não vai querer nos dar uma chance. Eu a fiz sofrer, tem o direito de revidar os golpes. A coisa mais terrível que poderia me fazer, a mais dolorosa para mim, seria se levantar e ir embora. Tenho um voo amanhã de manhã, não posso ficar. Para dizer a verdade, não tenho dinheiro no momento. Podemos não nos reconciliar esta noite, mas eu voltarei em setembro e não lhe darei sossego.

Anaba olhava para ele, com um cotovelo na mesa e o queixo na mão. O rosto estava meio desfigurado pela crise de lágrimas, mas terrivelmente bonito.

— A sua eloquência de advogado está intacta — disse ela, sem sorrir.

— Ah, sim, tenho plena consciência disso, estou defendendo a minha causa, a nossa causa! E tenho, no mínimo, um milhão de palavras de reserva. Até que não tenha mais nenhum trem para a sua casa.

Ele a viu esboçar um sorriso contrafeito, o primeiro depois de horas.

— Vamos, jante comigo e durma aqui. Dê-nos um pouco de tempo. É evidente que não tentarei tocá-la. Se não quiser ficar no hotel, vamos passear nos Champs-Élysées, não vi nada de Paris desde que cheguei.

Será que ele a teria convencido? Seus grandes olhos continuavam enigmáticos. Depois de alguns instantes, ela perguntou:

— Desligou o seu celular? Deveria consultá-lo para saber se os homens do banco o contrataram. Ou se alguma outra mulher não tentou falar com você...

O sorriso dela havia sido malicioso. Lawrence se sentiu livre de um imenso peso e deslizou ao longo da parede, sentando-se no carpete. Ainda não havia ganhado, porém, ao menos, não havia perdido.

# Onze

— Meu pequeno Augustin, você tirou de letra!

Contente com a sua cria, Gilbert lhe deu um tapa nas costas. As entrevistas e a seção de fotos haviam acontecido na sede da agência, a pedido de Augustin, e haviam transcorrido muito bem.

— Quando exigiu que eu reunisse tudo numa mesma manhã, você me deixou muito contrariado, mas, afinal, era factível!

Pela primeira vez disposto a falar da sua profissão, Augustin respondeu com calma, com humor e entusiasmo a todas as perguntas dos dois jornalistas do *Journal de Montreal* e do *L'Actualité*. Sorridente e muito bem-disposto apesar do cansaço da viagem, ele havia declaradamente conquistado os interlocutores. Os artigos seriam bons, e as vendas dos seus livros aumentariam.

— Tem tempo para uma bebida ou, decididamente, está com fogo no rabo? — perguntou Gilbert.

— Uma cerveja, tudo bem, mas vamos tomá-la num terraço. Vou levar os contratos e lê-los de cabeça fria. Se não tiver nenhuma objeção a fazer, eu os entregarei antes de deixar Montreal.

Eles saíram do prédio e deram alguns passos na rua Saint-Paul. O tempo estava radiante, os passantes flanavam ao sol e as mulheres olhavam as vitrines, usando vestidos leves.

— Então, não está no seu apartamento, se hospedou no *Auberge du Vieux-Port*? — quis saber Gilbert, sentando-se à mesa em frente a um bar.

— Emprestei o apartamento a um amigo. De qualquer jeito, Stéphanie ficaria bem melhor num hotel. Ela não veio aqui para ir ao supermercado e lavar louça.

— A sua escolha é bem romântica!

— Não vamos ficar muito tempo, então que a estada seja agradável.

— Ah, você a mima mais do que ao seu agente! Pensando bem, só me concedeu três horas!

— Foi suficiente, não foi?

— Mas nem pense em sair do país sem assinar os contratos. Eu o conheço: quando está neste estado, você se esquece de tudo.

— Eu *nunca* estive neste estado, Gilbert. Com Stéphanie, eu sou um novo homem.

— De qualquer forma, acabe o seu manuscrito antes de perder a cabeça. E não jogue dinheiro pela janela.

— Por quê? — ironizou Augustin. — Há o risco de que ele falte?

Ele terminou a cerveja e estendeu a mão para Gilbert.

— Eu o verei antes de partir, prometo. Ainda terá direito a uns bons quinze minutos do meu tempo!

Apressado para voltar ao hotel, ele saiu a passos rápidos. A rua da Commune era próxima, não precisaria caminhar muito. A escolha pelo *Auberge du Vieux-Port* havia sido bem pensada para não ficar muito perto do Mont-Royal e, portanto, do hotel dos pais, mas não muito longe do centro da cidade. O bairro da Velha Montreal era o mais indicado e essa charmosa pousada possuía uma vista intocável sobre o Saint-Laurent. Ao ver o quarto, Stéphanie fora imediatamente seduzida pelas paredes de pedras e tijolos aparentes, o piso de tábua corrida e a grande cama de ferro forjado. O lugar era totalmente do seu gosto, Augustin acertara em cheio.

Ele achou que ela estaria descansando depois das sete horas de avião e as intermináveis fiscalizações no embarque, mas a encontrou fora do hotel, andando de um lado para o outro, flanando, com um cigarro na mão.

— Foi tudo bem? — perguntou ela, com um grande sorriso.

— Foi, já estou livre. Quer passear um pouco nos cais? A não ser que prefira jantar antes.

— Jantar? Mas...

— É como chamamos o almoço por aqui e quando eu chego volto a falar assim! Bom, vamos dar um passeio nas docas para que você possa fumar o quanto quiser. Em seguida, podemos comer e, depois, vou levá-la para visitar a cidade. O bairro latino, o bairro chinês, a pequena Itália... Estou quebrando a cabeça para saber por onde farei você começar!

— Gostaria de ver a casa onde você cresceu.

— Fica no planalto do Mont-Royal.

Ela usava jeans, sapatilhas, uma blusa branca, cujas mangas havia enrolado. Seus olhos eram realmente de um azul extraordinário e Augustin achava que as pequenas rugas que os sublinhavam só faziam valorizá-los. Quanto aos cabelos grisalhos, por nada no mundo gostaria que os pintasse. Gostava dela exatamente como era.

Eles perambularam primeiro pelas calçadas do Vieux-Port, observando os barcos que saíam em excursão pelo Saint-Laurent ou pelo canal de Lachine, depois subiram até a praça Jacques-Cartier, que formigava de turistas e de artistas de rua. Augustin comprou um buquê de flores para Stéphanie, depois pediu que um pintor fizesse o retrato dela a carvão.

Quando se cansaram de andar, pararam no restaurante *Les Remparts* para saborear um coelho recheado com ameixas que lembrava a receita de Léotie, segundo Stéphanie. Ela estava radiante, fazia mil perguntas, queria ver tudo e saber tudo. Comovido, Augustin compreendeu que se tratava da sua primeira grande viagem e estava determinado a tornar cada hora uma descoberta, uma festa. Depois do almoço, ele a levou para visitar uma galeria de arte, em seguida o castelo Ramezay e o museu, ofereceu-lhe um sorvete de bordo antes de embarcarem no bateau-mouche para um passeio guiado que permitia ver a cidade sob outro ângulo.

Como julho era o mês do festival Só para Rir* e do festival Internacional de Jazz, todas as ruas transbordavam de animação, oferecendo por toda parte espetáculos e concertos gratuitos. Para Augustin, cada exclamação de admiração de Stéphanie era uma oportunidade de lhe pegar a mão, a cintura, o braço, de se inclinar para aspirar seu perfume, de lhe dar um leve beijo no pescoço. Apaixonado como um colegial, ele aproveitava para ver Montreal sob um novo olhar, feliz por estar ali e orgulhoso por compartilhar a sua cidade.

Antes que ela desabasse de cansaço, eles subiram num táxi e ele a levou para jantar no *Café de Paris,* nos jardins do *Ritz-Carlton.* Finalmente, quando voltaram para a pousada, por volta da meia-noite, ambos estavam cansados e tomaram um banho juntos, o que, obviamente, lhes tirou o sono, mas, como indicou Stéphanie com um sorriso absolutamente enlouquecedor: "Nós não viemos até aqui para isso!"

---

* *Just pour rire* em francês. Trata-se de um festival de humor que acontece todos os anos em Montreal, com espetáculos em salas fechadas, teatros de rua, projeção de filmes humorísticos e programas de televisão de humor. (N.T.)

Lawrence releu a carta da mãe com um sentimento crescente de culpa. Ela explicava que havia vendido algumas pequenas coisas das quais não fazia questão para lhe enviar um pouco de dinheiro. É bem verdade que ele precisava, mas o valor o deixava incomodado. Ela escreveu "um pouco", mas ele sabia muito bem que, para ela, era muito. E o que ela sentia diante dessa obrigação moral de ter de ajudar o filho adulto de trinta e dois anos? Além do mais, ela deve ter agido às escondidas, pois o pai de Lawrence já estava cansado dos pedidos do filho. Um filho que, apesar dos longos, brilhantes e caríssimos estudos, estava praticamente de volta ao ponto de partida!

Felizmente, a assinatura definitiva da venda do dúplex estava próxima e Lawrence poderia reembolsar a mãe bem rápido. Ele ia, até, colocá-la na frente dos seus credores! Pegando a lista que fizera cuidadosamente, ele refez os cálculos. Depois de pagar todas as contas — o empréstimo, as despesas da hipoteca, a quantia descoberta no banco e diversos créditos a liquidar —, não lhe sobraria muita coisa, apenas um pouco para garantir a sua instalação na França. Porém, depois, tudo caminharia melhor. Com sua nova situação, estaria apto a reconstruir tudo, de A a Z.

Depois que voltara de Paris, ele não havia parado. Os poucos móveis salvos do dúplex e estocados no porão de Augustin também deveriam ser vendidos e ele havia posto um anúncio on-line na Web. Em seguida, teria de fazer uma triagem em suas coisas. Jogar fora, dar, só conservar o essencial, o que incluía se separar dos seus dois pares de patins de gelo e dos seus esquis. A não ser que os amontoasse no armário do apartamento, ao lado dos de Augustin. Embora o seu futuro ainda estivesse confuso, ele não se via voltando a Montreal, nunca mais.

Toda essa triagem difícil o fazia compreender melhor o que Anaba devia ter sentido quando se preparava para deixar definitivamente a França e ir viver no Canadá com ele. Atualmente, ele estava descobrindo muitas coisas. O terror visceral ao ver Anaba quase sendo atropelada revelara a profundidade do amor que sentia por ela. Não, ele não queria reconquistá-la por orgulho. Tudo o que desejava era reparar o erro cometido para poder abraçá-la de novo. E, embora ela não lhe facilitasse a tarefa, ele ia conseguir. Ela se defendia, é claro, não confiava mais nele e, por pouco, a mensagem de Michelle não a fizera partir definitivamente.

Deus do céu! O sms havia chegado no pior momento! Era de se pensar que essa histérica fizera de propósito; só que ela não podia saber que ele estava jogando a sua maior cartada com a mulher da sua vida. No dia seguinte, enquanto esperava o avião decolar, ele havia escrito uma resposta realmente malcriada, exigindo que, doravante, ela o deixasse em paz, que o esquecesse, que nunca mais se dirigisse a ele. Porém, Lawrence a conhecia bem e talvez fosse melhor trocar de celular e de número, mesmo pelo pouco tempo que lhe restava passar em Montreal. Uma vez na França, não haveria mais problema e Michelle não encontraria a sua pista.

Na carta de sua mãe, havia algumas frases tristes a respeito da partida, que ela qualificava de exílio. No entanto, ele havia apresentado as coisas como uma maravilhosa oportunidade que lhe permitiria pôr novamente sua carreira nos trilhos, mas ele não podia esperar que a pobre mulher se alegrasse com o afastamento. Lawrence prometeu a si mesmo ser mais meticuloso do que nos anos anteriores e ligar para ela ao menos uma vez por semana, para dar notícias.

De esperança e de promessa

Ele fechou o saco de lixo no qual havia rasgado vários papéis inúteis. O apartamento conjugado estava em desordem, mas pouco importava, tinha tantas coisas a fazer que a limpeza era a menor de suas preocupações.

Indo até a cozinha, preparou um café na máquina ultramoderna de Augustin, depois se sentou para saboreá-lo com calma, o que lhe deu tempo para pensar na estranha noite no hotel *Pershing Hall*. Anaba finalmente aceitara jantar com ele. Eles haviam comido muito, bebido muito, conversado muito. Uma noite improvável, inacreditável...

Apesar do álcool ingerido, ele quase não havia dormido, e Anaba havia adormecido assim que pusera a cabeça no travesseiro. Fiel à sua palavra — e muito bem avisado para correr o risco —, não a havia tocado, nem mesmo se aproximado, limitando-se a observar o seu sono agitado. Ela não havia tirado a calcinha nem a camiseta preta que realçavam a pele cor de mel. Ela parecia tão frágil e tão vulnerável que, em alguns momentos, as lágrimas lhe vieram aos olhos. Aos seus olhos! Realmente, aquela mulher tinha o poder de transformá-lo, de fazer sentir certas emoções que não eram comuns nele.

Quando, finalmente, ela abrira os olhos, a manhã já ia longe. Uma magnífica manhã de verão feita para o amor. Ela o olhara por longo tempo, como se perguntasse a si mesmo por que ele estava ali, ao lado dela, numa cama estranha, motivo suficiente para Lawrence sentir falta, amargamente, das antigas manhãs, quando acordavam grudados, sorrindo, com os braços e as pernas entrelaçados.

O zumbido do interfone interrompeu seus pensamentos. Apertando o botão que lhe permitia falar com o visitante, ele ouviu, surpreso, a voz de Augustin, que anunciava:

— Oi, cara! Se estiver vestido, vamos subir para lhe fazer uma pequena visita. Estou com alguém que você conhece!

Perplexo, Lawrence não encontrou nenhuma boa razão para impedi-lo. No fim das contas, estava na casa dele. Só que não se parecia mais com o antigo apartamento, pois estava num verdadeiro caos. Quanto à pessoa "conhecida" que o acompanhava, se por acaso fosse Stéphanie, o encontro prometia ser delicado. Esforçando-se para sorrir, ele foi abrir a porta.

— Nós o incomodamos? — perguntou Augustin.

O tom de voz e o sorriso eram tão calorosos que Lawrence negou com a cabeça.

— De jeito nenhum. Eu estava fazendo uma triagem num monte de coisas...

Olhando para Stéphanie, ele se perguntou se devia lhe estender a mão. Prudente, limitou-se a acentuar o sorriso artificial.

— Eu estava morrendo de vontade de conhecer o apartamento de Augustin — disse ela, apenas.

— Não vai ser muito favorável para ele com toda essa desordem, é que estou preparando a minha partida.

Ela deu uma olhada nas estantes cheias de livros, no fantástico tapete Kairuan que desaparecia sob as caixas de papelão.

— Um cafezinho? — ofereceu ele. — A máquina de Augustin é genial!

Custasse o que custasse, devia reconciliar-se com Stéphanie, pois conhecia a afeição que Anaba lhe devotava. Mas a última conversa que tiveram se limitara ao bofetão que ela lhe dera, ameaçando chamar a polícia.

— Vi a sua irmã em Paris há alguns dias — começou ele.

— Eu sei.

— Ela e eu estamos nos sondando, mas não estamos mais brigados.

— Verdade?

Ela não parecia disposta a lhe facilitar a vida. No entanto, ele não se desencorajou.

— Tudo o que espero hoje em dia é que Anaba me dê uma última chance. Fiz uma grande besteira. Vou fazer tudo para consertá-la.

Stéphanie o contemplou por alguns instantes em silêncio e fez um pequeno movimento com o queixo. Aprovação? Desafio?

— E então, e o café? — interveio Augustin.

Os três foram para a cozinha, meio embaraçados.

— Isto é muito bonito — disse Stéphanie indicando a mesa e as cadeiras de bistrô.

De pé, em frente à pia, Lawrence tentava esconder a pilha de louça suja.

— O que está procurando para morar em Paris? — perguntou Augustin. — Tenho um amigo que vai morar um ano na Alemanha e quer alugar o apartamento.

— Espero que ele alugue a faxineira junto! — resmungou Stéphanie.

— Ele é o proprietário e faria um contrato de aluguel com todas as formalidades exigidas por lei. Se interessar...

— Está brincando! Como ele é? Onde fica?

— Duas peças confortáveis ao lado da Ópera.

— Caro?

— Não é dado, mas o apartamento está mobiliado.

— Você é realmente o meu anjo da guarda! Acha que seu amigo aceitaria mesmo que eu ainda não tenha contracheque?

— O seu contrato de trabalho deve ser suficiente. Mas tem de se apressar, pois o cara não é meu melhor amigo e não me prometeu reservá-lo.

— Sou *eu* o seu melhor amigo — afirmou Lawrence, muito sério.

Augustin ergueu os olhos da xícara de café e olhou para Lawrence bem de frente. Ele o estudou atentamente por dois ou três segundos.

— Já que você diz... — pronunciou finalmente.

— É o que eu penso.

Augustin deu o sorriso assimétrico.

— Bom, não vamos incomodá-lo por mais tempo. Agora que Stéphanie conhece o meu antro, vou levá-la para ver coisas mais fascinantes.

Lawrence os acompanhou até a porta e arriscou estender a mão para Stéphanie.

— Excelente estada. Você tem o melhor dos guias!

Ela hesitou, depois apertou a mão, sem entusiasmo. Mesmo antes da tragédia do malogrado casamento, os dois não haviam simpatizado muito e ele teria de fazer muitos esforços para cair nas suas boas graças.

— Ligue-me ainda hoje se resolver ficar com o apartamento — disse Augustin.

— Não preciso pensar. Quero alugar.

— Vou mantê-lo a par.

— Obrigado, cara. Do fundo do coração. Primeiro, o seu apartamento e, depois, esse aluguel providencial em Paris. Você me salvou duas vezes!

— Não. Na verdade, muito mais.

Surpreso com a estranha resposta, Lawrence o seguiu com os olhos. Ele o viu ir ao encontro de Stéphanie, pegá-la amorosamente pela cintura e se enfiar com ela no elevador. *Muito mais.* O que ele queria dizer? Pois mesmo contando o dia do casamento, em que ele havia enviado Augustin no seu lugar, seria apenas *uma vez* a mais. Ou então... Augustin estaria acrescentando o infeliz ferimento com patins? No dia do acidente, teria percebido a hesitação do amigo? Não, não podia pensar uma coisa assim, ele teria falado antes ou, ao menos, feito alguma alusão. Pensando bem, Augustin o ajudara muitas vezes, mas ele não era do tipo de contar as suas boas ações.

— "Na verdade, muito mais" — repetiu Lawrence entredentes.

A realidade não era lisonjeira para ele, tinha de admitir. E a maneira como Augustin o olhara cinco minutos antes, na cozinha, provava que ele não era bobo. Se, em certa época, Lawrence havia sido o seu modelo e o seu grande amigo, atualmente ele parecia totalmente livre. Então, por que continuava a ajudá-lo? Por altruísmo? Pela lembrança da juventude? Contudo, os vinte anos de Augustin haviam sido estragados e Lawrence era o responsável.

"Tudo isso será resolvido quando eu estiver em Paris. Nós nos veremos mais, reataremos os laços. Gosto muito de Augustin..."

Lawrence não queria perdê-lo, precisava de um amigo na França e de um aliado no campo de Anaba.

— Minha filhinha, ninguém pode ajudá-la. Só você sabe todo o seu problema, só você tem a solução.

Roland mudou de lugar a pilha de livros na mesa de centro para que Anaba pudesse pôr a travessa. Todas as janelas da casa bizarra estavam abertas, criando uma deliciosa corrente de ar, e o ruído do tráfego na rua mal chegava ao fim do beco.

— Mas, afinal, é uma loucura! — enervou-se ela. — Eu havia jurado que nunca mais o veria na vida, que esqueceria até o seu nome, que...

— São juramentos feitos na hora da raiva, que não contam. A verdade está escondida no fundo do seu coração.

— Mesmo que o meu coração me leve a fazer babaquices?

— Tss, tss, a vulgaridade nunca ajudou a reflexão.

Anaba esboçou um sorriso e, depois, deu de ombros.

— Não sei o que fazer, papai.

— Não faça nada, espere. Para que a pressa? Se Lawrence quiser realmente ser perdoado, ele será paciente. Você tem todo o tempo do mundo. No momento, está bem na casa da sua irmã, recomeçando a ganhar a vida com o seu trabalho, e já recuperou a confiança em si mesma. Pode olhar as coisas com mais serenidade.

— Quando Lawrence chegar a Paris, não ficarei mais serena.

— Tem medo de que ele a persiga?

— Não. Eu me pergunto se não quero que ele o faça!

Roland começou a rir e Anaba acabou por imitá-lo.

— Tem razão — disse ele. — É melhor levar na brincadeira.

Ele se inclinou para a frente e deu uns tapinhas afetuosos na mão da filha.

— A felicidade é a única busca válida. Os caminhos a seguir para alcançá-la às vezes são... desconcertantes.

— Você nunca apreciou muito Lawrence, não é?

— Para dizer a verdade, eu o achava muito arrogante. Ele parecia achar que, fatalmente, teria sucesso em tudo o que empreendesse. Mas, depois que lhe puxaram o tapete, pode ser que tenha adquirido um mínimo de humildade!

— E se eu fosse de novo, um dia, com ele...

Ela deixou a frase em suspenso, como se não ousasse terminá-la.

— O que é bom para uns nem sempre é bom para outros — decretou Roland. — E se, apesar de tudo, Lawrence lhe parece ser o homem ideal, ninguém tem de se envolver no assunto.

— Pare com os seus adágios, papai! Só quero a sua opinião.

— Não tenho. Se eu tivesse, ela seria parcial, pois você é a minha filha e eu quero o melhor para você. Lawrence é o melhor que pode lhe acontecer? Ele deu um passo em falso e vocês terminaram. Cabe a você saber se vai reatar com ele, apesar de tudo, ou se muda de parceiro. E, agora, vou lhe fazer uma confidência. Quando me apaixonei, fiquei loucamente apaixonado pela sua mãe; poderiam me contar o que quer que fosse a respeito dela ou prever para mim os piores tormentos, eu não teria mudado uma vírgula. Eu a amava e pronto.

Anaba concordou lentamente com a cabeça. Ele não tinha certeza de tê-la ajudado, mas havia sido sincero. Sua opinião a respeito de Lawrence só interessava a ele, e Anaba não ganharia nada em conhecê-la. De qualquer maneira, só tivera um relacionamento superficial com esse homem. Além do mais, não estava na pele de uma jovem de vinte e oito anos.

— Preciso abrir a loja hoje à tarde — anunciou ela. — Preciso me apressar para voltar para casa.

Anaba viera a Paris a pedido do perito que estava com a pequena pintura em madeira. Aparentemente, tratava-se de uma obra de grande valor, mas o perito queria a opinião de um colega antes de autenticar o quadro. Ele havia parabenizado Anaba pela qualidade irrepreensível de sua restauração, assim como pela sua intuição.

— Tem uma ideia de quanto o quadro pode valer? — perguntou Roland, acompanhando-a até a velha caminhonete estacionada no fundo do beco.

— O bastante para trocar este carro!

Imediatamente, Roland ficou feliz. Fazia algumas semanas que economizava, vendendo alguns livros e tentando não comprar outros. Convencido de que as filhas comiam o pão que o diabo amassou, havia decidido ajudá-las, em vez de se comportar como um velho egoísta. Mas, se elas tivessem um golpe de sorte — e o pequeno quadro parecia ser uma trinca ganhadora —, ele não seria mais obrigado a se separar de exemplares dos quais gostava.

— Vou cruzar os dedos por vocês — disse ele a Anaba.

— Mas você não é supersticioso!

— É só uma maneira de falar. Teve notícias de Stéphanie? Ela me ligou ontem e parecia... voar.

Uma sombra passou no rosto de Anaba. Estaria se lembrando de suas primeiras viagens a Montreal?

— Eu a invejo — confessou —, mas me alegro por ela.

— Exatamente como quando fazemos alguém descobrir um livro extraordinário. Ficamos contentes pelo outro, porém não teremos mais o prazer que se sente na primeira vez.

— Você leva tudo para o lado dos seus malditos livros — replicou ela ternamente. — Você é incorrigível.

Ele lhe deu um abraço apertado, um pouco mais longo do que de costume.

— Continue a cuidar de você, querida. E se convença de que é dona de si mesma.

Roland nunca lhe dera tantos conselhos, logo ele que dissera que não queria se meter em nada. Ele a viu dar marcha à ré, manobrar na esquina do beco e desaparecer na rua. Droga, ela ia voltar com Lawrence? Ele já não sabia se temia ou se desejava que isso acontecesse. E ela ainda o amava, isso havia ficado claro como a neve. As suas *duas* filhas estavam apaixonadas por dois canadenses! Devia ver nisso a mão celestial de Léotie?

Ele voltou para trancar a porta. O tempo estava tão bonito que sentiu vontade de passear. No jardim dos Épinettes, poderia perambular à sombra das tílias prateadas, sentar no seu banco favorito perto do coreto e, depois, fazer uma visita à faia púrpura à qual recomendava a alma de Léotie. Na volta, se não fosse muito tarde, pararia no seu livreiro.

Jean Laramie fizera uma reserva, como fazia parte do seu papel, e eles se encontraram para jantar no *Passe-Partout*, um restaurante francês no centro da cidade, cujo chef, paradoxalmente novaiorquino, oferecia no cardápio pratos típicos como uma carne de porco salgada com lentilhas de Puy ou *suprême* de linguado com espinafre.

"O melhor pão de todo o Québec é feito aqui", Augustin havia cochichado ao ouvido de Stéphanie, ao entrar no restaurante.

Ela não havia apreciado muito a notícia desse encontro "fortuito". Conhecer os pais de Augustin a deixava numa situação difícil; ela não era noiva dele e nem mesmo uma encantadora jovem que poderia vir a sê-lo. Um pouco tensa, ela havia seguido Augustin até a mesa em que os Laramie os esperavam, submetendo-se ao olhar deles durante toda a travessia do restaurante. Jean se levantara, Charlotte havia continuado sentada, trocaram apertos de mão e as banalidades de costume. Depois, rapidamente, talvez para descontrair a atmosfera, Jean pediu o champanhe. Sem cair na armadilha do brinde, ele apenas dissera que estavam felizes em ver o filho.

Desprezando os pratos franceses, Stéphanie havia optado pelo peixe-espada, que mordiscava sem participar muito da conversa. Augustin fazia tudo para desanuviar o ambiente, mas Charlotte permanecia imóvel e Stéphanie, em silêncio. Na hora da sobremesa, Jean tentou um ataque direto.

— Então a senhorita trabalha com antiguidades? É uma bela profissão, que deve proporcionar muitas surpresas e encontros.

A palavra "senhorita" pareceu incongruente a Stéphanie. A partir de certa idade, todas as mulheres não eram chamadas de "senhora"?

— Stéphanie, por favor — disse ela com um sorriso contrafeito.

— Está bem, me trate por Jean.

— Pois bem, Jean, eu gosto do comércio e tenho paixão por móveis antigos, objetos e quadros. Descobri-los por um preço interessante, vendê-los a um apreciador que cuidará deles, isso é o que me agrada. A minha loja fica numa cidadezinha da Normandia.

— Oh, a Normandia! — exclamou Charlotte, descontraindo-se um pouco. — Há vacas, macieiras?

— O Sena, um castelo, casas antigas com vigas de madeira que parecem saídas da Idade Média.

— E a sua mãe era de origem canadense? — encadeou Jean.

— A minha madrasta. Ela me criou porque eu perdi a minha mãe muito nova. Ela falava sempre do seu país, com muita saudade. Creio que era muito ligada a ele, infelizmente não teve oportunidade de voltar. O meu pai tem fobia de avião e nunca se decidiu a fazer a viagem.

O olhar de Charlotte se suavizou. Ela se arriscou a perguntar:

— Não poderia ter vindo sozinha por alguns dias?

— Ela economizava com esse objetivo, mas não teve tempo. Ela morreu em circunstâncias bastante... dramáticas.

Charlotte se tornou nitidamente amigável e até mostrou uma expressão de compaixão. Talvez, aos seus olhos, os lutos sucessivos explicassem os cabelos grisalhos de Stéphanie. Os seus eram de um louro platinado, à moda americana, e ela devia passar muito tempo no cabeleireiro. Virando-se para Augustin, ela quis saber em detalhes todos os lugares aos quais já havia levado Stéphanie e os que ainda a levaria. Assim, o jantar terminou num ambiente mais caloroso e, depois da sobremesa, os Laramie foram os primeiros a se levantar.

— Fiquem aí tranquilamente, aproveitando o resto da noite — sugeriu Jean. — Quanto a nós, gostamos de dormir cedo, temos hábitos de aposentados!

Ele se despediu com um forte aperto de mão e Charlotte se inclinou sobre Stéphanie para beijá-la.

— Um excelente fim de estada e, se for a Vancouver, será bem-vinda.

Mesmo que fosse apenas uma fórmula de polidez, ao menos ela o tinha dito. Augustin também quis se levantar, mas o pai o impediu com um gesto.

— Fique sentado. Vocês são nossos convidados, eu cuido disso.

Depois ele deu uns tapinhas no ombro do filho, meio desajeitado, murmurando:

— Só pelos olhos dela...

Stéphanie, que ouvira, reprimiu um sorriso.

— Pronto — suspirou Augustin, quando eles se afastaram —, agora conhece os meus pais.

— Você queria muito que, principalmente ele, me conhecesse, não é?

— Sim.

— E sabia muito bem que eles estariam em Montreal ao mesmo tempo que nós.

— Pedi isso a eles — confessou ele, condoído.

— Por quê? Não vamos nos casar, Augustin, não vamos lhes dar netos. Ou melhor, eu não!

O ar decepcionado de Augustin era comovente, mas Stéphanie não queria que ele imaginasse qualquer outra coisa, pois a decepção seria bem maior.

— Parecia um baile de debutantes! — disse ela, irritada. — Cumprimente aqui, sorria ali. Já passei da idade desse tipo de apresentação.

— Não foi essa a minha intenção. Eu queria que eles a vissem, que soubessem que sou feliz ao seu lado, que pensassem em nós dois juntos.

— E que se habituassem à ideia de que não teriam descendência?

— Stéphanie, talvez algum dia a gente queira adotar uma criança.

— Algum *dia*? Quando eu tiver cinquenta anos? Não quero formar uma família, já lhe disse isso.

— Estou pouco ligando para tudo isso. Eu quero você, você e nada mais.

— Hoje. Neste momento. E depois?

— Também estou pouco ligando. Não sei prever o futuro, não sei ler na borra de café.

— No fim das contas, você será infeliz.

— Certamente, não. Você não é *tão* velha e eu não sou *tão* jovem. Está fazendo uma tempestade num copo-d'água.

Ela ergueu os olhos para o céu e começou a dedilhar no guardanapo, exasperada.

— Oh, mas que droga! — exaltou-se ele, com a voz contida.

— Eu sabia que, a não ser que acontecesse um milagre, a noite não seria muito boa. Mas teimei, sinto muito. Sempre quero que tudo se arranje, sou um grande ingênuo.

— Qual a necessidade de "arranjá-las"? Estávamos muito bem, não? Estou adorando a viagem, adorando estar com você, o que precisava mais? Neste momento, seus pais devem estar se perguntando por que você me escolheu, a não ser para contrariá-los. Ouço daqui os comentários sobre as minhas rugas, o meu cabelo...

Ela parou bruscamente ao lembrar que Jean havia murmurado, cúmplice: "Só pelos olhos dela..." Mas Charlotte devia chorar pelos bebês que nunca veria.

— Vamos embora? — propôs Augustin, com o rosto fechado.

— Quer voltar para o hotel?

— Não. Antes vou levá-la para tomar uma bebida no jardim Nelson. Tem um magnífico terraço onde poderá fumar e isso vai devolver o seu sorriso. Lá, sempre se pode ouvir um jazz e, com o festival, certamente será um grupo de nível muito bom.

Augustin fazia um esforço louvável para dissimular sua contrariedade. O que ele esperava? Por que não podia se contentar com o momento presente?

— Augustin — disse ela, impedindo que ele se levantasse —, está aborrecido? Decepcionado? Se não estivermos no mesmo comprimento de onda, é melhor saber agora.

— Nada de comprimento, nada de ondas. Eu a amo, Stéphanie. É uma realidade destinada a durar.

— Eu também, eu o amo! Com você, tudo fica diferente, tudo fica bem. E eu não quero entrar de novo nessa de amor para sempre, que, justamente, não dura.

— É o que você diz, querida. Comigo é diferente.

— Ai, como você é teimoso!

— Você não vai conseguir me atamancar na discussão.

Esquecendo as divergências, ela caiu na gargalhada.

— Mais uma! — exigiu ela. — Lembre-se de que me prometeu um festival de expressões.

— Abra os ouvidos na rua, estará bem-servida. Mas, se quiser um pouco agora, eu a acho muito guapa, minha pita. Gosto de requestá-la, isso deixa a minha mirada alterada.

— Adorei! O que significa?

— Que eu gosto de namorar você, isso me transforma o olhar. E eu a acho muito bonita, querida, *pitoune* é uma palavra afetuosa.

— O seu sotaque também me encanta. Só um pouco, demais, não. De qualquer maneira, tudo em você me agrada. Os seus olhos, o seu sorriso...

— Ele é torto.

— Um charme a mais e que dá a você um ar malicioso. Bom, vamos parar de brigar e ouvir o jazz?

Ela sabia que Augustin voltaria à carga, que o futuro seria tema de brigas permanentes. Bem no fundo, a vontade de se deixar convencer começava a apontar, mas ela ainda se sentia capaz de rejeitá-la. Por quanto tempo?

Eles saíram de braços dados e, ao passar pela porta, Stéphanie murmurou no ouvido de Augustin:

— A noite não foi tão ruim assim. A sua mãe o adora e o seu pai não sabe muito bem como conquistá-lo, mas eles foram gentis comigo. Quem sabe, algum dia, irei visitá-los em Vancouver...

— Eu sei — disse ele, apertando-lhe o braço. — Iremos juntos, "senhorita"! E isso não envolve nenhum compromisso, juro por Deus.

Cada um havia cedido um pouco e podiam se considerar reconciliados, ao menos naquela noite.

O zumbido dos reatores havia acabado por adormecer a maioria dos passageiros. Entre os poucos que ainda estavam acordados, Lawrence folheava os jornais, resignado a não pegar no sono. O dinheiro da sua mãe havia servido para pagar as passagens; era um bom investimento, pois ele precisava assinar o contrato do aluguel e tomar várias providências necessárias para a sua instalação, tanto pessoais quanto profissionais. Quando mudasse definitivamente no início de setembro, tudo já estaria organizado. Era a sua última ida e volta, depois ele moraria em Paris.

Aprumando-se na cadeira, ele tentou ver Augustin e Stéphanie, seis fileiras à frente. Se havia pegado o mesmo voo que eles, era porque tinha a esperança de ver Anaba em Roissy. Não podia pedir que fosse buscá-lo, mas, sem dúvida, estaria lá para receber a irmã e levá-la para Andelys. Consultado por telefone, Augustin não parecera contrariado e até mesmo propusera a Lawrence combinar um encontro com o amigo que estava alugando o apartamento.

Na sala de embarque, Lawrence havia sido discreto, cumprimentando Augustin e Stéphanie de longe e fazendo sinal que não queria incomodá-los. Na verdade, ele não desejava irritar Stéphanie. Ao contrário, queria encontrar um meio de cativá-la, o que não seria fácil.

Ele tivera de batalhar para conseguir uma passagem no mesmo voo, mas, finalmente, havia descolado um lugar num site de compras de última hora, que punha à disposição os cancelamentos. Uma grande sorte, que ele considerou obra do destino.

Uma sombra acima dele o fez erguer a cabeça do jornal.

— Estou vendo que também não consegue dormir — disse Augustin. — Posso me sentar aqui por cinco minutos?

— O meu vizinho saiu para dormir em outra poltrona e a minha luz o incomodava.

— Então, vou lhe fazer um pouco de companhia. Stéphanie tomou um sonífero. Acho que só vou acordá-la na aterrissagem.

— Parece que vai tudo muito bem com vocês dois.

— Muito bem é exagero.

— Ah, é? — surpreendeu-se Lawrence, já preocupado.

O fato de seu melhor amigo e a irmã de Anaba formarem um casal lhe era muito conveniente e desejava que fosse duradouro.

— Ela é muito teimosa — suspirou Augustin.

— Tanto quanto você?

— Veja só, você notou?

— Ora, pare com isso! Eu o conheço muito bem, como se fosse seu irmão.

— Deus me proteja!

— Não seja malcriado. Conte-me os seus problemas.

— Stéphanie se acha muito velha para mim.

Lawrence abriu a boca, mas, no último momento, desistiu do que ia dizer. Nada de "evidentemente", nada de "é verdade". Ao contrário, ele resmungou:

— Sete anos? Nada que não possa ser superado. Ela devia pintar o cabelo de louro, o que a deixaria mais moça e combinaria com os olhos dela.

— Mas não se trata de aparência! Eu a adoro como é, ela é muito bonita de qualquer jeito. O problema está nos filhos eventuais.

— Quarenta e dois anos, ainda é viável.

— Ela não quer.

— E você, sonha em tê-los?

— Não no momento.

— O momento é crucial, cara. Case-se rápido e fabrique um, pelo sim, pelo não.

Augustin se virou para ele e o encarou, consternado.

— Você tem uma cabeça realmente muito ruim, Lawrence... Por nada no mundo eu precipitaria o que quer que fosse com ela. E não se "fabricam" bebês ao acaso!

— Estou tentando arrumar as coisas para você — protestou Lawrence.

— Você? Nas atuais circunstâncias, não vejo o que poderia fazer, nem o que *quer* fazer.

— Bom, já chega! — explodiu Lawrence, aumentando o tom de voz, o que lhe valeu alguns resmungos de descontentamento de alguns passageiros.

Surpreso, Augustin recuou um pouco, mas continuou a olhar para ele.

— Já estou cheio de todas essas indiretas — continuou Lawrence, mais baixo. — Alguma coisa está errada conosco? Quer me dizer algo? Vá em frente! Todas as vezes que eu digo que sou seu amigo, você me faz compreender que tem dúvidas. Não me perdoou por tê-lo enviado no meu lugar no dia do meu casamento?

— Não, não fiquei com raiva, pois encontrei Stéphanie.

— Então, qual é? Se data do seu... acidente, eu gostaria muito de saber!

— Por que está tocando nesse assunto?

Lawrence mordeu os lábios, depois deu de ombros, impotente, e esperou. Como o silêncio se prolongou, ele acabou murmurando:

— Não foi de propósito. Talvez, eu pudesse... Francamente, não sei.

Meia mentira, meia verdade. O que teria a confessar?

— Isso é passado — declarou Augustin, com a voz calma. — Atualmente, tenho constantemente a impressão de que você me usa como sempre usou os outros, como usou todo mundo. Eu me emancipei há muito tempo, mas você não percebeu ou não quer aceitar.

Em silêncio depois desse veredicto, Lawrence deu uma olhada pela janela. Como não tinha absolutamente nada para ver, soltou um profundo suspiro.

— Sei muito bem que você se afastou e lamento isso. Em geral, sou muito sério, vivi muito absorto, mas, com você, eu me divertia. Tivemos bons momentos, não?

Em vez de responder a essa última pergunta feita num tom peremptório, Augustin deixou escapar:

— Foram as suas ambições desmesuradas que o absorveram. Anaba seria a sua salvação.

— E ela voltará a sê-lo! É o meu único objetivo e esse trabalho em Paris não passa de um ensejo.

— Quanto ao seu trabalho, você tinha escolha?

— Nova York, por exemplo.

— Mas, ao escolher a França, você matou dois coelhos com uma só cajadada.

— Estou jogando uma partida difícil, no momento. Mas posso dizer que, se tivesse de escolher um único peão, teria optado por Anaba.

Augustin esboçou um sorriso. Sob a luz fraca do teto, a cicatriz parecia escura e riscava seu rosto. De repente, Lawrence sentiu um arroubo de simpatia por ele.

— Espero que tudo dê certo para você e Stéphanie — disse rapidamente. — Se você se casar, eu serei o padrinho?

— Vou pensar. Veja, se ela me dissesse sim, eu não teria condições de pensar em nada!

— Chegou a esse ponto?
— Além, além...
Lawrence começou a rir, mas uma mão surgiu entre os encostos das poltronas e agarrou seu braço.
— Ei, vocês dois! As suas histórias não me deixam dormir, viu? Então, calem a boca!
A mão desapareceu, enquanto Lawrence e Augustin trocavam um olhar. Eles sentiam a mesma vontade de rir, o que os levou de volta ao passado, aos bancos da faculdade, às gargalhadas da época. Augustin pegou o bloco de anotações jogado no colo de Lawrence e tirou uma caneta do bolso da camisa. Depois de rabiscar algumas palavras, ele lhe piscou o olho e se levantou. Lawrence o seguiu com o olhar enquanto ele seguia pelo corredor central, depois pegou o bloco de notas.

Vou deixá-lo em má companhia, mas chegaremos em menos de duas horas e, daqui até lá, você não tem motivos para falar sozinho. Eu o encontrarei no Charles-de-Gaulle. Seu amigo
Augustin Laramie.
P.S.: Assinei o meu nome inteiro para que possa guardar o autógrafo com cuidado. Vai valer ouro algum dia!

O importante, claro, era a palavra "amigo", que deixou Lawrence sonhador.

Anaba andava de um lado para o outro no saguão de desembarque, subindo todo o tempo a alça a tiracolo da sua bolsa. Estava impaciente para ver Stéphanie, saber suas impressões sobre Montreal, contar que a pintura em madeira tinha valor, dizer que estava orgulhosa por ter realizado algumas vendas na loja, em particular um horrível par de poltronas, das quais achavam que nunca iriam se livrar.

Andar pelo corredor de Roissy a deixava nervosa. Quantas vezes ela havia chegado do Canadá ou viera esperar Lawrence com o coração palpitando de alegria? Tudo isso parecia longe e, ao mesmo tempo, próximo, vivido noutra existência. Cheia de dúvidas, de tristeza, de frustração e de uma raiva que nunca se extinguia, ela não sabia mais o que fazer. Às vezes imaginava ser possível recomeçar tudo, às vezes desistia antecipadamente, como se fosse a pior das loucuras.

Anaba havia levantado muito cedo para chegar ali às oito horas, pois, com certeza, Stéphanie estaria cansada ao descer do avião e com pressa de acender um cigarro assim que chegassem do lado de fora! No caminho de volta poderiam conversar à vontade, dar algumas boas risadas e trocar confidências.

Finalmente, a chegada do voo proveniente de Montreal foi anunciada, mas ainda teria de esperar que Stéphanie e Augustin pegassem as malas e passassem pela fiscalização. Para driblar a espera, Anaba decidiu tomar um café, o terceiro depois que havia chegado. Stéphanie teria feito compras? Será que trazia patê de bisão, tisanas esquimós e chá do Lavrador adoçado com manteiga de bordo?* Augustin havia prometido que a levaria ao mercado Jean-Talon, na pequena Itália, um paraíso dos diferentes sabores, que Lawrence levara Anaba para conhecer um ano antes.

Apenas um ano e tantos transtornos! Apesar do seu amor por Stéphanie, Anaba sentiu um aperto no coração. Que bela viagem de apaixonados a irmã devia ter feito, na cidade onde ela quase fora viver para sempre...

Ela se dirigiu ao portão anunciado, de onde começavam a sair os primeiros passageiros. Mas não foi Stéphanie nem

---

* Pasta obtida do xarope de bordo. (N.T.)

Augustin quem ela viu primeiro. A silhueta de Lawrence lhe era tão familiar que ela o reconheceu de longe, só pela aparência. Alto e magro, elegante, o cabelo cortado mais curto do que de hábito, ele procurava alguém com os olhos. Quando seus olhares se cruzaram, ele parou, sendo empurrado por pessoas apressadas. Em seguida, caminhou na direção dela com um sorriso tímido, que ela não conhecia.

— Augustin está sendo revistado pelos fiscais da alfândega — anunciou ele. — Devem ter achado que ele tinha cara de culpado.

Frente a frente, eles hesitavam na maneira de se cumprimentar. Finalmente, ele soltou o saco de viagem e pôs a mão, de leve, no ombro de Anaba.

— Posso beijá-la? — perguntou ele, puxando-a para si.

O abraço foi rápido, porém tempo suficiente para que Anaba compreendesse que haveria outros. Mais para a frente, algum dia, no momento certo, porque ela não estava longe do perdão.

— Vejo que já se conheceram! — disse Stéphanie, ironicamente, ao chegar.

Lawrence tentou mostrar que achava graça, mas seu ar era de quem estava perdido. Anaba caiu imediatamente nos braços da irmã, depois nos de Augustin, que ainda terminava de abotoar a camisa.

— Tive sorte — declarou ele. — Ninguém mal-intencionado enfiou na minha mala duzentos quilos de heroína pura ou de explosivos! Portanto, eles me deixaram passar.

Ele avaliou a situação com o canto do olho. A irritação de Stéphanie, o embaraço of Lawrence e a indecisão de Anaba.

— Lawrence e eu vamos tomar um táxi — decidiu ele. — Assim, as moças não precisarão entrar em Paris.

Ele pegou Stéphanie nos braços e a abraçou bem forte, acrescentando:

— Vamos nos falar por telefone e brincar de *Adivinhe quem vem para jantar*, está bem?

Em seguida, arrastou Lawrence para a saída, virando-se dez vezes para dar adeus com a mão.

Anaba e Stéphanie, lado a lado, ficaram imóveis enquanto eles se afastavam.

— Sabia que você está a ponto de ir para o hospício? — indagou Stéphanie, com um sorriso transbordando de afeto.

— Eu estava sonhando ou vi você beijá-lo?

— De leve! Fiquei espantada ao vê-lo aqui...

Os dois homens haviam saído do saguão de desembarque e desaparecido.

— Vamos descer para o estacionamento? — sugeriu Anaba.

— Temos mil coisas para contar uma à outra e você vai me falar sobre o Canadá.

— Principalmente sobre um canadense.

— Eles são atraentes, não é? Ah, depois que a gente prova...

As portas do elevador se fecharam sobre a dupla gargalhada. No fim das contas, Roland iria ao casamento, sem ser obrigado a entrar no avião.

Impresso no Brasil pelo
Sistema Cameron da Divisão Gráfica da
DISTRIBUIDORA RECORD DE SERVIÇOS DE IMPRENSA S.A.
Rua Argentina 171 – Rio de Janeiro, RJ – 20921-380 – Tel.: 2585-2000